混沌の王

ポール・アルテ（著）
平岡敦（訳）

Le Roi du désordre
— 登場人物 —

オーウェン・バーンズ	美術評論家、アマチュア探偵
アキレス・ストック	バーンズの友人で、本書の語り手
ジョン・ウェデキンド	ロンドン警視庁の警部
チャールズ・マンスフィールド	ラシャ織物商
シビル・マンスフィールド	チャールズの長女
ダフネ・マンスフィールド	チャールズの次女
エドウィン	チャールズの義理の息子
サミュエル・ピゴット	仲買人。チャールズの友人で、シビルの婚約者
キャサリン・ピゴット	サミュエルの妹
エドガー・フォーブス	ピゴットの共同経営者
ニコラス・ダドリー	マンスフィールド家の使用人
メアリ・ダドリー	マンスフィールド家の使用人で、ニコラスの妻
ジュリアス・モーガンストーン	霊媒師
ミス・ハーマン	マンスフィールド家の家庭教師
ハリー・ニコルズ	シビルの元恋人

目次

1　死の鈴

《**人生は偶然から成っている。**》なるほど、そのとおりだ。この驚くべき物語を始めるには、ぴったりの言葉である》

数年前、ロンドン中を沸かせた――笑いで？　それとも怒りで？――オーウェン・バーンズの戯曲『アーチー・ボウが肝心』は、こんな台詞で幕をあける。賛否両論巻き起こした芝居だが、それこそ作者の狙いだった。わたしがここで、オーウェンの一節を引いたのは、事情に疎い読者にも彼がいかなる人物なのかをおわかりいただくためだけでなく、これからお話しする奇怪な事件によくあてはまると思うからだ。それはかつてわたし自身が、直接目撃した出来事である。

どうせならば、事実を時間の流れに沿って語るのではなく、わたしが体験した順に語ることにしよう。そのほうが、まだ世間知らずの若者だったわたしの当惑や不安、恐れ――戦慄とまでは言わないまでも――が、読者によりよく伝わるだろうから。当時、わたしは二十代半ばで、オーウェンも同じくらいの年齢だった。

というわけで、人生は偶然から成っている、とまずは言っておこう。わたしとオーウェンが知り合ったきっかけからして、それをなによりもよく証明している。彼との出会いは本題である出来事の一年前に遡るが、重要であることに変わりはない。というのも、すぐあとにもうひとつ、別の出会いが続いたからだ。それもまた、先に引用した言葉の例証であるのみならず、この陰惨な悲劇の真の出発点だった。

わたしがオーウェン・バーンズと初めて会ったのは前世紀の末、クリスマスを二日後に控えた午後のことだった。ロンドンの大通りは、溶けた雪でぬかるむ道を楽しげに歩きまわる群衆で沸き立っていた。店ごとに趣向を凝らしたショーウィンドウの飾りつけを楽しもうと、みんなこぞって繰り出してきたのだ。ショーウィンドウのなかには、ありとあらゆる商品が、柊《ひいらぎ》や銀色のモールを添えてきれいに並べられている。通行人たちは目を輝かせ、それをじっと見つめた。わたしも興味津々でわが同胞を眺め、彼らに勝るとも劣らず幸福な気分にひたっていた。

わたしは二週間前に、南アフリカから船でポーツマス港に着いたばかりだった。前年、ケープ州で起きた鉄道事故により悲惨な死を遂げた両親の墓を、その美しき国に残して。父はそこで高級官僚の地位にあったが、株取引の才も発揮して、息子が将来心配なく暮らせるだけの財産を残してくれた。どうしてわたしはイギリスに帰ることにしたのか？　人生を一変させた悲劇から立ち直るため？　たしかに、そのとおりだ。しかし理由はほかにもあった。

折しもわたしは、自分のなかに芸術に対する情熱が湧きあがるのを感じていた。それはいわく言いがたい、漠然としてはいるが激しい感情だった。わたしは文学から音楽、建築、絵画のあいだをうろうろ行ったり来たりした末、確信するに至った。ともあれ自分の道、わが《芸術》を見つけねばならない。それができるのは南アフリカではなく、ロンドンやパリ、ローマのような町だろうと。こうしてわたしは二週間前から、ロンドンの通りをぶらつきながら、進むべき道を思案し、まだ何ともわからないわが《芸術》を探し求めていたのだった。そのときはまだ知る由もなかったが、わたしはほどなく《芸術》を体現する男と出会うことになる。芸術のための芸術を理想に掲げ、わが友人となる男と。

オーウェン・バーンズをどう描写すればいいのだろう？　その日、花屋の店先で、可憐なバラのつぼみを太い指でつまみ、売り子の前に立った彼の姿が、今でも目に浮かぶようだ。でっぷりとした太った巨体、くいしん坊そうな唇、眠たそうに垂れた瞼。にこにこと愛想がよく、妙な気取りのかけらもない。どことなく悲しげな目の表情からは、控えめながら生き生きとした知性の輝きが、隠しようもなくあらわれている。もっとも、オレンジ色の三つ揃いは嫌でも目についたし、上着の折り襟につけた青い撫子《なでしこ》の造花も、いささかこれ見よがしなのは否めなかった。

「これですか？」と店員の娘は、オーウェン・バーンズが差し出した花を、少し当惑げに眺めながらたずねた。「どの花をお選びになろうとかまわないのですが、もし一本だけお買いになるのであれば、わたしなら別の花を選びますよ。どれも値段は同じですから。こちらの花は、正直言って……」

「ぼくが買うのはこれじゃなく、残りの花だよ」とオーウェン・バーンズは、ひと言ひと言抑揚をつけ、はっきりとした声で言った。「今、手に持った花だけはやめておく」

　売り子は呆気にとられ、しばらくじっと黙っていたが、やがて口ごもりながら言った。

「おっしゃる意味が、よくわからないのですが、お客様……」

「つまりだね」オーウェンは哀れな娘の鼻先で、手にした花をふりながら言った。「買わないのはこの花だけということだ」

「まだ……どういうことなのか……」

　オーウェン・バーンズはゆっくりと周囲を見まわし、わたしに目を止めた。

「ぼくはれっきとした英語をしゃべっているつもりなんだが。そこのあなた、そうですよね？　べつに難しい話じゃない。今、持っている花だけは買わないのだから、買うのは残りを全部ということだ」

　売り子は大きく見ひらいた目をくるくるさせながら、びっくりしたように花を眺めた。オーウェンがまだ目でたずねかけてくるものだから、わたしは反射的にこう答えた。

「ええ、もちろん簡単な話ですとも……あなたはその一本を除いて、花をすべて買うってことですね」

　この会話を聞きつけ、店の前に人が群がってきた。わたしも彼らに劣らず、興味津々だった。というのも、買った花をすべて持ち帰るのは、難しそうだったから。けれども驚きは、まだ序の口にすぎなかった。

オーウェンは上着のポケットから無造作に札束を取り出し、カウンターのうえに置いた。そしてたまげている売り子にむかい、少しおどけたように平然とした口調で言った。

「これで足りるはずだ。ところでお願いがあるのだが、この花をオーウェン・バーンズからだと言って、ベルトラム・ホテルのジェイン・ベイカーさんに届けてもらえないだろうか」

売り子は喉が詰まったのか、ただうなずくばかりだった。客のほうは再びわたしをふり返った。

「見事なバラじゃないですか。この季節に、これほどすばらしいバラは、めったに見つかるものじゃない。いやはや、ロンドン中を歩きまわりましたよ」

「これは温室栽培のバラなんですよ、お客様」と売り子は自慢そうに言いながら、せっせと花を集めて豪華な花束に仕上げた。

そうこうするあいだにも、バラ好きの男は通りをのぼってきた辻馬車に手をあげた。そして御者が馬を止めると、よく響く声でこう呼びかけた。

「リージェント・ストリートの《グレイズ》へやってくれ。大急ぎでたのむ。時間がないんだ」

御者は花屋の売り子と同じ、呆気に取られたような目をした。通行人たちも次々に立ちどまっては、奇妙な男の奇妙なふるまいを唖然として眺めている。

御者は肩ごしにうしろをふり返り、通りの反対側に目をやった。店の飾り窓には黄土色の地に真っ赤な文字で、大きく《グレイズ》と書かれている。

御者は視線を客に戻し、眉をひそめて言った。

「《グレイズ》ですって？　リージェント・ストリートの？　そうおっしゃいましたか？」

「ああ、たしかにそう言ったつもりだが……」

御者は親指で店を指さした。

「でも、ほら、すぐ目の前ですよ」

「何を四の五の言ってるんだ」とオーウェン・バーンズは叫んだ。「もちろん、そんなことは百も承知だとも。知らない場所に馬車を走らせる習慣はないからね」

「そんなにお急ぎなら……」

「そう言ったはずだがね。さあ、乗せていくのかいかないのか、はっきりさせてくれたまえ。もう一秒だって無駄にはできないんだ」

御者はあきらめたように天を仰ぎ、客が憤然として馬車に乗りこむのを確かめると、鞭を鳴らした。それを目で追っているのは、もちろんわたしひとりではなかった。辻馬車は次の交差点まで行くと、Uターンしてわたしたちのいるところまで戻り、車道の反対側に止まった。オーウェン・バーンズが店に入っていくのを見届けたところで、騒ぎも一段落かと思った。あに図《はか》らんや。一分後、突然店のドアがあいて女店員が飛び出し、医者を呼んでくれと叫んだ。お客の殿方がひとり、体調を悪くしたからと。わたしを含めた野次馬たちが、《グレイズ》の入口に殺到した。はたして店の真ん中で、オーウェン・バーンズが気を失って倒れているのを見ても、わたしはさして驚かなかった。むしろ驚いたのは、彼が意識を取り戻したあとだった。心配そうに彼の口もとを見つめている人々を前に、オーウェン・バーンズはこう言ったのだ。

「なんとまあ、おぞましい。こんなちぐはぐな家具を並べるとは……とても見るに堪えない。大急ぎでここから連れ出してくれ！」

誤解なきようつけ加えておくならば、《グレイズ》の家具はたしかに洗練されているとは言えないかもしれないが、まずまず悪くなかった。このオーウェン・バーンズとやらは、いったい何を大騒ぎしているのだろう？　彼はほんのわずかな不調和を目にしただけで気を失ってしまうほど、繊細な芸術的感性の持ち主なのだろうか？　わたしは周囲の人々が言い立てる評言に耳をそばだてた。

「オックスフォード出の連中は、これだからな。ともかく目立ちたがり屋なんだ」

「つまり詩人ってことかい。むしろ狂人だな」

「その二つは、ほとんど同じことさ」

「そういや、この男じゃないか。先日、ピカデリー・サーカスで見かけたのは。ミモザの新芽を眺めながら歩いていたっけ」

「花束を拾いあげようと乗合馬車の前に身を投げ出して、危うく事故になりそうだった」

「アメリカ人女優のジェイン・ベイカーに首ったけだっていうのも、驚くにはあたらないな。彼女と同じで、礼儀をわきまえていないのさ」

「頭がおかしいんだろう」

「世も末だ」

夕方ごろにはもう、オーウェン・バーンズのことを忘れてかけていた。わたしはシティのしゃれたティーサロンでひと休みした。店を出てもまだ歩き足りない気分だったので、豪華なショーウィンドウをあとにし、もっとつましい地区へむかうことにした。

立ち並ぶ建物は少しずつ小さくなり、切り石積みからレンガ造りに変わっていった。レンガの赤みも、ますますくすんでいくようだ。それでもあたりには、クリスマスのうきうきした雰囲気が漂っている。お屋敷町ではないだけに、素朴で自然な高揚感に満ちているのだろう。子供たちが凍った道のうえを滑って、楽しげに遊んでいるのも、庶民的な界隈らしかった。日が暮れ始めるとガス灯が灯り、きらめく光が店のショーウィンドウを金色の輝きで包んだ。柊の葉がきらめき、ピラミッド型に積みあげたオレンジは、まるでほのかな燐光を発しているかのようだった。さっきティーサロンでケーキも平らげたばかりだというのに、わたしは質素な店のショーウィンドウに飾られた、おいしそうな半月型のアップルパイを食べずにはおれなかった。質素だという点では、おもちゃ屋も負けていなかった。けばけばしい色の人形や木馬たるや、なんとも粗雑なしろものだ。それでも子供たちはガラスに鼻先をくっつけ、動かないおもちゃたちの小さな世界を一心に見つめている。その日の午後はあちこち歩きまわったけれど、あんなにきらきらとした目に出会うのは初めてだった。

その少し先では、まだ幼さが残る少年が鳥肉店の店先に立ち、うっとりとした表情でショーウィンドウを眺めていた。店の主人は、棹に吊るした商品を片づけ始めた。少年はボロ着姿というほどではなかったが、いささか大きすぎる古びた黒い帽子は、彼があまり裕福でないことを物語っていた。少年が食い入るように見つめる先にあるのは、一羽の立派な鵞鳥《がちょう》だった。こんなに大きくては、持ち帰れないだろうと思うほどだ。主人がそれを棹から外したとき、わたしは値段を訊いてお金を払った。少年の目に落胆の色が浮かんだ。けれどもわたしがメリー・クリスマスと呼びかけ、鵞鳥を彼に手渡すと、落胆はたちまち驚きに変わった。わたしの気が変わらないうちにとばかり、少年はすぐさま踵を返したが、その前に大きなつばのついた黒い帽子をくれた。せっかくの心づかいを断るべきではないと、わたしはありがたくもらっておくことにした。

われながら気前がよかったと自己満足に浸りながら、また歩き始めた。でもあの鵞鳥を買ったのは、純粋な思いやりというより、少年の目が歓喜で輝くのを見るのが心地よかったからではないだろうか？　わたしは自分の良心にそう虚しく問いかけながら、さらに奥へと入りこんでいった。建物の壁からは、貧しさがにじみ出ている。屋根や庇《ひさし》、窓の縁《へり》、細かなでっぱりに積もった雪の白さは、夕闇に包まれて不気味にたたずむ陰気な家々の薄汚れた外壁と、悲しいほど対照的だった。それでも、街の活気は失われてはいない。話す口調や笑い声は一変し、粗野で凄みが利いていたけれど、そのぶん真情に訴えるものがあった。幼いころの思い出を呼び覚ます、単調だけれど陽気な音楽が、どこからともなく聞こえてきた。男が手まわしオルガンのハンドルを、せっせとまわしている。わたしは胸を打たれ、もっとよく見ようと男に近づいた。シルクハットはだいぶ古びているものの、色の薄いとっつきにくそうな目には、威厳と誇りが感じられた。奇妙なことに彼の連れにも、わたしは同じ誇り高さを見てとった。それは手まわしオルガンのうえにちょこんと乗った、小さな猿だった。猿は得意げなようすではすにかぶった三角帽子の下から、生き生きとした目で見物人たちを眺めている。

　疲れ果てたわたしは、魅せられたようにその場にたたずみ、手まわしオルガンを弾く男の前を通りすぎる赤ら顔の群衆を眺めていた。古いはやり歌のメロディが、繰り返し小さく響いている。とそのとき、背後で聞き覚えのある声がした。

「ぼくと同じくあなたも、このすばらしいショーを楽しんでおられるようだ……」

　ふり返るなり、すぐに誰だかわかった。昼間、おかしなふるまいで皆をびっくりさせた男だ。男は派手なオレンジ色の三つ揃いを、もっとスポーティな服装に着替えていた。チェックのジャケットとハンチングというスタイルはオーソドックスだが、それでも人目を引くことに変わりはない。

「すばらしいショーですか……」とわたしは、まごついたように口ごもった。「そこまでは、なんとも……」

「そういや、今日の午後、花屋の前でお会いしたのでは？　ぼくは人の顔を、決して忘れないんです」

わたしは自己紹介をし、月並みなひと言をつけ加えた。

「人生は偶然から成ってますね……」

男はわたしをまじまじと見つめた。

「なるほど、実に含蓄のあるお言葉だ。もしかして、芸術方面のお仕事を？」

わたしはまごついた。

「いや、まあ……でも、どうして……」

「師は弟子を知ると言いますからね。ロンドン中探しても、この界隈ほど感動と詩情にあふれた場所はありません。あなたも今、そう思っていたところなのでは？」

オーウェン・バーンズはこんなふうに肩肘張らない口調で話し始めたあと、わたしに会話の主導権を譲った。自分でも驚いたことに、わたしは胸の内をいつの間にか吐露していた。なるほど彼の見立てどおり、わたしは芸術家を志している。そう打ち明けると、オーウェンはとても興味深そうに聞いてくれた。彼がしたり顔でほうほうと盛んにうなずくものだから、わたしは勢いづいて先を続けた。実に不思議な男だ。人あたりがよく才気煥発。こんな人物を友人のひとりに加えたら、ロンドン暮らしの憂さもしのげるのではないかという気がした。そんなふうに思っていると、またしても彼は精神状態を疑いたくなるようなことを言い出した。

「あなたが芸術家としていかなる運命をたどるか、もちろんぼくにはわかりかねますがね。しかしあなたは今、探し求めていたものを見つけたと言えるでしょう。なぜって芸術は、こうして目の前に立っているのだから。ああ、大変だ！」オーウェンは、雷に打たれたように突然叫んだ。「アメリカいちの美女が夕食の席で、待っているんだった。遅れちまうぞ」

彼はわたしに名刺を差し出し、「気がむいたら、会いにいらしてください。有意義な会話の続きをしましょう」とつけ加えると、すたすたと歩き去った。

わたしはしばらくその場にじっとたたずみ、男が姿を消した通りの角を見つめながら、彼はいったい何者なんだろうと考えた。けれども、明確な答えは出なかった。もう帰らなくては。ぱらぱらと雪が舞い始め、わたしは少年がくれた帽子をかぶった。それでもあの男以上に目立ちはしないだろうな、と思いながら。路地の曲がり角で、雪つぶてを顔面にくらった。見ると二人の悪戯小僧が、全速力で逃げていく。追いかけて叱りつけようなどという気は、さらさらなかった。むしろ笑いだしたいくらいだった。なんだか滑稽なことばかりがあった一日だ、という気がしてならなかったから。とっさに顔を拭うことすらしなかった。と、そのときだ。わたしが彼女に出会ったのは……

ポニーに引かれた行商人の二輪馬車と、すれ違ったところだった。リボンに飾られたポニーは、しゃんしゃんと鈴を鳴らしている。わたしは交差点にほど近い、ガス灯のすぐ下にいた。彼女は塀の端から飛び出し、円錐形に広がる光のなかに姿をあらわした。黒いイヤリング、赤い唇、ほとんど透き通るような真珠色の肌。すらりとして、優美で、可愛らしい。頭にかぶった小さな帽子には、持ち主に劣らずはかなげで繊細な花がついている。三、四秒がすぎ、わたしたちは黙ってじっと見つめ合っていた。やがて彼女は、怯えたように顔を歪めた。そして悲痛の叫び声をあげ、もと来たほうへ走り去った。

さっぱりわけがわからなかった！　わたしの何がそんなに怖いというんだ？　ここはひとつ、はっきりさせなくては。わたしはあとを追い始めた。けれども彼女はよほど恐ろしくてたまらないらしく、必死に走って逃げていく。黒い帽子はどこかに吹き飛んでしまったが、そんなことにかまってはいられない。ようやく彼女の腕に手をかけ、精一杯やさしい声でなだめるように言った。

「どうか、落ち着いてください。なにもしやしませんから」

彼女はまだ震えていたけれど、さっきほど怯えてはいなかった。わたしの顔を見て、今度は少し安心したらしい。けれどもその口からは、奇妙な言葉が飛び出した。

「白い仮面……死の鈴……だからてっきり彼だと思い……」

その先ははっきりわからなかったが、《王》とか《混沌》という言葉が聞こえたような気がする。

「お嬢さん、お願いです。あなたの身になにか危険が迫っているのなら、わたしに話してください」

わたしたちは目と目を見合わせた。彼女の瞳に一瞬、苦悩の色が浮かんだのに気づき、わたしは動揺した。

「助けてください……」と彼女はそうささやいた。

けれどもすぐに平静を取り戻し、しっかりとした冷たい声で続けた。

「すみません。おかしなふるまいをして」

彼女はさらに二言、三言、丁寧に謝ると、足早に遠ざかった。わたしはとっさにあとを追おうかと思ったが、あんなに突然態度を変え、きっぱり立ち去っていったのだから、もう取りつく島がなさそうだ。なにか恐ろしい秘密が、あの若くて美しい娘を苦しめているのは間違いない。わたしはあれこれ想像を巡らせたが、よもや翌年、自分自身が、彼女とともに奇怪きわまる殺人事件の目撃者になろうとは思いもよらなかった。

2　奇妙な任務

父方の祖父アキレス・ストックは若いころから、中背ながらがっしりとした体格のたくましい男だった。四角い顔のうえには、赤銅色に輝く髪がふさふさと生え、健康的でエネルギッシュで、頭のなかはやりたいことでいっぱいだ。けれども悲しいかな、優柔不断な性格が災いして、それを実行に移すことができなかった。結局祖父は、生まれ故郷スコットランドの町エジンバラで生涯を閉じた。ひとつだけ、祖父が見事にやり遂げたのは、わたしの父をこの世に生み出し、立派な教育を授けて、一人前に育ててあげたことである。

いや、ご安心あれ。家族の思い出話で、これ以上読者諸氏をうんざりさせるつもりはない。こんなふうに祖父のことを持ち出したのは、わたし自身がどういう人間かを説明せずにすませたかったからだ。というのもわたしは、祖父の名前を受け継いでいるだけでなく、外見も性格もよく似ているらしいから。わたしは前章で語った出来事のあと、しばらく祖父の故郷ですごした。オーウェン・バーンズの紹介で知り合った友人からぜひにとたのまれ、エジンバラで活動する画家の売り出しに一役買うことにしたのだ。わたしが心を決めたのは、そこが祖父の生まれた地だったからだ。友人の熱意とわたしの資金により、いくつもの展覧会を後援した。どれも充分な成功を収めたものの、結局長続きはせず、ほとんどもとは取れなかった。この物語には直接関わりのない話ながら、そんなこんなでイギリス中を駆けずりまわらねばならなくなり、ロンドンともオーウェン・バーンズともしばらくご無沙汰することになった。そしてわたしが首都に戻ったのは、ようやく翌年のクリスマスが近づいたころだった。

エジンバラに発つ前には数回会っただけだったので、オーウェンとわたしはまださほど親しいわけではなかった。それでもその晩、セント・ジェイムズ・スクエア近くのアパートを訪ねると、彼は再会をとても喜んでくれた。わたしが今、こうして綴っている物語も、もとはと言えばそのとき彼と交わした会話がきっかけで生まれたものなのだが、そこのところを詳しく語る前に、ここでオーウェンの人物像について触れておきたいと思う。彼は身近な友人たちにとっても、つねに──これからもずっと──汲めども尽きぬ驚きの源であり続けるだろう。そもそも彼は、人々を挑発することにかけて天才的だった。数か月のうちに彼が打ち立てた名声は首都の外にまで広がり、その快挙の数々はスコットランドの新聞でも報じられた。なかには、わたしが直接見知っているものもあったが、それはほんの序の口にすぎなかったのだ。オーウェンは耽美主義者、思想家、哲学者、詩人、作家──まあ、これくらいにしておこう──を自任していたが、とりわけ信奉しているのが芸術のための芸術だった。それを極限まで磨きあげた言動は、ときに馬鹿馬鹿しく思えるほどだ。彼が行く先々で無造作に発する警句《アフォリズム》や当意即妙の切り返しは、人々を笑わせたり怒らせたりしたけれど、いずれにせよ驚くべきものだった。彼の変人ぶりは上流階級でもてはやされ、座の盛りあげ役にと、サロンやパーティでひっぱりだことなった。ロンドン警視庁の高官が集まったパーティの席で、《凡俗はつねに犯罪だが、犯罪は決して凡俗なものではない》と言い放つことすらあった。もちろんこの意見は、激しく非難された。すると彼は、きっぱりとこう答えた。ときとして犯罪は芸術作品に匹敵し、その犯人は芸術家に比類しうると。彼はさらに続けて、自分ならどんなに不可解な犯罪の謎も解決できると豪語したのだった。なぜなら芸術家たる自分には、犯罪世界の輩《ともがら》が作り出したものを容易に感知することができるからと。ただしその犯罪が、真に並はずれたものであるならば。オーウェンは一、二度、見事にそれを証明してみせたようだが、案の定と言うべきか、かのロンドン警視庁は知らんぷりを決めこんでいた。正直、わたしは彼の大言に、さほど驚かなかった。オーウェンが恐るべき洞察力の持ち主であることは、すでにわかっていたからだ。ある日、彼はイソップの推論についていくつか屁理屈を並べたあと、自分がいかにパラドクスや分析を好んでいるかを述べて、わたしが心のなかで思っていることをすらすらと言いあてたのである。もちろんわたしは、びっくり仰天した。

ここで話をもとに戻すことにしよう。その晩、わたしはオーウェンの歓待ぶりに、心から感激した。彼が頭のなかで何を考えていたのか、まだ知る由もなかった。オーウェンはサテンのガウンをまとっていた。濃紺の地に、金色のアラベスク模様が刺繍されている。

「よく来てくれた、アキレス」彼はわたしが脱いだレインコートと山高帽を受け取ると、そう言った。「きみに再会できて、どんなに嬉しいか。さあ、すわってくれたまえ。さっそく懶惰《らんだ》の喜びに浸ろうじゃないか。きみにはわからないだろうが、これぞ天才的なひらめきの母なんだ。いっしょにウィスキーでも一杯、どうかね？」

「まだ少し早いんじゃないか？」

「ほら、ほら、きみはなんでも我慢するんだからな。でも、魅力的なものに決して抗ってはいけない」

オーウェンが奥に引っこむと、わたしは部屋を見まわした。あんな移り気な男にしては意外なことに、飾りつけはほとんどなにも変わっていない。ありとあらゆるものであふれ返ったこの部屋を詳細に描写しようとしたら、時間がいくらあっても足りないだろう。しかし高価な中国磁器のことだけは言っておこう。のちのち、オーウェンがこの文章を読んだとき、あれを無視するとは許しがたいと、文句をつけるに違いないから。

オーウェンが戻ってきてグラスを満たし、わたしに葉巻をすすめた。そして自分の葉巻に火をつけると、正面の肘掛け椅子にすわりこんだ。

「さあ、アキレス、きみの活躍を聞かせてくれ。進むべき道は見つかったかい？　あれからちょうど一年になる。あのときはまだ漠然としていたが、芸術の世界でなにかやり遂げたいと、ずいぶん熱っぽく語っていたじゃないか」

われわれが企画した絵画の展覧会はそこそこ成功したものの、今ひとつぱっとしなかった、とわたしは切り出した。

オーウェンはしばらくじっと耳を傾けていたが、やがてわたしの元共同出資者について、吐き捨てるようにこう言った。

「オスカーはただの能なしさ。頭が冴えているのも朝食まで。だから、きみのせいじゃない。あんな俗物と手を組んだらろくなことはないって、きみに警告しておくべきだったよ（彼はわたしのグラスにウィスキーを注ぎ足し、言葉を続けた）。アキレス、ぼくはきみと再会して、どんなに喜んでいることか……このところ、すっかり気が滅入っていたんでね。陰気な町、生気のない住人たち。知性のかけらもないやつらばかりだ。彼らに較べれば、ぼくなど数段すぐれている。そう思って自分を慰めているんだ。さあ、もっときみのことを話してくれ。なかなか興味深い」

わたしはイギリス各地を巡った話をしながら、いささかびっくりしていた。オーウェンはずいぶんと熱心に聞いている。前にも言ったとおり、知り合ってまだ日も浅く、顔を合わせたのも数えるほどなのに、少し大袈裟ではないだろうか？

「どれほどきみに会いたかったことか」わたしが話し終えると、オーウェンはゆっくりうなずきながらそう言った。「するときみは、たっぷり人生経験を積んできたってわけだ。そうやって、強い意志と豊かな精神を養った……だから決して、時間を無駄にしたわけじゃないさ。それは確かだ（彼は真剣な口調でそう言うと、天井に立ちのぼる紫煙の渦を興味深そうに目で追った）。

アキレス、ぼくはつねづねきみのことを、猛獣みたいな男だと思っていた。どこまでも続く広い大地でしか生きていけない野獣……きみのなかには、持って生まれた冒険心と、危険を顧みない勇気がある……」

「そりゃまあ」とわたしは馬鹿正直に答えた。「なにしろ、南アフリカでは……」

「きみは南アフリカにいたのか？　ああ、そうだった。忘れていたよ。たしかに、そう言っていたっけ。けっこう、けっこう」

「けっこうって？」

「いや、なんでもない。それじゃあきみは、危険や異国趣味、謎を愛しているってわけだな……」

オーウェンはいったい何が言いたいのだろう？　わたしがそう訝しんでいると、彼はさりげない口調でこう続けた。

「ところで今、のっぴきならない用事はないんだろ？　まったく暇だからこそ、身も心も芸術に捧げて……」

そこで彼はわたしの視線を避けながら、葉巻を吹かした。なにか気がかりなことがあるらしい。それでじっと考えこんでいるのだ。わたしは慎重に身がまえた。彼はばねに弾かれたみたいに、突然ぴょんと立ちあがった。

「アキレス、きみにひとつ提案があるんだが。数日、というか二週間ほど、田舎でのんびりしたらどうだろう。そのあいだにじっくり観察眼を磨けば、芸術的な感性も高まるというものだ。しかも滞在中は、ほんの少し危険の味や謎の魅力も楽しむことができる……つまりはきみの難しい要求にも、充分応えられるってわけだ。どうだろうな？」

わたしはわけがわからず、しばらく黙っていた。そして、詳しく説明して欲しいと言った。オーウェンはうつむいて部屋を歩きまわりながら、早口で話を続けた。

「きみも知っていると思うが、ぼくは警察が捜査に行き詰ったとき、ときどき手を貸しているんだ。そもそもは、馬鹿げた賭けがきっかけだったんだが……まあ、それはどうでもいい。よくある話さ。たまたまぼくの芸術的能力を役立てたところ……話を聞きつけたやつらがひとり、二人、助力を乞うてきた。宝石泥棒やらの、つまらない事件さ。ところが先日……」

オーウェンはそこで間を置いた。彼は中国磁器の前に立ちどまると、そのうちひとつを手に取ってもの思わしげにそっと撫でながら、声を一変させて言った。

「そんなわけできみにひとつ、微妙なたのみをしなければならない。というのも、これは尋常ならざる事件だからね。それには、人並はずれて鋭いきみの感覚と注意力がどうしても必要なんだ……」

「よくわからないな。暇に飽かして素人探偵を演じているのはきみなんだから、なにもぼくの出る幕など……」

「まさにそこなんだ」とオーウェンは遮った。「ぼくは目下、忙しくてね。というのも……なに、言いわけを取り繕ってもしかたない（彼は傲然《ごうぜん》とわたしの前に立った）。アキレス、愛するとはどういうことかわかるかい？　美を愛《め》でるように、誰かを愛するとは？　彼女は五日後に大陸へむけて旅立つ。だから二人に残された最後の貴重なひとときを、ぼくはどうしても失いたくないんだ（そういう彼の口調は真剣で、真情にあふれていた）。彼女に会えばわかるはずだ、アキレス。あれほどの美人は……」

「そうか、わかった」

「じゃあ、彼女に会ったのか？」

「いや、きみの魂胆がわかったんだ。ぼくに代役をやらせようっていうんだな」

「そうしてくれると、大助かりなんだが」

「まだ、引き受けるとは言ってないぞ。まずは詳しく話を聞かないと……」

　オーウェンはうつむいて、また行ったり来たりを始めた。

「さっきも言ったとおり、これは実に奇妙な事件でね。一筋縄では解決できそうもない。ぼくとしては、きみがなんの先入観もなしに現地に赴き、その雰囲気に浸るほうがいいと思うんだ。関係者ひとりひとりの一挙手一投足を、公平な目で観察するほうがね。そうやってきみが集めた混じりけのない、的確な情報があれば、ぼくが自ら現地に行かなくとも、充分明確に状況を把握できる。きみにはぼくの目、ぼくの耳になって欲しいんだ。言っている意味はわかるだろ？」

「よくわかるさ」とわたしはそっけなく答えた。

「何日かしたら、どこかでこっそり会って現状を総括しよう。そのとき、何が問題なのかをきちんと説明するから」

「つまり知らない土地の、知らない人々のところへ行けというんだな？」

というわけでオーウェンは、事件の場所や関係者について、大まかな話しかしてくれなかった。ロンドン郊外にある村の近くで、チャールズ・マンスフィールドなる人物が大きな屋敷に住んでいる。彼にはシビルとダフネという二人の娘がいる。姉のシビルは近々、父親の友人で裕福な仲買人のサミュエル・ピゴットと結婚することになっている。ピゴットと彼の独身の妹キャサリン、共同経営者のエドガー・フォーブスを加えた三人は、毎年クリスマスをマンスフィールドの屋敷ですごすのが習慣になっていた。

わたしは探偵だと名のるのかとたずねると、オーウェンは天に両手をあげた。

「とんでもない。そうそう、ひとつ言い忘れていた」

再びオーウェンは顔を曇らせた。実は皆に怪しまれずにその場へ赴けるよう、依頼人と作戦を練ってあるのだという。彼は——というのはつまり、わたしのことなのだが——依頼人の婚約者だということにしたというのだ。

「ほう。なるほど、面白くなり始めたぞ。で、依頼人というのは姉妹のどっちなんだ？　シビル、それともダフネ？」

「どちらでもない。ピゴットの妹キャサリンだ。彼女は兄の身を心配している……（オーウェンはわたしのほうにむきなおった。声が少し、喉に詰まっているようだ）もうすぐ四十になるところで、あまり美人とは言いがたいかな。そこを確かめておきたいなら……」

「つまり、醜いってことか？」

「いや、そうは言ってないさ……でも、ほら、生まれつきの外見にあまり恵まれなかった女性とおつき合いするような人物なら、信頼に値すると思ってもらえるじゃないか」

まともな神経をした男だったら、誰がこんな申し出を受け入れるだろう？　少なくともわたしの個人的な知り合いのなかに、そんな男はひとりもいないはずだ。そう、誰ひとりいない。その晩、まんまとオーウェンの口車に乗せられてしまったわたしのような男は。彼は目的達成のため、あらゆるレトリックを駆使した。なかでも謎解きの魅力は、決定的な役割を演じた。

話がまとまると、オーウェンは柱時計を見て飛びあがった。

「大変だ。そろそろ彼女が来る時間だぞ。悪いがすぐに帰ってくれ、アキレス」

「魅力的なミス・ピゴットがかい？」

「とんでもない。どうやらきみにも、ユーモアのセンスが身についたようだな。さあ、急いで。明日また連絡して、指示を与えるから。夕方には出発できるよう、準備を整えてくれたまえ」

オーウェンは親しげにわたしの肩を抱き、階段まで一緒に来た。その年の冬はことのほか厳しかったが、わたしがぶるっと震えたのは、夜の寒さのせいではなかった。

「そうだ、もうひとつ忘れていた」と彼が重々しい声で言ったからだ。「この事件には、いくらか危険が伴うだろう。もし、むこうで夜、白い仮面をかぶったように青白い顔を目にし、鈴の音《ね》が聞こえるようなことがあったら、できる限り用心するんだ。なぜなら、死の危険が迫っている証だからね」

3　雪のなかの人影

翌日はお茶の時間までずっと、首都に雪が降り続けた。雪がやむと、今度は深々と冷えてきた。わたしが旅行鞄を手に、ラッセル・スクエアの角で足踏みをしていたのは、ちょうどそんなころだった。《案内の者がそこへ迎えに来る》と、オーウェンから伝言があったのだ。

手紙ではなく伝言と言ったのは、二時間前に届いた数行の走り書きを、ほかに呼びようがないからだ。大事なたのみごとだというのに、ずいぶんそっけない文面ではないか。昨日、話した以上のことは、ほとんどなにも説明していない。そのくせミス・キャサリン・ピゴットや、わたしと彼女の《関係》については、ひと言皮肉を飛ばす手間は厭わなかったらしい。《親愛なるアキレス、きみの婚約者のことなら心配はいらない。昨晩、連絡して、少しばかり計画が変わったと言っておいたから……今ごろきっと、ぼくのメッセージを前にして、待ち焦がれているはずだ。これから数日間、きみはさぞかしちやほやされることだろう。きっと下にも置かない歓待ぶりだぞ……でも、しっかり目をあけておけよ。それじゃあ、二、三日したらまた連絡するので、またそのときに》と伝言は締めくくられていた。オーウェンのやつ、できれば絞め殺してやりたいくらいだ。

教会の鐘が五時十五分を告げたとき、一台の馬車が速度を落とし、わたしの脇までやって来た。屋根に荷物や包みをのせた、二頭立ての馬車だった。馬がいななきながら止まると、わたしは御者に声をかけ、ミス・ピゴットの友人だと名のった。さあ、お乗りください、と御者は言った。わたしのところからは外套と、目深にかぶった帽子しか見えなかった。けれども彼が馬車を止め、買い物をしているあいだに、わたしたちは親しく話し始めた。ニコラス・ダドリー。年のころは四十くらい、大柄で感じのいい男だ。ちょっとぶっきらぼうで、こもった声をしているが、彼が買った品々を馬車に積み終えるころにはもう、意気投合していた。

「ひどい天気ですな、旦那」とニコラスは手をこすり合わせながら言った。「こんな寒さは何年ぶりだか。メアリが言ってましたよ。これがまだしばらく続いたら、水が困ったことになりそうだって」

メアリというのはあっしの女房でしてね、と彼はつけ加えた。気立てがよくって器量もまずまず、あいつに出会えてよかったと、毎日神様に感謝していますよ。二人とも、マンスフィールド家に、住みこみで働いていた。メアリは料理係だが、使用人の実質的なまとめ役だった。ニコラスは御者として、ほかにも村に顧客を抱えており、ほとんど毎日、町まで出かけていた。クリスマスの休みが近いとあって、日に二度、馬車を出すこともあるという。それから彼はピゴット氏や、その愛すべき妹君《いもうとぎみ》の話を始めた。とりわけミス・ピゴットについて、なんだかんだとわざとらしく話題をむけるのは、わたしからなにか聞き出そうという魂胆なのだろう。

「あなたがキャサリン様をお知りになったのは、わりと最近なのでは？」と彼は、帽子を直しながら陽気にたずねた。

「ああ、そうだが」とわたしは短く答えた。

するとニコラスはわたしに近寄り、打ち明け話でもするような口調で言った。

「あっしとメアリもずいぶん歳が離れてますが――まあ、うちは女房が年下ですけど――なんの問題もなく、仲よくやってまさぁ」

わたしはゆっくりとうなずきながら、心のなかでオーウェンを呪った。こんな羽目になったのは、あいつのせいなのだから。キャサリン・ピゴットはどんな外見をしているんだろう？　ニコラスがそのあたりのことを、話してくれればいいのに。わたしが黙っているものだから、彼はさらに続けた。

「それにほら、ピゴット様とシビルお嬢様もそうですし……あの二人は昔からの知り合いですがね。本当なら、とっくに結婚されてたでしょうに、あんなことがあったせいで……何を言いたいのか、わかりますよね」

そのあたりの事情はよく知らない、とわたしは答えた。

「なるほど、キャサリン様と知り合われたのが最近だとすると、無理もありませんな」とニコラスは言った。「お二人はとっくに結婚されていたはずなんですよ、もし、あんな悲劇が起きなければ。そのあとに続いた、一連の出来事がなければ」

「悲劇だって？　どんな？」

「エドウィン様が亡くなれたことです。シビル様の兄上のね。エドウィン様はあなたと同じくらいのお歳でした。シビル様はとてもショックを受けて……今から、三年前のことです」

「事故で？」

「事故」とニコラス・ダドリーは、表情を変えて繰り返した。「違いますよ……殺されたんです」

「殺されただって！　犯人は捕まったんだろうね」

ニコラスは訝しげな目をした。

「じゃあ、本当にご存じないんですね……彼がクリスマスごとに戻ってくることも、知らないと……哀れなエドウィンの前はジョージ爺さん、そして去年は、ジムの番でした。ちょっとばかり激しやすい肉屋の若者だが、蠅一匹殺せないような男です。さあ、そろそろ出かけましょうか。さもないと、夕食に間に合いませんぜ」彼はそう言って、馬車のドアをあけた。

わたしは脳味噌を猛烈に働かせながら、席についた。ぴしっと馬に鞭を入れる音も、ほとんど耳に入らないくらいだった。馬車が雪道を快調に走っていくあいだ、手にしたわずかな情報を整理してみた。オーウェンに言われたとおり、ただ《目と耳》に徹しているわけにはいかない。なにも考えるななんて、とうていできない相談だ。

キャサリン・ピゴットなる女性がわが友人のもとを訪れ、兄サミュエルの身を案じて助力を求めた。サミュエルはシビルと結婚する予定だが、シビルの兄エドウィンは三年前、《彼》と呼ばれる謎の人物に殺された。ほかにも犠牲者がいるらしい。これで先入観を持たないなんて、難しいだろう。不可能だと言ってもいいくらいだ。友人の娘と結婚しようという裕福な仲買人に、わたしは会う前から反感を抱いていたし、その妹にもあまりいい感情を抱いていなかった。さらに言うならチャールズ・マンスフィールドも、いささか感心できない。娘の結婚相手に、親子ほども年の離れた男を選ぶなんてどうかしている。今のところ特別な先入観を抱いていないのは、シビルの妹ダフネとピゴットの共同経営者フォーブスに対してだけだった。

ミス・ピゴットが兄を心配している理由は、毎年クリスマスに繰り返される悲劇と関係があるらしい。次はサミュエルの命が危ない、というわけだ。いかなる危険があるのか、詳しいことはわからないが、昨晩、わが友は嬉々としてこう言っていた。白い顔、白い仮面、それから鈴の音《ね》に気をつけろと……けれども、ずいぶんと曖昧な警告だ。

わたしはその言葉を、頭のなかで何度も反芻した。すると突然、微かな記憶が甦り、目の前に恐怖に歪む若い女の顔が浮かんだ。あれは去年、ロンドンの貧しい界隈での出来事だった。彼女はわたしを見て、いきなり逃げ出した。わたしが追いかけて腕をつかむと、彼女は言った。白い仮面、死の鈴と……

思うにこのときからだろう、わが身にも危険が及ぶかもしれないと、わたしが本当に意識し始めたのは。《仮面》も《鈴》も、なにか特別意味のある言葉ではないが、はっきりしないだけに不安を掻き立て、得体の知れない脅威を感じさせる。今や調査はまったく異なった光のもとに、わたしの前に立ちあらわれた。オーウェンが誘い文句に使った、ただ推理力と観察眼を働かせればいいだけの探偵ごっことはわけが違う。いや……オーウェンを責めるのは正しくない。これは決して遊びじゃない、危険を伴う事件だと彼も言っていたのだから。

ロンドンを出るころには、夜になっていた。都会の喧騒は背後に退き、町明かりもすれ違う馬車も稀になった。雪に和らげられた蹄《ひづめ》の音を追うように、車輪の軋む音が響いている。ぽつぽつと点在していた家がやがて姿を消すと、あとは一面の雪景色が続いた。

ここまでわたしが日付をはっきり示さなかったのは、単なる偶然ではない。長年、この事件について語らずにいたのも、今回、登場人物の名前をほとんど変えたのも、もちろんれっきとした理由があってのことだ。というのも彼らのうちには、今日なおこの悲劇を思い返し、心を痛めている者がいるはずだからである。そもそも語るべきは、謎に満ちた要素の数々だけだ。だから一時間ほど馬車に揺られて到着した、この村の名前や位置についても、伏せておくことにしよう。それは質素な家が何軒か、教会、橋、川があるだけの小村で、あたりには冷たい風が吹きすさぶ雪原が広がっている。村の北には、起伏に富んだ土地が続いていた。わたしたちが村に入ったのは、そちら側からだった。

一分もしないうちにニコラス・ダドリーが力強い声で、もう着きますよと告げた。なるほど百ヤードほど先に、二階建ての大きな屋敷が、ぽつんと一軒だけたっている。星と月が輝く明るい晩だったので、チューダー朝の建物だと見てとれた。両側に張り出した翼の奥行きは、屋敷の中央部分とほぼ同じくらい。両翼の中庭側には、正面から少しひっこんだところに小塔がついていて、そのあいだを木製の渡り廊下がつないでいる。高さはちょうど屋根のあたりだ。きっとあそこから、狩りの様子や騎馬槍試合を眺めたのだろう。

そのとき、御者が叫び声をあげた。はっと道に目をやると、屋敷から離れていく人影が見えた。人影はわれわれに気づいたらしく、しばらくその場にじっとしていた。

ニコラスが馬車を止めるなり、わたしは外に飛び出してどうしたのかとたずねた。

ニコラスは、鼻から湯気を吹き出す馬の手綱を取りながら、幻でも見るみたいにじっと人影を眺めている。それは真っ白ななかについた、黒い小さな染みのようだった。しばらくためらったあと、人影はこちらにむかって歩き出した。近くまで来ると、わたしよりも少し若い、簡素な服を着た青年だとわかった。やがて青年は、村のほうへ遠ざかった。するとニコラスが、御者台から言った。

「あいつを見かけなくなって、もうずいぶんになるんだがな……」

「あいつっていうのは？」

「ハリー・ニコルズですよ。シビルお嬢様の元恋人のね。もうこのあたりに用はないはずなのに。なんだかこそこそしてやがったな。もしかしたら、あいつめ……」ニコラスはそこで言葉を切り、あとはぶつぶつ言っただけだった。

「いずれにせよ、気難しそうな男だな」とわたしは言って、御者の顔を注意深く観察した。彼は激しい恐怖のあと、ようやくひと息ついたような表情をしていた。「でも、どうして馬車を止めたんだね？」とわたしは続けた。

「どうしてって……」と彼は口ごもるように言った。「てっきり別の男だと……勘違いをしたものだから」

別の男。彼はそれ以上、なにも言わなかった。わたしは席に戻った。正直、この最後の言葉は、わたしを安心させるにほど遠かった。馬車が屋敷のドアに続く階段前に着いたとき、わたしは胃がきりきりと痛んだが、それはまた別の理由からだった。ミス・キャサリンの婚約者の役を、いったいどう演じたらいいのだろう？

そのとき起きた出来事を、わたしは当初、愉快で好都合だと思った。実のところわたしの立場は、それによってさらに面倒なものになったのだけれど。

ドアがあき、まず年配の男性が姿をあらわした。その立ち居ふるまいから、屋敷の主人だと見当がついた。次にあらわれた女性はキャサリン・ピゴットだと、わたしは直感した。大柄で痩せていて、よく見れば決して醜いわけではないけれど、健康なイギリス人男性ならドレスと長い巻き毛を除き、彼女に女らしさを感じる者はいないだろう。彼女が満面の笑みを浮かべるのを見て、わたしの背中に悪寒が走った。オーウェンは決して手加減しない男らしい。少なくとも、それだけは間違いなさそうだ。《魅力的なミス・キャサリン》は階段を降りながら、感動に震える声でまずこう叫んだ。

「アキレス、来てくれたのね！」

けれどもキャサリンが発した言葉は、それがすべてだった。というのも次の瞬間、彼女はステップで足を滑らせ、すってんころりんと見事な尻もちをついたから。あとは踝を抱え、苦痛に顔を歪めるばかりだった。そのあとわたしが見せた名演技には、オーウェンも鼻高々だろう。十五分後、ニコラスが彼女を馬車に乗せ、病院に連れていくことになると、わたしはいかにも心配そうに手伝った。馬車が小さいのでつき添ってあげられないと、大いに残念がりもした。馬車の脇についたランタンの光が闇に消えると、わたしは心のなかでほっと安堵のため息をつき、おとぎ話のお姫様とはかけ離れた《婚約者》から解放されたのを——少なくとも、一時的には——喜んだのだった。けれどもキャサリンがいないせいで、窮地に立たされるかもしれないとすぐに気づいた。屋敷の人々に、何をどう語ったらいいのだろう？　わたしたちがどんな関係なのか、彼女がうまくは話をリードしてくれるはずだったのに。わたしがまったく知らない話も、前もっていろいろしているのでは？

こんな椿事でばたばたしたせいで、改まった挨拶をしている暇はなかったが、とりあえずわたしは屋敷の人々と食堂に戻った。さっきそこにミス・ピゴットを運んだとき、若い女性が二人、ちらりと見えた。赤毛の少女は十七歳くらい。まさか彼女がピゴット氏の結婚相手とは思えないから、妹のダフネだろう。姉のシビルには見覚えがあった。しかしそれに気づいても、正直あまり驚かなかった。彼女は一年前、ロンドンの薄暗い裏通りで、わたしを見て恐怖に慄いたあの若い女だった。

4　明かりが消えて

シビル・マンスフィールドは、わたしに気づかないふりをした。そこはなにか事情があるのだろう。こっそりこちらをうかがう目、結んだ唇、生まれつきの白い肌。彼女に間違いない。わたしの姿を見て、明らかに動揺しているものの、だからといってその美しさは少しも損なわれてはいなかった。ときおりあんな女性を、夢に見ることがある。磁器のような肌をした軽やかな幻。それは最初に出会ったときよりもおぼろげだが、生き生きとして魅力的な幻だった。わたしは艶やかな長い黒髪に目を奪われ、思わずそっと触れたくなった。だからサミュエル・ピゴットが彼女の手を取るのを見て、腹が立ってしかたなかった。

こうして一堂が食堂のテーブルについた。もちろん、わたしは注目の的だった。そこで取った戦略は、できるだけ嘘をつかずにすますことだった。キャサリンとどう知り合ったのかたずねられたら、いかにも《困惑しきったような》顔をして、うまくはぐらかした。《わがフィアンセ》が怪我でなかなか戻れないのを心配して見せるほかは、もっぱら南アフリカの話をした。するとたちまち、侃々諤々の論争が沸き起こった。わたしは作戦が図にあたって、ほっとしていた。

テーブルを囲んでいたのは七人、つまりは使用人とメアリを除いて、そのとき屋敷にいた全員だった。ニコラスの細君は彼が話したとおり、とても魅力的だった。小柄で金髪で、精力的に台所を取り仕切っている。あとで知ったところによると、この広い屋敷の管理も彼女が一手に引き受けているのだった。チャールズ・マンスフィールドは、堂々たる風格の持ち主だった。豊かな銀髪は歳相応だが、疲れきったような目をしているのは、肉体的な衰えゆえとばかりは言えなさそうだ。

ダフネは姉より痩せっぽちだが、元気いっぱいだった。わたしを見つめるやんちゃな目には、まだ幼さが感じられる。赤茶色のそばかすと燃えるような赤毛が、悪戯っぽい表情にとても似合っていた。

サミュエル・ピゴットはわたしの正面にすわっていた。小柄で肉づきがよく、いつも目を半眼にひらいて笑みを絶やさない。喉をごろごろと鳴らす大きな雄猫みたいに、どっしりと構えているけれど、わたしはその目に一、二度、不安げな表情が宿るのをとらえた。一見したところ、不安がる理由などなにもないはずなのに。彼にふさわしい役柄はあれこれ想像できるだろうが、シビルの夫になるべき人物だとはどうしても思えなかった。この二人が結婚するなんて、まっとうなことじゃない。考えただけでも、胸がむかむかした。ピゴットは五十の坂を越えているというのに、シビルはまだひらきかけた花ではないか。けれども今、そんな気持ちを悟られるわけにいかないのは、読者諸氏にもご理解いただけるはずだ。

ピゴットの左に控えている奇妙な人物のことは、オーウェンからも聞いていなかった。こちらはジュリアス・モーガンストーン教授です、と紹介があった。暖炉の火は赤々と燃えているのに、ゆったりとしたケープを食卓でもまとって寒そうに震えている。重たげな瞼、飛び出しぎみの目。それを覆うもじゃもじゃの眉毛。くすんだ長い髪は、顔の前までたれさがっていた。

ピゴットの共同経営者エドガー・フォーブスにも、わたしは好感を抱かなかった。痩せた三十すぎの男で、わし鼻が特徴的だ。あまり弁が立つほうではなさそうだが、探るような鋭い目は、決して頭が悪いわけではないことを示している。

南アフリカのトランスバールで最近見つかった金鉱のことに話題が及んだとき、わたしはふと思った。もしかしたらキャサリン・ピゴットはこのなかの誰かに、秘密を打ち明けていたかもしれない。というのもさっきからずっと、誰かにそっと監視されているような気がしてならなかったから。エドガー・フォーブスだろうか？　そうかもしれない。いや、サミュエル・ピゴットの可能性もある。キャサリンが兄に打ち明けていたとしても、なんら不思議はない。いずれにせよ、事情を聞かされた相手はきっと心のなかで笑っているだろう。けれども彼女を信頼して、知らないふりを続けるつもりなのだ。なんだかみんな、緊張しているようだった。その点についても、はっきりとした根拠があるわけではない。ただ、やけに苛立たしげな態度だというだけで。けれどもシビルだけは、見るからにそわそわしていた。彼女がなぜか何度も窓に目をやるのに、わたしは気づいていた。

そういやニコラスは病院から戻ってこないな、とフォーブスが言った。わたしはそれをきっかけに、屋敷に着いたときに見かけた人影について話した。

するとみんな、ニコラスと同じようにはっと不安げな顔で息を呑んだ。人影の正体をわたしが明かすと、不安は当惑に変わった。不快そうに顔をしかめている者もいる。

「ハリー・ニコルズが、ここに？　屋敷のまわりをうろついていたって？」とチャールズ・マンスフィールドは吐き捨てるように言った。

「こちらの方向から来たようです」とわたしは慎重に答えた。「それ以上のことは、わかりませんが」

「信じられないな。ここ三年、あいつの姿を見かけなかったのに……それなら屋敷を訪ねて、ひと言挨拶くらいしたって……」

「一昨日も来たのよ、お父様……」とシビルが虚ろな声で言った。

「なんだって！」とサミュエル・ピゴットが叫んだ。「ずうずうしいったらありゃしないな。きみにあんな無礼を働いておいて！」

シビルは目を伏せた。

「もう来ないでと言ったんですが……」

「それくらいじゃ足りなかったってわけか」

ハリー・ニコルズなる人物については、すでに思うところがあったけれど、詳しい事情がわかるのに時間はかからなかった。食事が終わると、屋敷の主人に連れられ書斎にむかった。そこでわたしは当然のことながら、どうしたものか迷っていると困惑の気持ちを打ち明けた。

「本当に申しわけありません。キャサリンがまだ何日も入院することになると、わたしひとりでご好意に甘えるわけにもいきませんし……」

「ストックさん、あなたは大切なお客人だ。あんな間の悪い事故のせいで、お帰りになるなどとんでもない。いいですかな、クリスマスというのは、すばらしい祭りです。楽しみと友愛、ただそのためだけの祭り。もう何年も前から、友人に囲まれて祝っているんです。今こそ日ごろの憂さを忘れ、共にある喜びのために集まるときなんです」

チャールズ・マンスフィールドは、自分自身を納得させようとするかのようにそう言った。なぜなら、そこには明らかに不安の影が差していたから。彼はまだしばらく、同じ話題をくどくど続けていたけれど、それは前置きにすぎないのだとわたしにはわかっていた。裕福なラシャ織物商人だった先祖について話したのも、またしかり。マンスフィールド家の繁栄は十六世紀半ばに遡り、チューダー朝下でこの大きな屋敷を建てたが、今は維持にひと苦労しているという。もっともロンドンに構えた二軒の店は評判も上々で、首都でも最高の仕立屋たちが布地を買っていった。商売繁盛には友人のサミュエル・ピゴットがひと役買っているのは、チャールズ自身も認めていた。彼の仲介により、最高級の材料を関税抜きで調達できているのだから。

「サミュエルは古い友人でね……実に頼りになる男ですよ。ここ何年も、商売が傾きかけたときにはずいぶんと助けてもらってます。いやあ、あなたも運がよかった。彼の魅力的な妹さんとお知り合いになられたのは、喜ばしいことです。わたしも毎年クリスマスに、キャサリンさんをお迎えしてますからね、彼女がすばらしい女性であることはよくわかってます。すでにお聞き及びでしょうが、めでたいことにわが家とピゴット家は、近々親戚同士になるんです」

こうして招かれ、やって来た以上、この結婚話を知らないはずはないだろう。だからわたしは、「ええ」と答えた。

チャールズ・マンスフィールドはわたしに葉巻をすすめ、自分でも一本取ってゆっくりと火をつけ、話を続けた。

「これはとてもいい結婚になるでしょう。落ち着いて、安定した結婚に。わたしはそう信じて疑いません。サミュエルが娘に対して抱いているのは、成熟した男としての感情です。つまりは気高く、思慮深く、変わることのない愛情ということです。それに彼の気持ちは、昨日今日のものではない。彼は昔からずっと、シビルを賛美し続けていたんです」

「たしかハリー・ニコルズとやらは、シビルさんの元婚約者だったのでは？」

「おっしゃるとおり。でも婚約者というのは、大袈裟ですがね。なに、恋の真似事にすぎません。それでも彼と別れて、娘は悲しい思いをしました。ニコルズのやつ、いきなり村を出ていったんです……なにやら、わけのわからない理由で。今から三年前のことです。それ以来ずっと、彼からは音沙汰なしでした。少なくとも、今日までは。でもおわかりでしょうが、そんな話をサミュエルの前で、長々とするわけにはいきませんでした。というのも……」

わたしの口から、思わず言葉が飛び出した。

「というのもサミュエル・ピゴットさんは、当時からあなたの娘さんに目をつけていたから。つまり、そういうことですね」

チャールズ・マンスフィールドは、わたしの失礼な物言いに気づかなかったかのように、ただうなずいただけだった。そして単調な声で続けた。

「あのときのことは、よく覚えていますよ。エドウィンが悲惨な死を迎える、ほんの数週間前のことでしたから……その話はキャサリンさんから聞いてますよね？」

わたしは慎重に答えた。

「悲劇的な事件があったというくらいは……」

マンスフィールドは胸にわだかまる思いを、今にもすべて吐き出しそうだった。けれども、よほどつらい記憶だからなのか、あまり詳しい話はしなかった。

「もちろんあの事件には、誰もがショックを受けましたが、いちばん悲しんだのはシビルだったでしょう。あの子はずっとふさぎこんでいました。無能な警官たちは、いきなりシビルを犯人扱いしたりして、結局事件を解決できませんでした。娘は一か月以上、ほとんど口をききませんでした。わたしたちは、最悪の事態を恐れたほどです。サミュエルもできるだけのことをしましたが、成果はありませんでした。翌年、シビルは救世軍の活動に参加し、ようやく立ち直ったように見えました」

救世軍だって！　それでシビルは初めて会ったとき、ロンドンの貧しい地区に来ていたのか。

「数か月前、シビルがサミュエルとの結婚を受け入れたとき、これで一段落だと思ったものです。エドウィンが死んだあと、娘はずっと落ちこんでいたけれど、ようやくそこから抜け出したんだってね……そう、人生は常に楽しいことばかりじゃない。それはこのわたしが、よく知ってます」彼はそう言ってため息をついた。

チャールズ・マンスフィールドは打ち明け話をする気持ちになっていたが、真の苦しみについてはまだ言いよどんでいるようだった。それでもわたしは、彼が二度にわたって妻に先立たれたことを聞き出した。最初の妻は、シビルがまだ十代のころに亡くなった。二人目の妻は寡婦で、その連れ子エドウィンはシビルとほぼ同い年だった。こうしてシビルとダフネには、兄と新たな母親ができたのだった。ところが一年もしないうちに、最初のマンスフィールド夫人と同じ肺病で、二度目の妻もこの世を去ってしまった。マンスフィールド氏は治療に手を尽くし、スイスの山中に長期滞在までしたけれど、結局その甲斐はなかった。

そのときノックの音がして、メアリが書斎に入ってきた。夫が悪い知らせを携え戻ってきました、と彼女は告げた。ミス・ピゴットは脚にギプスをはめ、数日入院しなければならないと聞いて、わたしはわざとらしく顔を曇らせた。ご心配でしょうが、まずはゆっくりお休みください、とチャールズ・マンスフィールドは言った。メアリは手燭を持って、わたしにあてがわれた部屋まで案内してくれた。前もって煎じ薬を用意しておくことも、彼女は忘れなかった。

玄関ホールから二階に続く、オーク材の重々しい階段をのぼって中央の廊下を抜け、西翼の狭い廊下に入った。屋敷の二階は日ごろ、誰も使っていないんです、とメアリは言った。なるほど、そのとおりらしい。というのも廊下には、じめっとして凍りつくような寒気と、閉めきった建物特有の臭いが満ちていたから。絶えず吹きこむ冷たいすきま風も、その臭いを払いのけるには足りなかった。ゆらゆら揺れる蠟燭の炎が、窓の隅に張った蜘蛛の巣をときおり照らし出した。ざっと掃除をしただけでは、なかなかすべて払いのけきれなかったのだろう。廊下の窓は西翼の奥にむかって左側、つまり中庭に面して並んでいる。庭の真ん中あたりで、ランタンの明かりが動くのが見えた。ニコラス・ダドリーが最後にもう一度、馬のようすを確かめに来たらしい。あたりは静まり返っている。聞こえるのはただ、わたしたちの足音と風のうなり声だけだった。床にはカーペットが敷き詰めてあったけれど、木の床は歩くたびにきゅうきゅうと軋んだ。

メアリがドアをあけると、そのむこうに快適そうな部屋が広がっていた。赤々と燃える暖炉を見て、わたしはほっと安堵のため息をついた。

そういえば、屋敷のようすをまだ詳しく説明していなかったが、ここはどこもかしこも羊毛一色だった。もちろんときには絹や綿、亜麻が混ざることもあるけれど。豪華なカーテンはもとより、椅子の上張りも小さなスツールから肘掛け椅子やソファまで、どれもすばらしいものばかりだ。木工の細工も食堂の板張りや窓枠など、注目に値するできだった。わが友オーウェン・バーンズなら、無関心ではいられないだろう。しかし、そのどれもが使い古されていた。もう取り換えたほうがいいような細々としたものも、あちこちで目につく。そもそもこんなに大きな屋敷の手入れを、ダドリー夫妻と下働きの女二人でするのが無理なのだろう。

メアリは石油ランプを灯すと、朝食は何時がいいかとたずね、柄つき湯たんぽでベッドをじっくり暖めたあと部屋を出ていった。マントルピースのうえの置時計は、午後十時を指している。わたしは窓際に立って、星明かりに照らされた人気《ひとけ》のない雪原をじっと眺めた。むせび泣くような風の音が、だんだんと大きくなっていく。シビルの優美で謎めいた顔が、その光景に重なった……初めて会ったとき、彼女は恐怖にかられていた。ほんの一瞬だが、わたしに助力を求めた。そして今、前のときほど激しいものではないけれど、同じ恐怖が彼女を捕らえている。《シビルが父親ほども歳の離れた男と結婚するからって、なにも驚くことではない》とわたしは、つぶやくように言った。しかしもちろん、話はそれだけにとどまらない……例えば、《白い仮面》や《鈴》のこともある。

風はまだ吹きすさんでいる。こうしてじっと耳を澄ましていると、遠くでしゃんしゃんと鈴の鳴る音が聞こえてくるのではないか。そんな気がしてきた。こんなに荒涼として寂しいところにいたら、誰だって気持ちが落ちこんでしまうだろう。背中にぶるっと悪寒が走った。白い仮面、鈴、殺人、クリスマス、惨劇、そして結婚……わたしはそんなとりとめのない要素を、長い時間をかけてまとめようとした。

ベッドに入る前に、ざっと廊下を眺めておくことにした。そのときは、ほかの部屋をじっくり点検しようとか、そんな確固たる意図はなにも持っていなかった。ただ、ちらりと見るだけ。見たり聞いたりすることが、わたしの役目なのだから。

廊下の端まで行き、しばらく立ち止まって近くの窓に額をつけ、木製の渡り廊下を見つめた。渡り廊下は地面から少なくとも七ヤードの高さで、中庭をまたぐように掛かっている。わたしは一瞬、あの渡り廊下の窓から狩りのようすをうかがっている自分を想像した。

けれども犬の鳴き声が、耳に聞こえてきたりはしなかった。これはいい兆候だ。わたしは廊下を引き返した。ふと中庭に目をやると、居間の窓に明かりが灯っていた。しかも驚いたことに、屋敷の住人がほとんどそろってテーブルを囲んでいるではないか。突然、部屋が暗くなり、見えるのは蠟燭の光だけになったが、それもほどなく消えてしまった。いくら頭をひねっても、さっぱりわけがわからない。今、目にしている場面、というかもう見えなくなった場面には、どうにも説明がつかなかった。**屋敷のみんながテーブルを囲んでいる部屋の明かりを、すべて消してしまうなんて！**

5　白い仮面

そのままなにも起きずに、数秒が、そして数分がすぎた。わたしは寒さで体がしびれてきた。おかしいじゃないか。もうすぐ誰かが、ランプに火を灯すだろう。誰かがそうするはずだ。でも、違った。居間の窓はあいかわらず真っ暗なままだった。それでもじっと目を凝らすと、消えかかった暖炉の火が放つ、ぼんやりとした赤い輝きが見てとれた。ほのかな光のなかに、まだテーブルを囲んでいる人影が浮かんでいる。少なくとも、わたしはそんな気がした。

いくら目を大きく見ひらいても、それ以上はっきりとはわからず、想像だけが勝手に広がった。わたしは手をこすり合わせ、その場で凍りつかないよう足踏みしながら忍耐強く待った。もう時間の感覚もなくなってしまったけれど、そのぶん待つのが楽になるかと言えば、決してそうはいかなかった。

こんなことをしていても意味がない。わたしは自分にそう言い聞かせ、怒りと欲求不満でいっぱいのまま、寒さに震えながら部屋に戻った。暖炉のうえの置時計を見ると、一時間近くも歯をがちがち鳴らして無駄にすごしたのだとわかった。まだぬくもりが残っているシーツのあいだにもぐりこみ、毛布をかぶったとき初めて、もっと近くから確かめるべきじゃないかと思いついた。けれども、暖かなベッドの誘惑は抗しがたかった。行動に出る前に、まずはよく考えたほうがい。するとか自分の目が、だんだん疑わしくなってきた。あれは夢だった。夢だったに違いない。シビルの姿が、脳裏に浮かんだ。そしてわたしは、夢の神《モルフェウス》に身をゆだねた……

軽やかな鈴の音《ね》で、わたしは眠りから覚めた。毛布の下から顔を出すと、音はすぐにやんだ。まだあたりは、夜の闇に包まれている。何時だろう？　はっきり確認しておこう。わたしはベッドから起き出て、置時計の前でマッチを擦った。午前一時。さっき目撃した光景が、頭に甦った。わたしは部屋着をまとい、居間の窓をひと目眺めに行かずにはおれなかった。廊下に出てみると、件の部屋は闇に沈んでいた。こんな時間なのだから、当然と言えば当然だが、見れば今度は中庭に、ゆらめく光が射しているではないか！

わたしは窓ガラスに顔を押しつけた。光は一階の廊下、今わたしがいる場所の真下あたりから発しているらしい。おそらく何者かが蠟燭を手に、下の廊下を歩いているのだろう。揺れる光はそんなふうに中庭を移動して、やがて見えなくなった。

誰かが夜中に蠟燭を持って、廊下を歩いていたからといって、べつにおかしなことではない。けれどもわたしは、今度こそはっきり確かめようと決心した。そして足音を忍ばせ中央階段にむかい、そっと一階に降りた。玄関ホールに着くと、廊下の端に光線が見えた。わたしはさらに注意深く、近づいていった。ドアが細目にあいた部屋から、光が漏れている。それは西翼と屋敷の中央部分とが交わる角に位置する部屋だった。ドアの前まで行って、そっとなかを覗いた。ゆったりとした広い部屋だが、妙なものが置いてある。なるほど、ここにはかつてマンスフィールド家の繁栄を築いた最後の名残りがしまわれているのだ。機織《はたお》り機。糸巻き。壁には秤の重りや、布地を伸ばす器具などがずらりとかかっている。どこから光が射しているのか確かめようと、わたしは首を伸ばして奥を覗きこんだ。まず見えたのは、暖炉の左にある小さな作業台に置かれた蠟燭だった。その脇には……シビルが背もたれの高い椅子に、静かにすわっているではないか。

わたしはあわてて頭を引っこめた。

どうやら気づかれずにすんだようだ。それでも念のためにあと戻りし、階段の手すりの陰に身を潜めて様子をうかがった。微かに物音が聞こえてくる。戸棚の扉をあけたり閉めたりする音も、なかには混じっているようだ。シビルはこんな時間に、あそこで何をしているのだろう？　わたしには、見当もつかなかった。ちらりと見えた彼女の顔は彫像のように無表情で、恐怖も倦怠も、困惑や悲しみも読み取れなかった。数分後、彼女は部屋から出てきた。ドアをそっと閉め、一階の西翼に通じる廊下を進んでいく。そしてまたドアの音がして、蠟燭の光が消えた。

わたしは自室に戻った。頭のなかは疑問でいっぱいだったけれど、すぐに眠りについた。ところがしばらくして、またしても目を覚まさせられることとなった。しかも今度は、いささか荒っぽいやり方で。恐怖に満ちた女の悲鳴が、突然、夜のしじまを引き裂いたのだ。

驚きのあまり、一瞬、体がすくんでしまった。それは文字どおり、血も凍るような叫びだった。あとには別の声も続いたような気がする。わたしはベッドを飛び出し、あわてて部屋着を羽織った。声はすぐ近くから聞こえてくるようだ。シビルの悲鳴にちがいない。そう思って、さっき彼女が姿を消した廊下に急いだ。

階段を駆けおりると、続けざまにうめき声が聞こえた。西翼の廊下では、うえはシャツ一枚にナイトキャップをかぶったフォーブスが蠟燭を持って、恐怖に震えるシビルとダフネを必死になだめていた。血の気を失った姉妹の顔は、二人のネグリジェに劣らず真っ白だった。やがてニコラスや、ほかの人々もやって来た。

「見たのよ、この目で……」とシビルはうめくように言った。「窓のむこうに、あの白い仮面が……」

「ええ、わたしも見たわ」とダフネが言った。彼女は少し落ち着いたらしい。「まず、鈴の音《ね》が聞こえて、それからシビルの叫び声がした。そのとき窓ガラスのむこうに、白い人影が見えた。不気味な人影が。まるで、死者のような……」

6　雪のなかの散歩

翌日の昼すぎ、わたしとダフネはロンドン郊外へむかうニコラスの馬車に揺られながら、窓ガラスのむこうに広がる冬景色を眺めていた。晴れて乾いた、寒い日だった。ニコラスは午前中にも一度、サミュエル・ピゴットとエドガー・フォーブスを乗せてキャサリンの見舞いにむかったが、わたしは遅く起きたのでいっしょに行けなかった。彼らは昼に戻ってきて、キャサリンのようすをわれわれに伝えた。彼女は元気だけれど、三日ほど入院しなければならない。《あなたに会えなくて、とてもがっかりしていた》と。そう言ったのはフォーブスだった。やけに愛想のいい口調には、なにか裏が感じられた。

ミス・ピゴットが入院している病院まで六マイルほどだから、わたしも見舞いに行かないわけにはいかなかった。それにこちらにも、なるべく早急に彼女と話し合いたい理由が多々ある。するとダフネが、いっしょに行きたいと言い出した。わたしはすぐに受け入れたものの、少し困ったなと思った。できればキャサリンと、さしで話をしたかったから。

横目でダフネをうかがうと、彼女は馬車が揺れるたびに座席のうえで跳ねていた。ダフネをなにか生き物に例えるとするなら、わたしはためらわずバッタを選ぶだろう。羽根のように軽々とした身のこなし。さっき屋敷のまわりで足跡を調べているとき、それに気づいた。彼女がつるりと足を滑らせてひっくり返りそうになるのを、わたしは危ういところで押さえた。快活で、エネルギッシュで、ひとところにじっとしていられずに跳ねまわるバッタだ。

雪原を眺めていると、昨夜の出来事が自ずと脳裏に甦った。姉妹は部屋の外をうろつく怪しい人影に気づいた。人影は青白い不気味な顔を、窓ガラスに押しつけた。その前に鈴の音《ね》も聞こえたような気がする、とダフネは言っている。そしてシビルの悲鳴が聞こえ、幽霊があらわれたのだと。彼女たちの口から聞くことができたのは、それだけだった。突然の出来事だったし、二人とも怯えきっていたので、いたしかたないだろう。いささか奇妙だったのは、この怪人物の出現に、屋敷の人々もみんな同じように震えあがったことだ。そんな馬鹿げた話があるだろうかと、あれこれ疑問に思ってしかるべきだろうに、マンスフィールドも招待客たちも、ニコラスとメアリも、シビルとダフネの証言を頭から信じているようだ。お互い、意味ありげに目くばせしたりするものの、ほとんど口に出して意見は言わない。どうやら彼らは、なにか恐ろしい秘密を共有にしているらしい、という結論にわたしは達した。オーウェン・バーンズに託された調査の核心には、その秘密があるに違いない。だから用心深く、慎重を期すことにし、彼らを質問攻めするのも厳に慎んだ。本当なら、彼らがどうして真っ暗闇のなかでテーブルを囲んでいたのか、シビルは真夜中に何をしていたのか、ぜひとも知りたいところだったのだけれど。

それでもわたしは朝食のとき、外をざっと調べてみようとダフネに持ちかけた。闖入者の足跡が、窓の下に残っているかもしれないと。そんな好奇心を抱いたからといって、なにもおかしなことではないが、ひとりでうろうろしていると怪しまれるだろう。思ったとおり西側の外壁に沿って、足跡が続いていた。重なり合っていて、はっきりはわからないが、ひとりの人物のものらしい。ごく普通の、大人の足だ。シビルとダフネの部屋は隣り合っていて、わたしの部屋のちょうど真下だった。窓の下には、あまり足跡は残っていなかった。足跡は街道からやって来て、またそちらに戻っていた。おそらく、シビルの元婚約者ハリー・ニコルズの足跡だろう。彼がむこうから近づいてくるのを、わたしはこの目で見たのだから。だとすると、怪人物の足跡はどうなってしまったんだ？　理にかなった答えはひとつだけ、ハリー・ニコルズこそ怪人物だったのではないか。わたしはその考えを、ダフネにぶつけてみた。けれども彼女は、奇妙な答えを返しただけだった。《それならいいのだけれど……》と。

「ねえ」ダフネは突然、陽気そうな目をわたしにむけた。「病院から早く帰れたら、雪のなかをちょっと歩いてみましょうよ」

「雪のなかを歩く？」とわたしは、面白そうに聞き返した。今朝、いっしょに屋敷のまわりを調べたときから、わたしのことを遊び仲間みたいに思っているらしい。「いいとも……ぼくの心は、いつも自然と共にある」

ダフネは手をぱちぱちたたく真似をした。

「わたしもよ。わたしはきれいなものが、大好きなの。できればなにか、芸術的な仕事がしたいくらい」

わが友オーウェン・バーンズの声が聞こえるかのようだ。いや、それはわたし自身の声かもしれない。

「でも、パパが反対するの。女はもっと別なことをするべきだって」

「芸術的な仕事と言ったけれど、どんな？」

「スポーツに関連するような」

わたしはびっくりして言葉を呑み、可能性のほどはどうかと、彼女の体格を検分せずにはおれなかった。いったいどんな種目が得意なのだろう？　ダフネはうつむいて、右手の薬指にはめた銀の指輪を苛立たしげにいじっている。それから彼女は顔をあげ、誇らしげに言った。

「スケートよ。フィギュアスケート」

《スケート靴を履いたバッタとは見ものだな》と思ったら、つい笑ってしまった。けれどもあわてて大真面目に、きみならできそうだ、才能があるとお世辞を並べた。そしてオーウェン・バーンズよろしくもったいぶった口調で、芸術の何たるかを論じた。ダフネは熱心に、そして感心したように（見せかけの謙遜は抜きにして、はっきりそうつけ加えよう）わたしの話を聞いていた。

病院に着くころには、マンスフィールド家のなかに少なくともひとり、味方ができたと自信を持って言えるようになった。けれどもその《味方》ときたらまったく気が利かず、ミス・ピゴットと二人きりになりたいと何度わたしがほのめかしても、その場を離れようとしなかった。おかげでミス・ピゴットとは、とおりいっぺんのことしか話せなかった。それでもダフネはようやく、《ちょっとそのあたりを、ひとまわりしてくる》と言った。

彼女の足音が聞こえなくなると、わたしはキャサリン・ピゴットのほうに身を乗り出した。

「さあ、わたしが知っておくべきことをざっと説明してください。これじゃあ、身動きとれません。友人のバーンズはわれわれの関係について、ほとんどなにも説明してくれなかったので」

キャサリン・ピゴットは生まれついての美貌に恵まれているとは言いがたかったけれど、なかなか感じのいい女性だった。こうしてベッドに寝たまま、つらそうにしているのを見ると、気の毒になってくる。彼女は言葉にするのももどかしげに、いっきに説明を始めた。オーウェン・バーンズからの手紙が届いたのは、わたしが到着する数時間前だった。その手紙で、わたしが彼の代わりをすると知ったのだ。クリスマスが近づいた今、兄のサミュエルはマンスフィールド家の一員になろうとしている。もしかしたら兄の身に、危険が及ぶかもしれない。そう思ってキャサリンは、探偵に助けを求めたのだ。それを知っているのはエドガー・フォーブスだけで、兄のサミュエルには伝えていないという。彼女がそこまで話したところで、ダフネが戻ってきた。

帰り道、ダフネはわたしの顔をまじまじと見つめてこう言った。

「なんだか、わたしを厄介払いしたかったみたいだったけど」

「そうかな……」

「とぼけたってだめ、騙されないわ。わかってるわよ、あなたが本当に好きなのは誰か」

わたしは飛びあがって、口ごもるようにたずねた。

「ぼくが本当に好きなのは誰かだって？　どういう意味なんだ？」

「さっきじっくり観察させてもらったけど、誓ってもいいわ。あなたはミス・ピゴットに、これっぽっちも愛情を感じていないわね。あなたが想っているのは、彼女じゃない」

なるほど、そういうことか。《あなたはわたしが好きなんでしょ》とダフネは言うつもりなんだな。ところが彼女の言葉は、まったく意表をつくものだった。

「あなたはシビルを愛している。そんな顔をしないで、おかしいわよ。隠したってひと目でわかるんだから。昨日、寝る前に、シビルが話してたわ」

「えっ、彼女がきみにそう言ったのか？」

「違うわ。言ったでしょ、あなたの態度がばればれなの。初めて女の人を見るみたいに、シビルを眺めているんだもの。でも、いいこと、姉はもうすぐ結婚するのよ。ええ、昨晩、あなたのことを話してたわ。前にも一度、会ったことがあるって。ほんの短いあいだだったけど、あなたの顔が忘れられなかったって。姉はあなたのことを……」

ダフネはそこで、言葉を切った。わざとそうしたのだろう。シビルが何と言おうとしたのか、はっきり聞かせて欲しいとたのんでも、彼女は肩をすくめるだけだったから。気まずい沈黙が長々と続いた。そのあいだ、わたしは自問した。ダフネの話は、ただの妄言にすぎないのでは？いや、もしかしたら、わたしは本当にシビルを愛しているのかも？　あれこれ考えているうちに、自信がなくなってきた。

するとダフネが、またしても不意打ちを喰らわせてきた。

「ところでアキレスさん、《混沌の王》の話はご存じよね？」

「何だって？」とわたしは、突然の質問に面食らって訊き返した。おぼろげながら、聞き覚えがあるような気はするけれど。「《混沌の王》って言ったのかい？　いや、わからないな……」

「ああ、やっぱり。あなたはなにも知らないんだわ」

わたしは彼女の物言いにいらいらし始め、わかりやすく話して欲しいと、ややぶっきらぼうにたのんだ。

「またあとでね」とダフネは言って、いずれ劣らず魅力的なロンドンのショーウィンドウに見入った。

わたしたちは屋敷に戻ったあと、約束どおり散歩に出かけた。マンスフィールド家の敷地をあとにしたときはもう、午後四時をまわっていた。わたしはあいかわらずダフネに少し腹を立てながら、彼女のうしろを歩いていた。毛皮の裏がついたブーツを履いてきたのは正解だった。《バッタ》はぶ厚いコートにくるまれ、大きなウールの縁なし帽をかぶって、力強い足どりでずんずんと進んだ。わたしたちは村にむかう街道の途中で左に曲がり、平野に通じる小道に入った。積もった雪の表面が凍って、一歩歩くたびにかさかさと軋むような音が、静寂のなかに響いた。ときおり、骸骨のような枯れ木が、単調で悲しげな景色のなかにあらわれる。ダフネは話の接ぎ穂に、もう何日も雪が降っていないのだと言った。それは驚きだ、とわたしは答えた。ロンドンでは昨日、雪が降りやまなかったからだ。

「驚きかどうかはともかく、こちらではそうなのよ」とダフネは答えた。

なんだか少し、腹を立てているみたいだった。わたしがずっと黙りこんでいるものだから、気を悪くしているのだろう。

少し先へ行ったところで、ダフネは小川を渡るのに手を貸して欲しいと言った。それは氷に閉ざされた蘆原を横ぎる、ちっぽけな小川だった。見たところ、ひとりでも渡れそうだ。寒波が来る前に降った初雪が解けて小川があふれ、そのあと寒さが戻って、あふれた水が凍ったのだという。

わたしはダフネを抱きかかえ、氷のうえに一歩踏み出した。すると氷は、すぐに割れてしまった。二歩目も同じ結果だった。むこう岸についたところでわたしは足を滑らせ、ダフネもろとも雪のなかに倒れこんだ。馬鹿なことをしたもんだ。これなら、ひとりずつ別々に渡ったほうが簡単だったのに。ダフネはわたしの失敗に大喜びをして、ぷっと吹き出した。わたしがクッション代わりになったおかげで、どこも痛まずにすんだらしい。どうしてもミス・ピゴットといっしょに入院したいの？　と彼女はたずねた。あんまり笑えない冗談だ。わたしははっきりそう言ってやった。

「じゃあ、やっぱりシビルが好きなのね」とダフネはまぜ返した。

わたしは思わず本心をあらわしてしまったらしい。少なくとも、ミス・ピゴットに対する気持ちはあからさまだった。ここはなにも否定せず、反撃に出ることにしよう。

「お姉さんの婚約者について、きみはどう思っているんだい？」とわたしはたずねた。

するとダフネは、黙ってうつむいてしまった。どうやら図星だったらしい。

「だって、ほら……」とわたしは続けた。鉄は熱いうちに打てだ。「姉さんはまだ二十歳そこそこだろ……なのに夫になる人は、歳が倍以上離れている。彼は五十を越えているんだから。個人的には彼になんの反感を持っちゃいないけれど、お世辞にも美男子とは言えない。少なくともぼくの目には、そんなに魅力的とは……」

「もうやめて！」

彼女はあんまりむきにならないよう、自分を抑えているようだった。

「ぼくだって、シビルがお金のために花の盛りを犠牲にするほど強欲だとは思っちゃいないさ。それが証拠にぼくの知る限り、元婚約者はそんなに裕福じゃなさそうだからね」

長い沈黙が続いた。聞こえるのはただ、雪のうえを力強く歩く足音だけだった。しばらくして、ようやくダフネは口をひらいた。

「姉はとても苦しんだのよ……」

「ハリー・ニコルズに捨てられたから？」

「いいえ……まあ、そうかも。もちろん、それもあるけど……エドウィンがわたしたちのもとからいなくなったのが大きかったわ。エドウィンに会ったことは？　いえ、なかったわよね。とても愉快な人だった……彼がいるだけで、家の雰囲気がぱっと明るくなるの。わたしたちは血のつながった兄弟じゃなかったけれど、彼のことをとても愛していたわ」

「エドウィンの話は、きみのお父さんから聞いた」

ダフネはわたしの言うことなど、耳に入っていないかのようだった。

「ちょうどあなたと同じくらいの背丈で。でももう少し痩せてたかな。髪は褐色で、小さな口ひげを生やして……ええ、みんな彼のことが好きだった。ほら、見て（そう言ってダフネはミトンを脱ぎ、銀の指輪を見せた）。エドウィンが誕生日プレゼントにくれたのよ。当時わたしは十三歳で、指輪はちょっと大きすぎたけれど。わざとそうしたんだって、彼は言ってたわ。自分を忘れないよう、ずっとはめていて欲しいからって……」

ダフネは感情の昂ぶりを抑えるかのように肩をすくめ、話を続けた。

「シビルには……いろんな悪戯をしてたけど、彼は姉が大好きだったの。いつかシビルと結婚するんだって、言ってたくらいよ。すると姉も、きゃっきゃとはしゃいでたわ。ところが三年前、あの恐ろしいクリスマスに、彼が殺されて……」

「その事件のことも、きみのお父さんが話してくれた」とわたしはゆっくり言った。「馬鹿げたことに、シビルに疑いがかけられたとか。本当かい？」

「ええ、事件の状況から見て、犯行が可能だったのは、というか犯行にもっとも適したところにいたのは、たまたま姉ひとりだったの。もちろん、純粋に物理的な面でね。けれども結局、姉にも犯行は不可能だったとわかった。だって、勢いをつけずに雪のうえを三メートルも飛びこえるなんて、誰にもできるはずないから」

「ぼくはその事件について、ほとんどなにも知らないんだ。昨日、馬車でここまで来るあいだに、ニコラス・ダドリーからざっと話を聞いただけだから。たしか、犯人は捕まっていないとか……」

「あいつは誰にも捕まえられないわ」

「あいつだって？　じゃあ、犯人が何者なのか、わかっているのかい？」

「もちろんよ。それにあいつは昨晩も、わたしたちのところにやって来た。犯人は、《混沌の王》よ」

7　混沌の王

「《混沌の王》の名には」とチャールズ・マンスフィールドはゆっくりとした口調で話し始めた。「あなたも聞き覚えがあるのでは、ストックさん。そうそう、あなたはずっと、南アフリカで暮らしていたんでしたね。むこうでは、クリスマスのすごし方も違うでしょうから、もしかして記憶にないかもしれませんが……われわれイギリス人はこの祭りに、ことのほか強い愛着があるんです」

居間の置時計が午後五時十五分を告げた。わたしはチャールズ・マンスフィールドや彼の二人の娘といっしょに、お茶を飲み終えたところだった。ピゴット、フォーブス、ジュリアス・モーガンストーンの三人は、すでに自室に引きあげたあとだった。日が傾くにつれ、部屋に残っていたほのかな明るさが少しずつ弱まり、暖炉の火はそのぶん勢いを増したように思えた。シビルはその光に背をむけ、窓の下のソファにすわっていた。影に包まれた彼女の優美な顔を、わたしはそのぶん想像のなかにくっきりと思い描くことができた。ダフネはわたしのすぐ脇にすわっていた。

さっき雪原を散歩した余韻が、生き生きとした顔にまだ残っている。彼女はわたしを口実にして話を切り出そうと、三人の招待客が居間をあとにするのを今や遅しと待っていた。そしてわたしたちだけになるや、いかにも無邪気そうにこう言ったのだった。《パパ、知ってる？　アキレスさんは昨晩、わたしたちのところにやって来たのが何者なのか、知らないんですって》と。

「……けれども昔は」とチャールズ・マンスフィールドは続けた。「祭りの祝い方も今とは違っていました。祈りよりも世俗的な楽しみのほうが、ずっと重視されていたんです。二世紀前、人々は何日ものあいだ、飲めや歌えの大騒ぎをしたんです。貴族であれ町人であれ、有力な一族が《混沌の王》を選び出しました。その役割は、馬鹿騒ぎの先頭に立つことです。《混沌の王》は仲間を引き連れ、ひたすら羽目を外したのでした。

場所によってしきたりは異なるでしょうが、この付近の村々では、《王》は仰々しく選ばれ、戴冠されました。昨夜もお話ししたように、当時、わが家はとても栄えていました。このあたりに暮らす人々の多くが、わが家に雇われて働いていたんです。つまりわが家の先祖は、皆から崇められる有力者で、それゆえ好き勝手なふるまいも許されていた、そういうことです。《混沌の王》を選ぶのは、主に一族の若者たちとその仲間でした。もちろんみんな、むこう見ずな連中ばかりです。そんな一部の若者たちが、王の家臣となるのがしきたりでした。彼らは、これ以上ないというほど突飛な服装をしました。黄色や緑のお仕着せを、スカーフやリボン、レース、さらには宝石で飾り立て、ズボンには小さなベルや鈴を縫いつけるのも忘れませんでした。ボール紙で作った馬やドラゴン、グロテスクな人形を持って、楽隊とともに通りを練り歩き、滑稽な身ぶりをして見せるのです。笛の音《ね》と太鼓のリズムに乗せてベルや鈴を鳴らしながら、見物人たちにボール紙の怪物を近づけたり、色とりどりのリボンを頭のうえでふったりと。こうして彼らは教会にむかいます。祈りを捧げている敬虔な信者たちのことなど、まるでお構いなしに。それから墓地で一日中、ときには夜明けまで飲んだり踊ったりの大宴会を続けるのです。

彼らがどんな悪ふざけに興じたか、想像にかたくないでしょう。いや……悪ふざけなんていう、生易しいものじゃありません。彼らは度を越した要求を受け入れない者は棒で叩きのめしたり、水に突っこんだりと、狼藉の限りを尽くしました」

屋敷の主人はじっと暖炉を見つめていたけれど、その表情が曇るのをわたしははっきり見てとった。彼は声を少しひそめて、話を続けた。

「そんなことを続けていれば、当然のことながら早晩、ろくなことになりません。その年、マンスフィールド家が《混沌の王》に選んだのはピーター・ジョークでした。おそらく、ジョークなんていう名前のせいでしょう。あるいはあまり裕福でない、お人よしの若者で、わが家の祖先が考え出す悪趣味な悪戯に嫌と言えなかったからかもしれません。おわかりでしょう? どのみち馬鹿騒ぎの先頭に立つのは家臣たちで、王様は帽子をかぶってそこにいるだけなんですから。それが《戴冠式》というわけです。毎年、《混沌の王》は扮装に趣向を凝らしましたが、その年のクリスマス、ピーター・ジョークの格好は比較的簡素なものでした。フードつきの黒い、ゆったりとしたコート。鈴に覆われたズボン。顔には白いパン生地で作った、不気味な仮面をかぶっています。まるで疫病患者が来るのを知らせるように、しゃんしゃんという鈴の音《ね》は遠くからでもよく聞こえました。彼はクリスマスの晩まで、何日ものあいだ、家臣たちに連れまわされたのです。屋敷の裏手、ここのほど近くに湖があります。その年の冬、湖には一面氷が張りました。しこたま飲んで酔っぱらった連中は、クリスマスの晩にそこへ行くことにしました。ピーター・ジョークにとって、それが最後のクリスマスとなりました。何が起きたのか、正確なところはわかりませんが、《混沌の王》が湖の真ん中あたりまで行ったとき、悪ふざけが高じて足もとの氷が割れ、彼は溺れ死んでしまったのです。ともあれ、この悲劇に村中が憤慨しました。とりわけ、犠牲になったジョークの家族は怒り心頭でした。《混沌の王》の家臣たちがそろって口をつぐんでいるのは、かえって自分たちの罪を自白しているようなものです。まさしく、そのとおりだったのでしょう。だからといって、このならわしは変わりませんでした。翌年も、新たな王が選ばれました。そのときからです、すべてが始まったのは……」

そしてチャールズ・マンスフィールドは、いくつかの名前を列挙し始めた。

「ピーター・ジョークの死に立ち会ったマンスフィールド家のひとりが、次の年、クリスマスの翌日に湖の畔で溺死したときは、みんな単なる偶然だと思いました……けれども前の晩、彼が湖にむかうのを目撃した者がいました。証言によると、黒っぽい服を着て、シーツのように真っ白な顔をした見知らぬ男といっしょだったというのです。

さらに次の年にも、一族のひとりが同じ場所で、ナイフでめった刺しにされた死体で見つかりました。確かな目撃者はいませんでしたが、事件の晩、マンスフィールド家の人々は、遠くで鈴が鳴るのを聞いたそうです。それは湖から聞こえてくるようだった、と彼らは言っています。

その翌年、マンスフィールド家はようやく本気で心配し始めました。一族のなかから、第三の犠牲者が出たからです。今度は、犯人の姿も目撃されました……鈴の音《ね》を響かせながら逃げ去る犯人は、黒づくめの服と雪のように真っ白で無表情な顔をしていました。荒れ地のなかをしばらく追いかけたものの、たちまち引き離されてしまいました。追跡者たちが言うには、まるで地面すれすれに飛ぶ鳥みたいに走り去ったのだそうです。

こうなるともう、噂が広がるのを止めようがありません。《混沌の王》ピーター・ジョークの幽霊が、クリスマスの時期になると復讐のため湖の畔にあらわれて、マンスフィールド家の人々を狙い撃ちしているのだと、皆が声を潜めてささやき合いました。さらに翌年、第四の犠牲者が出るに至って、もう先祖の習慣に則ってクリスマスを祝うのはやめようという、賢明な決断が下されました。こうして、しばらく小康状態が続きました。何年ものあいだには、不可解な事故で亡くなる者もときおりいましたが、それも少しずつ稀になりました。こうして今世紀に入ると、この呪いのことはほとんど忘れ去られたのです」

チャールズ・マンスフィールドが言葉を切ると、奇妙な沈黙が部屋を包んだ。部屋の四隅は、徐々に広がる薄暗がりにかすんでいる。シビルとダフネは、黙って暖炉の火を見つめていた。薪がはぜる乾いた音が、チクタクという柱時計の音に混じった。マンスフィールドは深いため息をつき、また口をひらいた。

「ところが四年前、再び恐ろしい殺人事件が起きました。しかも犯人の正体は、一目瞭然でした。村へ行く途中、瀕死の重傷を負った男が道端に倒れていました。大きな石か固い棍棒で殴られたようです。男はジョージ爺さんといって、ここから数マイル離れた農園でひとり暮らしをする遠縁の者でした。彼が襲われた直後、二人の目撃者が現場を通りかかりました。村からやって来たひとりは、ちょうど道の曲がり角まで来たとき、被害者が《なにか目に見えないもの》と争っているのを一瞬目にした、と断言しています。そのあとジョージ爺さんは、ばったり倒れたのです。それに犯人が逃げ去るような音や、だんだんと小さくなる鈴の音《ね》も聞こえたそうです。もうひとりの証人は、この屋敷から村へむかう途中でした。遠くでもの音が聞こえたので、あわてて駆けつけると、《黒っぽい人影》が夜の闇に消えるのが見えたと言っています。二人ともほとんど同時に、瀕死の被害者のもとに走り寄りました。ジョージ爺さんは二人の前で、息を引き取りました。翌日の早朝、被害者の隣に住む農園主が、地所の前でジョージ爺さんの馬を見つけました。馬はなんとも悲惨な状態でした。まるで凶暴な牡牛から逃げてきたかのように怯え、疲れきっていたそうです。

《混沌の王》がわれわれを脅かしに、戻ってきたのでしょうか？　内心、そうかもしれないと思ったものの、わたしたちは信じまいとしました。そして翌年、今度はわが家のエドウィンが殺されたのです。もう、疑いの余地はありません。なぜなら、軽々と宙を飛べる者にしか、あの惨たらしい殺人を犯すことができないのは、明らかだったからです。次の冬には、大きな事件はありませんでしたが、鈴の音《ね》を響かせる怪しい人影があたりをうろつくのが、何度も目撃されました。誰もが少なくとも一度、窓ガラスのむこうに不気味な白い仮面を見たと言っています……一瞬にして姿を消す、恐ろしい幻を。さらに去年のクリスマスには、村の若い肉屋が惨殺されました。しかもピーター・ジョークと同じ場所で、同じような死に方をしたのです。その数日前、彼は友人たちに言っていました。もし心霊体《エクトプラズム》なんてものがあるなら、パテ肉みたいにずたずたにしてやると。彼は鞭を手に、日暮れとともに家を出て、明け方まで帰らないことがよくありました。ところがその日は、朝になっても戻ってきません。ほどなく彼の鞭が、凍った湖の真ん中で見つかりました。すぐ脇には氷に大きな穴があいていて、砕けた縁には血の跡が残っていました。死体が見つかったのは少したって、湖の底を浚《さら》えるようになってからでした。死体には、とりわけ腕と手にたくさんの傷痕がありました。だいぶ部屋が暗くなってきたな……ダフネ、ランプをつけなさい」

　新たに灯された光のおかげで、部屋はぱっと明るくなった。けれども、頭のなかを包む闇は深まるいっぽうだった。チャールズ・マンスフィールドの話は、途方もないものだった。下手をしたら馬鹿げた作り話にも聞こえるが、マンスフィールドは大真面目で、冗談を言っているようには見えなかった。シビルも重々しい表情を崩していない。彼女のそんな美しい顔を眺めていると、胸が絞めつけられずにはおれなかった。シビルの笑みを見るためなら、わたしはなんだってしただろう。ダフネはわざと屈託のない態度を取っていたけれど、ますます重苦しくなる屋敷の雰囲気を変えるには至らなかった。屋敷は村のはずれにあるうえ、雪に閉ざされてひっそり静まり返っている。わたしはそんな静寂を、決然として破った。

「先ほど、義理の息子さんが殺された事件について、犯人は軽々と宙を飛べる者でしかありえないって、おっしゃいましたよね。それというのは、つまり……」

「つまり、雪のうえに足跡がなかったってこと」とダフネがきっぱりとした口調で言った。「本当なら、あるべきところに」

チャールズ・マンスフィールドは黙ったまま、長女を見つめた。シビルはようやくわたしのほうに、美しい青緑色の目をむけた。

「わたしは生きているエドウィンを最後に見ただけでなく、ただひとり、彼を……」

シビルは声を詰まらせ、涙で曇った目でわたしをじっと見つめた。そこには、胸苦しいほどの苦悩が読み取れた。彼女は部屋を出ていくのではないか、とわたしは一瞬思った。けれどもシビルは自分を抑え、父親にむかって静かに言った。

「何があったのかを、ストックさんにきちんと話してくださいね（そして、彼女は笑みを浮かべた）。もうすぐ花嫁になるんだから、しっかり自分を抑えられなくては。そうでしょ」

チャールズ・マンスフィールドも娘に笑い返した。悲しみに満ちた笑みだった。一瞬、考えたあと、彼はわたしのほうにむきなおった。

「おわかりでしょうが、この事件について語るのは、わたしたちにとってとてもつらいことです。みんな一生懸命、記憶から消し去ろうとしてきました。しかし、忘れたくても忘れられない出来事もあります……とりわけ、警察が行った捜査の経緯とか。《犯人》は生身の人間ではありません。でも警察は、それを信じようとはしませんでした。あの晩、何があったのか、わたしはよく覚えています。とりわけ、主要な目撃者だったミス・ハーマンの証言は忘れられません。ミス・ハーマンというのは二、三か月前に雇った家庭教師で、まだ若い、真面目で愛想のいい女性です。しかしとても怖がりで、事件のあとほどなく屋敷を出ていきました。

前の年にはジョージ爺さんが殺されたので、その年のクリスマスをみんな少し恐れていたのは事実です。けれども先祖を脅かした幽霊話を、本気で信じていたわけではありません。サミュエルは端《はな》から笑っていたし、エドガー・フォーブスも同様でした。キャサリンさんは半信半疑というところです。エドウィンがどう思っていたのかは、わかりません。あの子とは、学校が休みのときにしか会いませんでしたし。彼の部屋は東翼の端でした。事件の状況がよくおわかりいただけるように、まずは屋敷内の配置について詳しくご説明しておきましょう（百十四頁の図参照）。

すでにご存じのとおり、北に位置する屋敷の中央部分から南にむかって、西翼と東翼にそれぞれ廊下が通っています。廊下の突きあたりには、南端の部屋に通じるドアがあります。この二つの部屋は、ほかの部屋よりかなり大きめです。エドウィンが使っていた東翼の端の部屋には――

西翼の橋の部屋と同じように――窓が三つあります。中庭に面した西側の窓、南側の窓、東側の窓です。部屋の入口は、廊下のドアだけではありません。外から小塔を抜けて入ることもできます。小塔は翼の端から窓のあいだに、中庭にむかって突き出るようにして立っています。かつては二つの小塔をのぼって、中庭をまたぐ木製の渡り廊下に行くことができました。しかしエドウィンの部屋に隣接する小塔からは、もう渡り廊下にはのぼれません。老朽化のためか、階段にあがる口が壁でふさがれてしまったからです。だからこの小塔は、中庭からエドウィンの部屋に入る入口の役目しか果たしていません。外に面したドアと、部屋のドアとをつないでいるだけなのです。ですからここで強調しておきますが、例えば廊下側のドアに内側から差し錠がかかっていたなら、中庭からしかエドウィンの部屋に入れないのです。なぜなら、小塔の階段は完全にふさがれているのですから。

そこでクリスマスイブの晩に、話を戻しましょう。わたしたちはみんな、夜更かしと食べすぎで少し疲れてきたところでした。シビル、おまえが生きているエドウィンを、最後に見たのだったね。夜更けに彼は、《作業場》にいたおまえのところに来て……」

わたしはびっくりしてたずね返した。

「作業場ですって？」

「ストックさん、わたしたちが《作業場》と読んでいる部屋は、機織りという先祖の仕事やその道具を偲ぶための展示室みたいなものでしてね。けれども、手先の器用な女たちが今でもそこで作業をしているんです」と彼は笑って言った。

シビルの目に、優しげな光が宿った。けれども父親はもう、ため息まじりに先を続けていた。

「覚えているかい、シビル？　エドウィンは《作業場》にやって来たとき、どんなようすだった？　やけに陽気だったとか、やけにむっつりしていたとか？」

「いつもとまったく変わらなかったわ……」

「彼は午後十時ごろ、また戻っていったんだったね。そのとき、誰かが来るのを待っているようなそぶりはなかったかな？」

シビルは父親のほうにぼんやりと目をむけた。

「いいえ……エドウィンより少し前に、ニコラスもやって来たけれど、やはり誰かを待っているようには見えなかったわ」

「なるほど。そのあとわれわれは自室に引きあげ、なにごともなく二時間ほどがすぎました。ミス・ハーマンは西翼の、奥から二番目の部屋でした。彼女は深夜零時ごろ、部屋に戻るため、蠟燭を手に廊下を歩いていました。部屋のドアをあけようとしたとき、背後の廊下の窓から物音が聞こえました。ふり返ると、窓ガラスに真っ青な顔が張りついていました。とても恐ろしい顔だったので、思わず蠟燭を落としてしまったほどです。満月に近い晩でした。ちょうど雪が降り始めた中庭は月明りに照らされ、先ほどの不気味な人影が屋敷から遠ざかっていくのがはっきりと見えました。黒っぽいロングコートを着て、帽子をかぶっていましたが、それ以上詳しくはわかりませんでした。ミス・ハーマンはこの土地で起きた忌まわしい出来事や、前の年にジョージ爺さんが謎の死を遂げた話を聞いていたので、しばらく廊下で暗闇に目を凝らしていました。その甲斐あって、十五分ほどすると、怪しげな人影が戻ってくるのが見えました。おりしも牡丹雪が舞い散っていましたが、すばやく近づいてくるようすがはっきりとわかりました。人影が小塔のドアからなかに入るのを見て、ミス・ハーマンは心配になりました。さっきご説明したように、その先にあるのはエドウィンの部屋だけだからです。ほどなく、エドウィンの部屋の窓に明かりが灯りました。カーテンは半分、あいていたので、人影が何度も光を遮るのが見えました。ミス・ハーマンの恐れと不安は、徐々に薄らいでいきました。友達でも訪ねてきたのだろうと考えたからです。それでも彼女は、訪問客が《また出てくる》のを確認しようと、一時間ほど、廊下でじっと観察を続けました。職業的な良心からか、好奇心からか。おそらくその両方でしょう。それはさておき、窓にはあいかわらず明かりが灯り、雪はほとんど降りやんでいました。その間、一度もエドウィンの部屋から目を離さなかった、とミス・ハーマンは断言しています。

やがて彼女は部屋に戻り、すぐに眠ってしまいました。そして午前二時ごろ、大きな物音で飛び起きました。あわてて廊下に出ると、窓の外にシビルの姿が見えました。中庭で何者かともみ合いながら、五、六メートル離れたエドウィンの部屋へ必死にむかおうとしています……ミス・ハーマンは金切り声をあげ、窓をあけました。ほんの数秒で襲撃犯は逃げ去り、あとにはシビルが両手で頭を押さえたまま、小塔の近くにひとりじっと立ちすくんでいました。小塔のひらいたドアからは、明かりが漏れています。

エドウィンの部屋がどんなに悲惨なありさまだったかをお話しする前に、積雪の状態についてご説明しておきましょう。ミス・ハーマンが監視を続けていたあいだに、中庭にはかなり雪が積もっていました。けれども証人たちが口をそろえて言うように、そこにはシビルの足跡しか残っていませんでした。それは中央玄関から始まり、シビルが立っていた場所、つまり小塔から三メートル以上離れた地点まで続いていました。しかし、ほかの足跡はいっさい残っていなかったんです。わかりますか？

真っ先にエドウィンの部屋に入ったのは、わたしとサミュエルでした。ミス・ハーマンは、口から血を流しているシビルの介抱をしてくれました。悲鳴やら物音やらで、屋敷のほとんど全員が目を覚ましましたが、それは驚くにあたりません。小塔のドアは大きくあけ放たれ、エドウィンの部屋から光が漏れていました。部屋に入るドアもあいていました。部屋の真ん中にエドウィンが倒れていて、まわりは酷い荒れようでした。割れた瓶、ひっくり返った家具と、並べあげたらきりがありません。もう助かる見こみはなさそうだ、と入ったとたんにわかりました。エドウィンは傷だらけで、体中から血を流していました」

チャールズ・マンスフィールドは恐ろしい残像を拭い去ろうとするかのように、のろのろと目に手をあてた。それから、しっかりとした声で先を続けた。

「ここでまず、重要な事実を指摘しておきましょう。サミュエルもわたしも、間違いないとはっきり証言できますが、廊下に面したドアの差し錠はしっかりかかっていたし、三つの窓にも内側から錠がかかっていました。だからミス・ハーマンの目が届かなかった南側の窓と東側の窓から部屋を抜け出すことは、誰にもできなかったのです。しかも窓の下にはしばらく前から、中庭よりも深く雪が積もっていましたが、その表面はまっさらで、足跡はおろかわずかなでこぼこもまったく残っていませんでした。エドウィンは息を引き取る前に、小声でなにかつぶやきました。わたしにはそれが、《混沌の王》と聞こえました。あとでわかったことですが、鋭利な刃物で胸を刺されたのが致命傷だったようです。ほかにも数多く残っていた傷から見て、刃渡りの長い、鋭いナイフかなにかでしょう。結局、凶器は見つかりませんでした……

ところで犯人は、どこに行ってしまったのか？　ともかく、部屋のなかにはいませんでした。隠れ場所は戸棚のなかとベッドの下だけですが、もちろんそこはすぐに確かめました。あげ蓋や隠し扉、秘密の通路がないことは、警察の捜査で確認されています。それじゃあ犯人は、どうやって部屋から立ち去ったのか？　暖炉の煙突から？　いえ、狭すぎます。あいていたドアから？だとしたら、空気よりも身軽でなければなりません。だって雪のうえには、シビルの足跡しか残っていなかったのですから。ドアの近くにも、そのほかの場所にも……けれどもそれは、まんざら突拍子もない思いつきではありません。なぜならシビルを襲った犯人も、足跡を残してないからです。ミス・ハーマンはその姿をはっきり目にしているのに、雪のうえにはなんの痕跡もなかったのです。だとすれば、それは同じ怪物に違いありません……」

8　ドアがあいて……

　夕食のあいだ、みんな黙りこくっていた。ナイフとフォークが食器にあたる音だけが、会話代わりに響いている。食事が終わるや、シビルとダフネは真っ先に席を立った。二人で《作業場》に行っているので、用事があったら来てちょうだい、とダフネはさりげない口調で言った。けれどもそれがわたしにむけられた言葉なのは、彼女の目を見れば明らかだった。チャールズ・マンスフィールドは自家製のリキュールをわれわれにふるまったあと、降雪予想をひとくさり始めたが、ピゴットもフォーブス、ジュリアス・モーガンストーン、それにわたしも、ただ聞いているだけだった。ありがたいことに、ピゴットはほどなく部屋に引きあげた。この男には、実にいらいらさせられる。わざとらしい尊大な態度も、大物ぶって鷹揚に構えているところも気に入らない。でもその陰には、激しい不安が見え隠れするのをわたしは感じ取っていた。モーガンストーン教授も、ほどなく彼に続いた。あいかわらず無口で、謎めいた人物だ。しばらくするとマンスフィールドも立ち去り、わたしはエドガー・フォーブスと二人きりになった。さっきから彼が皮肉っぽい笑みをこちらにむけているのを、わたしは感じていた。彼は火をつけたばかりの葉巻を、おいしそうに吸っていた。わたしが今の状況にひやひやしているのを知ってのうえで、この男はこれ見よがしに笑っているのだ。

彼はこのまますっとぼけるつもりらしいが、わたしはさっさとけりをつけてやろうと心に決めた。わたしの役割について愛想よく、手短に説明して、彼の密かなる楽しみをふいにさせるのだ。もともと予定していた探偵の代わりに、急遽やって来ただけだということも、はっきり言っておこう。けれども最後の点について、それ以上詳しい話はすまい。彼が欲求不満で苦しむように。

フォーブスはしばらくわたしの顔を見つめていたが、やがてそっけなく言った。

「わたしが事情を知っているってことは、ご存じなんですね」

「ええ、今日の午後、ミス・ピゴットから聞きました」

「いやはや、突拍子もない計画を立てたものだ」フォーブスは薄い唇をつぼめ、ひゅうっと息を吐き出すように言った。

「探偵を雇うことが?」

フォーブスは肩をすくめた。

「もちろん、そうじゃありません……ただ、あなたというか、あなたのお仲間のところへ行く前に、わたしに相談してくれればよかったのにって思うんです。突拍子もない、と言ったのは、あなたを彼女の婚約者に仕立てあげたことについてです。お二人の年齢差を考えると……いやはや、なんとも。突然、こんなに若い男性と婚約するなんて、驚きじゃないですか。だから彼女に、そう言ったんです。そのときはもう、あとの祭りでしたが」

「ともかく、みなさん納得したようですが」とわたしは答えた。本当はそうじゃないとわかっていただけに、ことさら平然と構えて見せた。

「そうですかね？」とフォーブスは嘲笑うように言った。「わたしだったら、そんなに自信たっぷりにはしていられませんけど。でもまあ、それはいいでしょう。大した問題ではありません」

やけに苛立たしげな話し方をするとそのときは思ったが、あとになって納得がいった。こめかみでぴくぴくする青筋、わし鼻、そっけない厳格そうな表情。純粋に仕事の面だけなら、サミュエル・ピゴットの共同経営者はさぞかしやり手に違いない。

「ミス・ピゴットはお兄さんに、計画を知らせていないのですか？」とわたしはたずねた。

「ええ、ピゴット氏がどういう反応をするか、心配だったのでしょう。だからこそ、彼に内緒にしていたのです」

「でも、どうして？　彼女の行動は褒められてしかるべきでしょうに。だってお兄さんの身を案じてのことなんですから」

「あなたはこの家にのしかかっている脅威を、ご存じですよね？　クリスマスのころになると、ここで何が起きているのかも」

「もちろんです。でも呪われているのは、マンスフィールド家の人々だけで……」

「ピゴット氏ももうすぐ、その一員になります」

「ピゴットさんが不安なのはわかります。それなら、妹さんが彼を守るために探偵を雇ったからって、かまわないじゃないですか。どうしてミス・ピゴットは、お兄さんに知られまいとしているんです？」

フォーブスは心を決めかねているようすだった。彼は長々とわたしを値踏みしたあと、こう言った。

「ピゴット氏はどのように危険と戦ったらいいのかについて、彼なりの見解を持っていて、すでにその方針で手筈を整えています。だから余計な口出しをされるのを、快く思わないでしょう。少なくともキャサリンさんは、そう考えたのです。わたしも彼女の意見に賛成ですね」

「どんな手筈なのかを、おうかがいしてもいいですか？　もしピゴット氏がこの謎を解明しようとしておられるなら、探偵を雇う以外に……ああ、そうか。モーガンストーン氏の正体は探偵なんですね？　違いますか？」

「惜しいですね、ストックさん。あたらずとも遠からずってところですが。たしかにピゴット氏は、モーガンストーンさんに手助けを依頼しました。しかし彼の調査方法は、あなたとはとてもかけ離れたものでして……」

部屋にいるのはわたしたち二人だけなのに、エドガー・フォーブスは用心深げにちらりとあたりを見まわしてから、謎めいた表情でささやいた。

「もっとお知りになりたければ、午後十時ごろ居間にいらっしゃい。わたしの口からはこれ以上話せませんが、ご自分の目でご覧になれば……」

廊下の柱時計が午後九時を打った。作業室に入ると、暗闇のなかにシビルの姿が見えた。彼女はこの前と同じように、背もたれの高い椅子に腰かけ——すばらしいマホガニーの、チッペンデール《ゴチック》様式の肘掛け椅子だった——子供用のコートのボタンホールをせっせと繕っている。彼女は目をあげてわたしを見ると、かすかな笑みを浮かべ、またうつむいて仕事を続けた。ダフネは部屋の隅で小説を読んでいたが、わたしのほうにちらりと共犯者めいた視線を送ってきた。その光景は、二人の若い女を描いた一幅の絵のようだった。暖炉の炎が照らす金色の背景に、優美な人影がくっきりと浮かんでいる。そこから醸し出される静謐な雰囲気は、マンスフィールド家のうえにのしかかる不気味で不可解な謎とは対照的だった。わたしは珍しい道具に興味を引かれたふりをして、古い糸車の脇に腰かけた。

「《混沌の王》について、あなたのお考えをまだうかがっていなかったわね」とダフネが、沈黙のあとにたずねた。「とても興味津々だったように見えたけれど……」

「まったく……信じがたい出来事だ」とわたしは答えた。彼女たちから話を聞きたいと思っていたので、《バッタ》のほうから切り出してくれたのはありがたかった。「驚きのあまり、言葉も出ないくらいですよ。はっきり言って、ぼくは日ごろ、幽霊なんてほとんど信じちゃいないんですが。でも、あなたがたはどう思っているんです？　お二人は昨晩も、ご自分の目で白い顔をご覧になったんですよね？」

「ストックさん、わたしたちには疑いの余地などありません」とシビルはこもった声で言った。

「ともかくあの白い顔は、恐ろしいものだとしか……」

「遠見には、ふつうの人間と変わらないけれど」とダフネは言った。「顔はまるで粗雑な粘土細工みたいで……」

「毎年、冬になると、同じことが繰り返されるんです……窓ガラスのむこうから、わたしたちをそっとうかがっている。それにいつも、予期していないときに限ってあらわれます。あらわれるといっても、ほんの一瞬のことですが。ちらりと姿を見せるなり、すぐに消えてしまいますから」

「でも、事件があった晩は、犯人に襲われたときに、しっかり目撃したのでは？」

シビルは繕い物を置いた。わたしは、彼女の手がかすかに震えているのに気づいた。

「いいえ、なにも見ていません……なにも覚えていないんです」

「なにも覚えていないんですって？」

「エドウィンの部屋に通じるドアがあいていたのは覚えています。部屋から漏れた光が雪を照らしていたのも、いろいろな物音が聞こえたことや、誰かに襲われたみたいに手足が痛かったことも覚えています。悲鳴をあげてわたしを呼ぶミス・ハーマンの声も、たしかに聞きました。それはみんな覚えているけれど、その前に何があったのかは、まったくわからないんです」

「でもあなたはご自分で、中庭を横ぎってきたのでは？」

「そうなんです。警察の方も、そこがいちばん納得がいかなかったらしくて……わたしが眠っていたなんて、信じられないって……」

「つまり……あなたは……」

「姉はときどき、眠ったまま歩きまわるんです」とダフネが口を挟んだ。

「ああ、なるほど……そういうことですか」

シビルは夢遊病者だったのか。わたしとしたことが、昨晩、すぐに気づくべきだったのに。彼女の顔つきやふるまいからして、ひと目見て明らかだったじゃないか。

「警察は口実だと思っていました。犯行現場の近くにいたのを正当化するため、そんな理由をでっちあげたのだと」

「でも、警察がそう思ったのもわからないじゃないわ。エドウィンは刺し殺され、凶器も犯人も消えてしまった。犯人は逃げるとき、雪のうえに足跡を残しているはずなのに、そこには姉の足跡しかなかったのだから。でもさいわい、姉はドアの少し手前で立ちどまった。あと数歩、先まで行っていたら、どんな結果になっていたことか」

「それじゃあ、何があったんです？　家庭教師のミス・ハーマンは、あなたが犯人と思しき人物に襲われているのを、はっきり見たと証言しています。つまり……犯人はエドウィンをめった刺しにしたあと、エドウィンの部屋を飛び出したところであなたに出くわした。あなたが眠っているとは知らず、見つかったと思って逆上し、黙らせようと襲いかかった。けれども、ミス・ハーマンが突然あらわれたのに気づき、おっとりがたなで逃げ出した。そんなところでしょう。ただひとつ、問題は」とわたしは悲しげに言葉を続けた。「犯人が足跡を残さなかったということです」

「警察官のなかには」とダフネが言った。「勢いをつけずに——姉の足跡は、明らかに普通に歩いただけのものでしたから——三メートルの距離を飛べないか、試してみた者もいたわ。中庭から小塔のドアにむかって飛ぶのはなんとかできても、反対方向はどうしても無理だった。小塔のドアから中庭の足跡のうえに、うまく着地するのは至難の業よ。しかもそこで逆むきに足跡をつけるなんて、できるわけないわ。わたしたちの目の前で、がんばってやってみてたけど。おわかりでしょ。警察は姉が犯行現場から逃げるのに、そんなふうに跳躍をしたのだろうと思っていたんです」

沈黙が続いた。わたしは雰囲気を和らげようと、ここで何をしていたのかシビルにたずねた。わざわざ訊くまでもない、間の抜けた質問だったけれど。ロンドンの貧しい地区の子供にあげるコートを繕っていた、と彼女は答えた。手の空いている時間はいつもこの部屋で、そうした作業に精を出している、教区で集めた古い服の修理が主な仕事なのだと。それを救世軍の人たちといっしょに配るのだ。当然のことながら、クリスマスが近づくと、やらねばならない仕事も増える。

シビルは立ちあがって、双子を抱えた極貧の一家にあげる二枚のセーターを見せた。するとダフネが言った。

「そういえば、あの日、編みかけのセーターが一枚、なくなったわよね。あれは見つかったの?」

シビルは顔を真っ赤にした。

「いいえ、どこにもなかったわ。きっと、誰かが盗んだんでしょう。ニコラスの外套を盗んだのと、同じ人物に間違いないわね」

わたしは眉をひそめ、詳しい説明を求めた。

「エドウィンが殺された日も、姉は編み物をしていたの」とダフネが言った。「ところが翌日、それが消えてしまったんです」

シビルは椅子にすわりなおしたところだった。彼女はぼんやりと宙を見つめ、か細い声で言った。

「あのときも、ちょうどこの同じ椅子に腰かけ、ずっと作業をしていました。編み目を数えるのも、そろそろしんどくなってきたころ、ニコラスが入ってきました。彼はロンドンから戻ってきたところで、次はいつむこうへ連れていけばいいのか、とわたしにたずねました。彼が出ていくとき、入れ違いにエドウィンが入ってきて……何の用事だったのか、よく覚えていないけれど」

「ピゴットさんのことだったわ。二人が話しているのが聞こえたもの。とても大声だったたし」

「やめて、ダフネ」とシビルは消え入るような声で言った。「それがエドウィンに会った最後でした。ええ、そう、それで翌日の夕方、わたしはここに、ひと休みしに来ました。昼間、警察の厳しい訊問を受けて、くたくただったから。ところが、セーターはどこかに消えていました。そのときはあまり気には留めませんでしたが、ニコラスの服もなくなったと聞いて、妙だなと思いました。彼が言うには、たしかこの部屋に置きっぱなしにしたはずだけど、確信はないそうです」

「ニコラスの服は見つかったんですか？」とわたしはたずねた。

「いいえ、見つかっていないはずです。あんな事件があったあとなので、結局それきりになってしまいました」

ダフネはいきなり立ちあがり、読んでいた本がつまらないので、別の本を探してくると言って出ていった。

ダフネがいなくなると、というかシビルと二人きりになると、気持ちがとても昂った。シビルの青白い顔を見て、彼女も同じらしいとわかった。わたしたちのあいだに、にわかに親近感が生まれたのを、ふたりともはっきり意識していた。そこでわたしは、去年、偶然出会ったときのことを、よく覚えていると告げた。ほら、アルドゲイト東部の裏通りで。するとシビルは重々しくうなずき、《わたしもあなたのことは覚えています》と答えた。わたしは立ちあがり、暖炉の前を何歩か歩いてから彼女に近づいた。

「でも、どうしてあんなに怯えたんですか？　ぼくのせいだったんですよね」

「ええ、あなたの姿が恐ろしかったから……でも、もちろんあなたのせいではありません。あのとき、おかしな帽子をかぶっていましたよね。顔は雪にまみれていて……それにその直前、鈴の音も聞こえたものだから……たぶん、馬につけた鈴でしょう。もうおわかりですよね。そのせいで一瞬、あなたのことを……《混沌の王》だと思いこんでしまったんです」

シビルは澄んだ美しい目をあげ、わたしを見つめた。そこに非難の色はまったくなかった。まだ恐怖は消え去っていない。けれども絹のブラウスの下で、小さな胸が上下しているのは、そのためばかりではなさそうだ。

「あなたはたしか、こう言いましたよね」わたしは彼女の手を取った。「助けて欲しいと」

シビルは手をふりほどこうとしなかった。わたしは彼女の透き通るような美しい手を撫で、そこにそっと唇を近づけた。とそのとき、背後のドアが軋んだ。飛びあがってふり返ると、ひらいたドアの口にサミュエル・ピゴットのどっしりとした人影が浮かんでいた。

9　霊よ、ここにいるのか？

午後十時十五分すぎ、ダフネがランプを消すと、居間は闇に包まれた。明かりは暖炉の炎だけ。わたしたちはそのなかで丸テーブルを囲み、天板に手を並べていた。テーブルはわずかにカーブした四本の脚がついて、どっしりと安定感があった。あまり大きくはないが、わたしとチャールズ・マンスフィールド、二人の娘、サミュエル・ピゴット、フォーブス、ジュリアス・モーガンストーン、それにメアリの八人がすわっても、さほどきつくはなかった。ニコラスは今日に続いて明日も忙しそうなので、さっさと寝てしまった。わたしたちが指をあてているテーブルは、あまり滑らかではなかった。わざと簡素な削り方をしたように、表面にわずかな凹凸《おうとつ》がある。

わたしたちが何をしようとしているのか、昨晩、窓越しに見えたあの奇妙な場面は何だったのか、もうおわかりだろう。ジュリアス・モーガンストーンの役割も、容易にご推察いただけたはずだ。そう、彼はプロの霊媒師だったのである。サミュエル・ピゴットに言わせれば、ロンドンでもっともすぐれた霊媒師のひとりなのだそうだ。

「霊を呼び出すことにかけては、ジュリアス・モーガンストーン教授の右に出る者はいませんよ」とサミュエル・ピゴットが言う脇で、教授自身もゆっくりうなずきながら、もじゃもじゃの眉の下からわたしをじっと見つめた。「だからこそ、ここへ来ていただいたんです。ちなみに教授は国王陛下のためにも、何度か交霊会を催しておられます。難事件の捜査では、ロンドン警視庁に貴重な手がかりをもたらしたことだって数知れません」

「われわれがどこにいようと、どこへ行こうと」とモーガンストーンはもったいぶった口調で言った。「霊はいつでも共にいて、なんらかのやり方で姿をあらわそうとしています。霊はわれわれの目に見えないものを知る、唯一の証人なのです。しかも、彼らは決して間違えません」

「霊の力を借りる以外」とピゴットが続けた。「二世紀近くも昔に遡る謎の真実は、解明できないでしょう……《混沌の王》に何があったのか？　マンスフィールド家を襲っているのは《混沌の王》なのか、それとも別の誰かなのか？　今もわれわれを脅かしに来るのは彼なのか？　誰がエドウィンを殺したのか？　どうやって殺したのか？　これがわれわれをずっと悩ましている疑問です。しかしもうすぐ、答えが得られるでしょう。わたしたちはすでに、あの世からの声を聞くことができたのですから……」

こうしてわたしは、彼らが《ピーター》と称する霊と交信するようになったことを知った。それが、かつて《混沌の王》役をしたピーター・ジョークなのかどうかはわからなかったけれど。

わたしは半信半疑ながらも、彼らの交霊会に参加することにした。怪しげな実験に劣らず、いやそれ以上に、さっき自分が取った大胆な行動で、まだ胸がどきどきしていた。ピゴットは作業室（これからは、《ご婦人方の仕事部屋》と呼ぶことにしよう）に入ってきたとき、わたしがシビルの魅力に抗しきれずにいたことに気づいただろうか？　少なくとも彼の言葉に、そう思わせるようなものはまったくなかった。彼はまったく自然な口調で、いっしょにチェッカーをしないかとシビルにたずねただけだったから。けれどもピゴットがわたしにむけた礼儀正しい笑みのなかには、なにかわざとらしく、よそよそしい感じがあったような気がする。ダフネに言われたみたいに、わたしの心の内は見え見えなのだろうか？　だとしたら、サミュエル・ピゴットは二重の意味でわたしを軽蔑しているはずだ。未来の妻に手を出そうとしているのみならず、妹のキャサリンを裏切ったことになるのだから。

そんなふうに考えていたとき、ジュリアス・モーガンストーンの声が静寂のなかに響いた。

「ピーター、いるのか？　みんな、待っているんだ。きみと話がしたい……」

ジュリアスの問いかけに応答がないまま、数分がすぎた。《ピーター》はどうやって姿をあらわすのだろう？　それはほどなくわかった。かたっとテーブルが揺れた。その場にいる者なら、誰でも膝でそんなふうに揺らすことができるだろうが。こうして《ピーター》との交信が始まった。モーガンストーンの質問に、イエスならばテーブルを一回揺らす。ノーならばなにも答えない。暗闇のなかでは、誰が膝をテーブルに打ちつけているのか（そうに違いない、とわたしは確信していた）わからなかったけれど、それがモーガンストーン自身なのか、共犯者なのか、たまたまこの場を利用してみんなを騙そうとしている者なのかは、さして重要ではない。わたしは会話のほうに興味があった。

「われわれに話があるんだな？」とジュリアス・モーガンストーンがたずねる。

テーブルが揺れた。

「《混沌の王》のことかね？」

また揺れる。

興奮の波が参加者たちを包んだ。

「それについて、われわれになにか話があると？」とモーガンストーンは続けた。

沈黙。

「《混沌の王》はまだ生きているのか？」

沈黙。

「じゃあ、彼は死んでいる？」

沈黙。

「よくわからないな」モーガンストーンは声を抑えて言った。額に玉の汗が浮いている。「ピーター、教えてくれないか。去年、若い肉屋を襲ったのは《混沌の王》なのか？」

沈黙。

「別の誰かだと？」

沈黙。

「ピーターにはわからないのだろう」と霊媒師はつぶやいた。「もしかしたら、もう立ち去ってしまったのかもしれない（彼はそこで、咳払いをした）。それならエドウィンについて、もっと話してもらえるかな？　彼は《混沌の王》に殺されたのか？」

沈黙。

「別の誰かに？」

テーブルが揺れた。

テーブルを囲む者たちから、驚きのざわめきがあがった。

「エドウィンを殺したのは、《混沌の王》以外の誰かだというのか？」

テーブルが揺れる。

「犯人が誰か、知っているのか？」

沈黙。

「犯人が誰か、知らないのか？」

沈黙。

「ピーター、まだいるかね？」

沈黙。

「きみはピーターじゃないのか？」

テーブルが揺れる。

モーガンストーンはゆっくりとうなずき、重々しい声で言った。

「《ピーター》の代わりに、というか《ピーター》を追い出して、別の霊がやって来たんです。こういう入れ替わりは、さほど珍しいことではありません。答えが曖昧なのは、そのせいです。まずすべきは、この霊が何者なのかをたずねることです。アルファベット方式で行きましょう。A……B……C……」

Pまで行ったとき、最初の振動があった。そこでまたAから始め、Iまで行った。次はG、次もまたG。この時点で、もう誰の目にも明らかだった。答えはピゴット（PIGGOT）に違いない。ほどなく、そのとおりだとわかった。

皆の顔に、驚きの色が浮かんだ。とりわけ名指しされた本人はうろたえ、口ごもるように言った。

「馬鹿げてる。わたしのはずが、ないじゃないですか。わたしはこうして、ここにちゃんといるんだから」

「あなたに話しかけているのだ、と霊は言いたいのでしょう」とモーガンストーンは静かに答えた。「おそらく、あなたに伝えたいメッセージがあるんです」

霊媒師がそれをたずねると、霊は《イエス》と答えた。そこでまたアルファベット方式で、どんなメッセージかをたずねた。答えはT……R……U……T……H。

真実《トゥルース》。

「ピゴット氏に明かしたい真実がある、そういうことか?」とモーガンストーンはたずねた。

テーブルが揺れる。

「どんな真実を? 謎解きの真実かね?」

沈黙。

「《混沌の王》の謎を解く真実?」

沈黙。

「エドウィンの死についての?」

テーブルが揺れる。

はっきりとテーブルが揺れたあと、死の静寂が続いた。やがて、皆が口々にしゃべりだし、モーガンストーンは静めるのにひと苦労だった。結局霊はどこかへ行ってしまい、いくらたずねてももう交信はできなかった。オイルランプを灯すと、みんなの当惑したような顔が浮かんだ。

「エドウィンの死に関する真実……」とピゴットはもの思わしげに繰り返し、突き出た腹を隠すチョッキのうえにさがった懐中時計の鎖を、片手で苛立たしげに弄んだ。もう片方の手は、彼の太く短い指とは対照的な、シビルの白くほっそりとした手を握っている。「でも、どうしてわたしに、このわたしにそれを明かそうというんだ?」

「そうよ、どうしてとりわけあなたに……」とシビルは、そっと手を引っこめながら繰り返した。

「たしかに、おかしいわ……」

「ともかく」とチャールズ・マンスフィールドは言った。「謎を解く可能性があるなら、どんなチャンスも無駄にすべきではないでしょう。モーガンストーンさん、その霊ともう一度交信できますか？」

モーガンストーン教授は目のうえにしつこくたれ下がる白髪まじりの前髪を払って、こう言った。

「もちろん、できない理由はなにもありません。けれども、焦らないようにしなければ。霊との交信は、こちらの注文どおりにいくものではありませんからね。続きはまた、明日の晩にしましょう」

「新たな危険がわたしたちを脅かさないかどうかも、たずねたほうがいいのでは……」

メアリはそう言って、暖炉の脇の本棚に歩み寄った。格子の入ったガラス扉がついた、立派な本棚だった。わたしのいる位置からはよく見えなかったが、ガラス扉のうしろをじっと見つめているらしい。そのかさついた声と輝く目から、わたしは容易に察することができた。メアリの注意を引きつけているものと、彼女が口にした言葉のあいだには、なにか関係があるらしいと。

翌日、オーウェンから電報が届き、夕方に村の宿屋で待ち合わせをすることになった。そのあと昼近くになって、わたしはメアリがじっと見つめていた本棚にたまたま目をやった。すばらしい磁器と並んで、金の糸で刺繡を施したモロッコ革の財布、琺瑯の眼鏡ケース、スペイン製と思われる短剣が飾ってある。短剣の握りとつばには見事な彫刻が施してあるが、とりわけ注目に値するのは、きらめく鋭いその刃だった。

10　オーウェンの指示

空が曇り始めたころ、わたしは村にむかおうとマンスフィールド家の屋敷を出た。オーウェンとの再会が待ち遠しいあまり、大慌てで熱いお茶を飲んだので、喉がまだひりひりしていた。ダフネはそんなわたしの様子を見逃さず、さっそく根掘り葉掘りたずねてきた。わたしはちょっと散歩に行くだけだと下手な嘘をつき、なんとか彼女を追い払った。

通りに出るとき、危うくエドガー・フォーブスとぶつかりかけた。フォーブスはコートの襟を立て、帽子を目深にかぶってあたふたと戻ってきたところだった。彼はひと言謝ると、村から来たのかという問いかけにもろくすっぽ答えず、さっさと中庭に入っていった。

わたしは待ち合わせのことで頭がいっぱいだったので、フォーブスの無礼な態度など気に留めず先を急いだ。そして十五分後には、宿屋のドアを押しあけていた。室内はいかにも鄙びた風情だった。黒ずんだ梁が、低い天井を支えている。奥のテーブルに客が二人いるだけで、あとはがらがらだ。オーウェン・バーンズはくたびれたツイードの三つ揃いを着て、ハンチングを少しはすにかぶり――どうやらこれが彼なりのおしゃれらしい、とわたしにもわかり始めた――見覚えのある若者と話をしていた。シビルの元婚約者、ハリー・ニコルズだ。わたしは知らないふりをして、少し離れた席に腰かけた。オーウェンは黙って小さくうなずき、相手の話を聞いていた。小声なのではっきりとはわからないが、ニコルズはなにか激しく言い募っているらしい。五分ほどすると、彼は立ちあがってオーウェンに一礼し、宿屋を出ていった。

「まったくもって、ユーモアの通じない若者だな」オーウェンはわたしが前の席につくと、大きな音をたてて閉まったドアを眺めながら言った。「嫉妬に身悶えしていれば、無理もないだろうけど」

彼が何者か、わたしはオーウェンに説明した。

「そんなことだろうと思っていたよ、アキレス。ともかく、やつは後釜の男を快く思っていないようだ」

「ピゴットのことかい？」

「ああ。だから彼を追い払おうと、悪ふざけを仕掛けるつもりらしい。言葉の端々から、どうにか理解したところによるとね。なにしろ怒りのあまり、要領を得ない話だったので」

「長く待ったかい？」

「五時からだが、気にしなくていい。退屈はしなかったさ。ニコルズの友達が、ちょうど帰るところでね。やけにあわてている様子で、危うく激突するところだったよ。そこで今度はぼくが、相手をしてやったというわけだ」

その話を聞いて、ついさっきの出来事を思い出した。エドガー・フォーブスの外見を言うと、案の定、ニコルズの友達というのはフォーブスだった。

「でも、妙だな」とわたしは言った。「ピゴット氏の共同経営者が、ハリー・ニコルズと何の話があるんだろう？　考えられるとすれば、ピゴットの伝言を伝えることくらいだけれど。今後、なるべくマンスフィールド家に、とりわけシビルに近づくなと言い渡したとか？」

「まあ、それは別にして……アキレス、きみの活躍を詳しく聞かせてくれたまえ。どうやって難局を切り抜けたのか、その目と耳で何を見、何を聞いたのか」

そのあと三十分間、オーウェンはひと言も口を挟まず――無類のおしゃべり好きだからして、これは賞賛に値する――わたしが到着以来見聞きした出来事を逐一語るのを、注意深く聞いていた。

「すばらしい、アキレス、実にすばらしい。きみは数々の危機を、見事に脱した。行く先々に、思いがけない事件や落とし穴がいくつもあったというのに。例えば躁をくじいたせいで、唯一の味方がいきなり退場してしまったことだ。ところがどっこい、きみは試練を乗り越え、おまけにピンチをチャンスにしてしまった」

そう言われてわたしも悪い気はせず、ビールを空けた。友人のお世辞を頭から信じやしなかったけれど。

「ところで、モーガンストーン教授のことは言っておいてくれてもよかったじゃないか」

「ミス・ピゴットから聞いてはいたが、こんなに早く来るとは思っていなかったんだ。ぼくもよく考える暇なしに、引き受けた事件だからね、アキレス。ミス・ピゴットに会ったのだって、二回きりだし。それも、つい先週のことなんだぜ。さて、この信じがたい事件について、きみの感想は？」

「エドウィン殺しについてかい？」

「いや、それはまたあとで話すとして、事件全体さ」

「わからないな。もう、わけがわからない……どれもこれも、合理的な説明などとうていつけられないように思うんだが。それに、あの交霊会の件もある。まあ、本当に霊を呼び出したのだとしたら、驚きだけれどね。ピゴットに対する奇妙なメッセージは、どう考えたらいいんだろう？エドウィンの死の謎を、彼に明かすと言っているんだ。そもそも、あの事件の真相を知っている者が、誰かいるのだろうか？　そうだとしたら、どうしてそれをピゴットだけに教えるのか？彼がマンスフィールド家の一員になることで、どんな危険を冒そうとしているのかを警告するため？　ぼくだったら、交霊術なんか使ってそんなおためごかしをいうやつは、とうてい信用できないけどね」

「すごいじゃないか、アキレス。大したもんだ。プロ並みの推理だぞ。きみに助力を求めたのは正解だったと、あらためて自分を誉めてやりたいよ」

オーウェンのやつめ、わたしを甘く見るなよ。ちょっと撫でられたからといって、ごろごろ喉を鳴らして喜ぶデブ猫とはわけが違うからな！

オーウェンはそこで宿屋の主人に手をふり、ビールのお代わりをたのむと、顔を曇らせて続けた。

「正直言って、ぼくには事件の展開が、どうも気に入らんのだよ。賭けてもいいが……怪しげなたくらみの臭いがする。でも、何をたくらんでいるのだろう？　できれば……」

「できれば？」

「……自ら現場に乗りこみたいところなんだが。でも、今さら話をもとに戻すのは難しいからな。ミス・ピゴットが早くも別の婚約者に乗り換えたなんて、誰も納得しないだろうし……」

「まったくだ。怪しむとは言わないまでも、驚くに決まってる」

「進退窮まったな」とオーウェンは気難しげに言った。

「何言ってるんだ。ぼくだって、今さらあとには引けないさ」

「きみは……」とオーウェンは言って、わたしの目をじっと見つめた。「きみはなにか、隠してるな。ああ、なるほど！　シビルに参ってしまったのか。きみは危険なゲームをしてるんだぞ。忘れちゃ困るな、きみが惚れているのはミス・ピゴットなんだ。ところで、彼女はいつ戻ってくるんだ？」

「明日だよ。今朝、彼女に会ってきた」

「そして、クリスマスは明後日だ……アキレス、今後は用心に用心を重ねなくては。次の交霊会で、誰が霊を演じているのか突きとめてくれたまえ。そこが大事なところなんだ。それが誰かわかれば、何を意図しているのかも見えてくるだろう」

「わかった。でも、確約はできないぞ」

「こちらでも、もう少し彼らの身辺を調べることにしよう……おい、おい、そんなふうに見るなよ、アキレス。ぼくだって暇を見つけて、多少の調査はしたさ。まさかこの二日、なにもしなかったと思っているのか？　ただずっと、彼女の腕のなかで……いや、やめておこう。ぼくにも誇りはあるからな。

ジュリアス・モーガンストーンについては、ロンドンでみんなが知っている以上のことはわからない。とても切れ者で、有力者の覚えもよく、今のところ詐欺師だと断定できる証拠はなにもない。

チャールズ・マンスフィールドはロンドンに店を二軒構えているが、昔ほど栄えてはいないようだ。彼は一族最後の末裔だが、この二、三世代のあいだにマンスフィールド家は衰退の一途をたどっている。彼が近々、財産の切り売りを始めても、驚くにはあたらないだろう。彼が助かる唯一の方法は……」

「娘をピゴットと結婚させることか！」とわたしは拳を握って叫んだ。

「まさしく。サミュエル・ピゴットは順風満帆だ。波止場にたくさんの倉庫を持ち、織物にかけてはもっとも有力な輸入業者のひとりさ。とりわけ、インド製の織物については。マンスフィールドがまだなんとか商売を続けていられるのも、ピゴットが便宜をはかっているおかげらしい……」

「そうか、見えてきたぞ」とわたしは、自分でもぎょっとするような声で言った。「あの老いぼれめ、脅迫したんだな。シビルと結婚させろ。そうすればマンスフィールド家は、かつての繁栄を取り戻すだろう。さもなければ……破滅の運命をたどるだろうと」

オーウェンは肩をすくめた。

「きみはまったく世間知らずだな。そんな取引きは、上流階級でよくある話さ。今のところ憶測にすぎないが、ぼくもまんざら間違いではないと思うな。その点も、ぜひ明らかにしてくれたまえ。では、先を続けよう。エドガー・フォーブスは十年近く、ピゴットのところで働いている。初めはただの従業員だったが、持ち前の粘り強さでたちまち出世し、今やピゴットの右腕だ。言うなれば、舵取り役はフォーブス。ピゴットは、仕事の順調な成り行きを見守ることで満足しているようだ。サミュエルの妹キャサリンについて、特筆すべきことはほとんどない。まだ独身だってことくらいだが、それはすでに言ったとおりさ。感じやすい、デリケートな心の持ち主で、学もある。気に入った相手には、やさしい心づかいをして……」

「そんなにいいところだらけなら、いっそきみが……」

「彼女の婚約者はきみなんだぜ。忘れちゃ困るな」

「オーウェン、いいかげんにしないと……」

「まあまあ、そうむきになるなって。シビルのせいで、冗談も通じなくなったのか。それはともかく、本題に戻ろう。《混沌の王》について調べがついたのは、最近の事件だけだ。昔の伝説となると、時の彼方だからな。ジョージ爺さん殺しの詳しい経緯は、ほとんどわからない。流しの犯行だろうと、検視官は言っていたそうだ。去年、若い肉屋が殺された事件には諸説あがったものの、捜査結果はぱっとしなかった。ひとつ、確かなのは、被害者が湖で死んでいたということだけで。そしてエドウィン殺しだ。これはまったく事情が違う。事件の状況があまりに異様だったので、捜査はロンドン警視庁が担当することになった。きみも知ってのとおり、あそこには友人も何人かいるので……」

オーウェンは上着のポケットから封筒を取り出してわたしの前に置き、声を潜めてこう言った。

「事件に関する重要な情報は、すべてここに書いてある。簡潔にまとめるべきはまとめ、いくつかの供述はそっくりそのまま書き写し、最後にぼく自身のコメントもつけてある。だから、まずはこれにじっくり目を通してくれ。それから、また話し合おう。今は、ひとつ言っておくだけにする。この事件が幽霊のしわざでないとするならば、犯人は必ずや内部の人間だ。つまり、目下あの屋敷に暮らしている誰かということになる。屋敷のまわりは、足跡ひとつないまっさらな雪に囲まれているのだから。さらにつけ加えるなら、これは芸術家の手による犯行だ。それは初めから気づいていたけれどね。さもなければ、この事件の調査を引き受けたりするものか。すべての裏に、芸術家の手が隠れている。忘れるなよ、アキレス。それだけは疑問の余地がない」

「その《芸術家》とやらは、夜になるとカーニバルの仮面をつけて、みんなを脅してるっていうのか？」

「もちろんさ。ありきたりの殺人犯が、思いつくことじゃない」

「でも、何のために？　たしかもう三年も、そんな小芝居を続けているんだぞ」

オーウェンはグラスをじっと見つめた。

「それはぼくにもわからないが……ともかく、危険が迫っている（彼はそこで、いきなり窓のほうをふりむいた）。馬車の音がしたぞ。ぼくがたのんだ辻馬車だ……」

「えっ、もう行くのか？」

「残念ながら、そうなんだ……約束があるんでね」

「今度はいつ会える？」

「連絡するよ。どうしても必要だと思ったら、きみからも遠慮なく知らせてくれ」

オーウェンは立ちあがってコートを着ると、ハンチングをかぶり直し、不安そうな口調でためらいがちに続けた。

「よく考えてみるから、アキレス、信頼してくれ。とりあえずは、ぼくの忠告を忘れないように。まずは《霊》の正体を暴くべく、全力を尽くすんだ。おそらくそれは、エドウィン殺しの犯人とは別人だろう。犯人がそんなふうに罪を告白するとは思えないからな。しかも、ピゴットに対して。だから、それは別の誰かだ。この恐ろしい悲劇の全貌を知っているわけではないにせよ、少なくともなんらかの見解を持っている人物……（彼はうなずきながら、ため息をついた）。でも、どうしてそいつはピゴットに話そうとしているのか、それがぼくにはどうにも気にかかるんだ」

11　不可能犯罪

午後十一時すぎ、わたしは部屋に戻った。暖炉の火を掻き立てて薪をくべたし、肘掛け椅子に腰をおろす。膝にはオーウェンに渡された封筒が、まだ封をあけないままのっていた。暖かな火にあたりながら――凍りつくような廊下と階段を抜けてきたあとだけに、なんとも心地よかった――しばらくゆっくりくつろいで、新たな《交霊会》のようすを何度も思い返した。それは昨晩と同じ場所、同じ参加者で行われた。注意深く観察していたけれど、霊を演じているのが誰かはわからなかった。最初はピゴット自身を疑ったが、彼もテーブルが揺れるたび、ほかのみんなと同時に体を震わせているとわかった。ジュリアス・モーガンストーンも違いそうだが、単なる印象にすぎない。テーブルを揺らしているのが誰にせよ、うまく演じているのは間違いない……要するに、わたしの努力は無に帰したということだ。

交霊会そのものは、昨日伝えられたメッセージの確認に終わった。霊はエドウィン殺しの真相を、ピゴットに明かそうと言っている。けれども今回、霊は裕福な仲買業者に、心の準備をしておくように求めた。待ち合わせの場所と日時はまたあとで決める、そこで《真実《トゥルース》》を伝えるからと。交霊会が終わると、ジュリアス・モーガンストーンは皆の賞賛を受けた。とりわけチャールズ・マンスフィールドは、あの恐ろしい謎が解明されたなら一生感謝しますと断言した。きっと近々、そうなることでしょうと、エドガー・フォーブスも、マンスフィールドに負けじと熱心に同意した。メアリはすっかりこの人物に魅了され、食い入るように見つめている。シビルとダフネは、もっと控えめだった。ピゴットはと言えば、モーガンストーンの成果に喜んではいたものの、なんだか苛立って不安そうだった。《心の準備》をしろと言うが、どうしてわたしが？　モーガンストーンはその疑問に、こう答えた。霊に助けを求めたのはピゴットなのだから、彼だけに話そうというのは驚くにあたらないと。なるほど、そのとおりだとみんなも納得した。あの悲劇を解明したいと望むなら、そんなに疑り深そうな顔をするものじゃないと、霊媒師はピゴットに指摘した。マンスフィールドも、驚きを露わにした。《わからないな、サミュエル。今になって、何をぐずぐず迷っているんだ。ようやく目的が達成されようとしているのに。あの呪いから、わが家が解放される、願ってもないチャンスが訪れるんだぞ》するとピゴットは、たしかにおかしな態度だったとしぶしぶ認めた。

オーウェンが最後に残した言葉がまだ頭に引っかかっていたせいか、わたしにもピゴットの態度がますます奇異に思えてきた。正直言って、わたしが彼に抱いている感情が公平を欠いているのは事実だが。つまり、恋は盲目というやつだ。実に的確な言葉だと、思わずにはいられなかった。これは単なる比喩ではない。ピゴットのことを考えるたび、目の前が曇り、心が乱れるほどなのだから。数分前にも、彼が無骨な手でシビルのほっそりとした指を取り、お休みを言うのを見たときは、体に電流が走って頭がくらくらしたほどだ。

わたしはワーグナーの交響楽みたいに荒れ狂う風のうなりを聞きながら、虚しく思いを巡らせた。そして、なんとか気を取り直し、封をあけた。

なかには便箋が、十枚ほど入っていた。最初の数枚は事件の概要を記したもので、すでにチャールズ・マンスフィールドから聞いた話とほぼ同じだった。だからここに、一語一句再掲するには及ばないだろう。さらにそこには、屋敷の一階を描いた平面図と、事件の主要な関係者、とりわけエドウィンの行動を要約した説明書きも添えられていた。

午後八時三十分。夕食終了。シビルとダフネは自室に引きあげる。マンスフィールド、フォーブス、エドウィン、ミス・ピゴットは居間に移る。

午後九時三十分。ニコラス・ダドリーが戻ってくる。彼はシビルのいる《作業室》へ行った。そして帰り際、エドウィンとすれ違う。エドウィンはいつもと変わりない、元気な様子だった。

午後十時。エドウィンが《作業室》を出る。彼の態度から、誰かと夜の待ち合わせをしているようには見えなかったとシビルは言っている。それ以降、エドウィンの生きた姿を見た者はいない。屋敷の者たちはメアリとニコラス、それに家庭教師のミス・ハーマンを除いて、このころ就

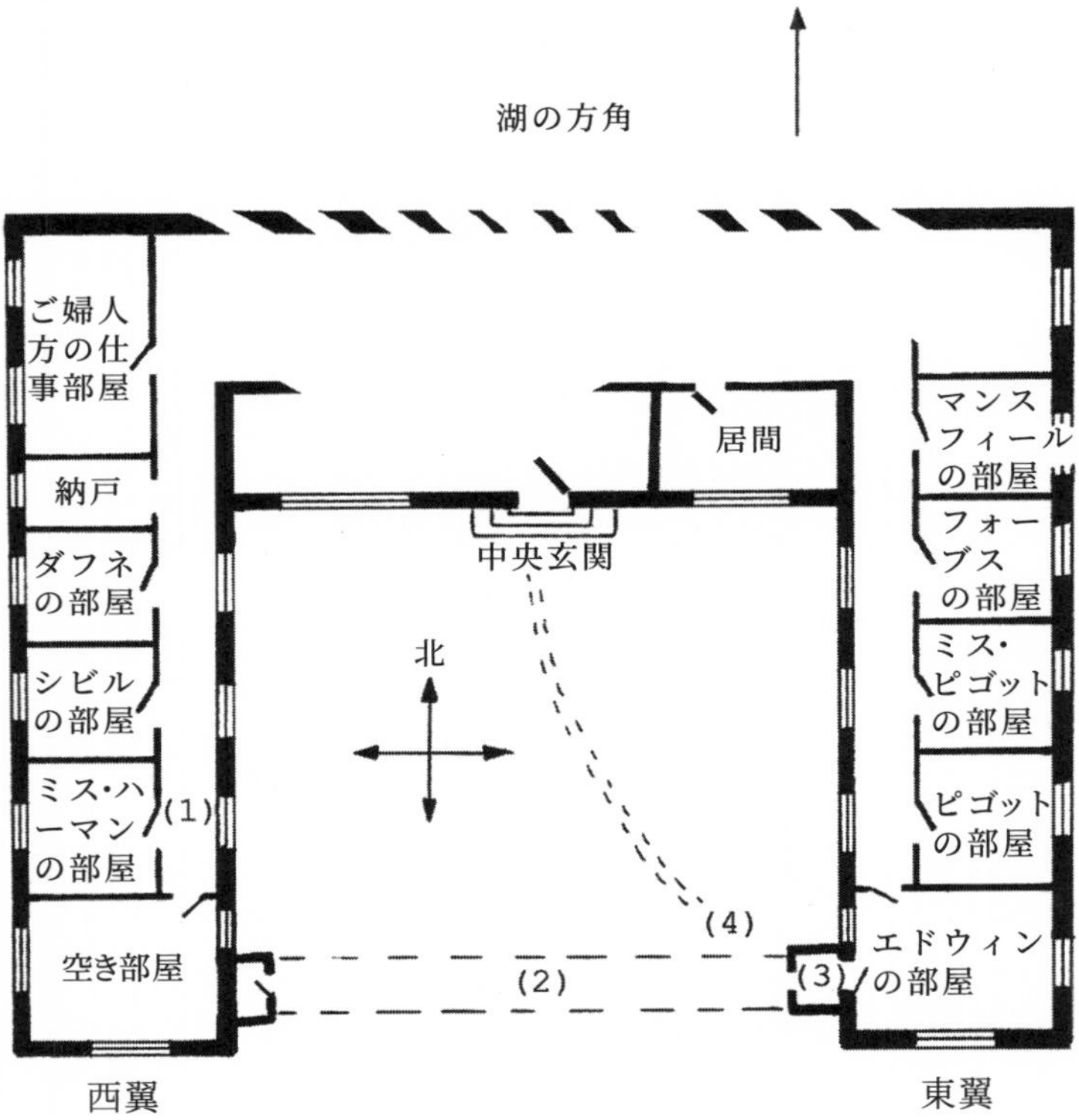

1階の平面図

(1) ミス・ハーマンが《人影》を目撃したときにいた場所。

(2) 地上から約7メートルのところで両翼をつなぐ、木製の渡り廊下。

(3) エドウィンの部屋に通じる小塔。ミス・ハーマンが目撃した《人影》は、ここに入っていった。

(4) シビルの足跡が途切れていた場所。

寝している。ダドリー夫妻は片づけものに取りかかり、ミス・ハーマンはまだ眠くなかったので、大好きなエミリー・ブロンテの小説を読んでいた。

午前零時。ダドリー夫妻が部屋に戻り、ミス・ハーマンは最後に引きあげた。屋敷は闇に包まれた。ミス・ハーマンは、自室のドアに面した廊下の窓に、白い仮面が映っているのを目撃する。雪が降り始める。

午前零時十五分。ミス・ハーマンは、いったん逃げ出した人影が戻ってきて、エドウィンの部屋に通じる小塔に入るのを見る。牡丹雪が降っている。

午前一時十五分。ミス・ハーマンはエドウィンの部屋の監視をやめ、ようやく自室に入る。雪が降りやむ。

午前二時。大きな物音で屋敷の人々が目を覚ます。ミス・ハーマンは真っ先に廊下に飛び出し、中庭で賊と争っているシビルを窓から目撃する。彼女が大声で叫び、窓をあけているあいだに、賊は消え失せる。

警察による尋問調書の抜粋に移る前に、雪のうえに残っていた足跡について、少し説明しておこう、アキレス。もちろん足跡は、事件のさまざまな目撃者たちによって、少しばかり荒らされてしまっただろう。けれども入念な検証の結果、ひとりひとりがどんな道筋で歩いたのかを捜査官はたどることができた。まずくっきりと残っていたのは、シビルの足跡だ。それは中央玄関から始まって中庭の真ん中を通り、エドウィンの部屋にむかって緩やかなカーブを描きながら進んで、その三メートル手前で止まっている。ミス・ハーマンの足跡もあった。彼女は同じ道筋をたどってシビルの救助にむかい、それから二人は中央玄関にむかって引き返している。さらに、ピゴットとマンスフィールドの足跡も残っていた。彼らは最初にエドウィンの部屋に入った。そして、床に倒れている瀕死のエドウィンを見つけた。さいわい彼らは二人とも、小塔のまわりにまっさらな雪が積もっていることの重要性を瞬時に理解し、部屋を出るときも自分たちの足跡を荒さないよう気をつけ、ほかには誰も小塔に近づかないよう注意した。足跡自体についても、なにか細工を加えた形跡は少しもないと、警察は確信している。中庭には一センチほどの雪がきれいに積もっていたので、調べは容易だった。例えば最初についた足跡のうえを、ひとまわり小さな靴で歩いていったのでも、ひと目でわかっただろう。雪が降っていた時間も、間違いなかった。ミス・ハーマンの証言どおり、午前零時から午前一時すぎまでの一時間あまりだ。それは多くの村人たちも認めている。だから警察は、中庭を歩いた者がいたとすれば、ぎりぎり午前零時半までだろうと考えている。もしそのあとだったら、雪のうえに足跡の高低差が残り、警察の目にとまらないはずはないからね。さらにミス・ハーマンの証言によれば、この時間は午前零時十五分にまで引き戻される。警察を大いに驚かせたこの証言の一部分を、以下に抜粋しておこう。

――窓に映った顔について、なにかもっと覚えていませんか?

――ともかく恐ろしい顔でした。青白くて、不気味な表情をして……

――帽子をかぶっていたのでは？　そのあと中庭から逃げ去った人影は、帽子をかぶっていたとおっしゃいましたよね。

――ええ、そうです。でも、初めは窓ガラスに顔を押しつけていたので、よくわかりませんでした。

――十五分後に戻ってきたのは、たしかに同じ人物ですか？

――断言はできませんが、ともかく同じかっこうをしていました。帽子、長いコート、こそこそした動き……

――なるほど。ところで、その人物は小塔のドアからまっすぐなかに入ったんですね？　ノックもしないで。

――ええ、たしか……断言はできませんが。なんだか、迷っているようでしたから……とてもゆっくり歩いて。でも、エドウィンさんの部屋に直接入る二番目のドアは、ノックしたのかもしれません。中庭に面した最初のドアは、いつも錠があけっぱなしでしたし……

――だとすると、屋敷の内情に通じている人物ということになりそうですね。けっこう。それから、部屋に明かりが灯ったんですよね？

――はい。

――そして窓のむこうに、人影が見えたと？

――たしかに、ちらっと見えただけですが。カーテンはほとんど閉まっていましたから。

——それであなたは、エドウィンさんの友達だろうと思ったんですね？

——まあ、そうです。争っているようすはありませんでしたから……

——ミス・ハーマン、満月が出ていたので、外は昼間のように明るかったとおっしゃいましたよね。それならシビルさんを襲った賊について、もっと詳しくお聞かせ願えるのでは？

——わたしは物音で、飛び起きたところでした……

——物音？　とても曖昧ですが……

——なにかをひっくり返したような、鈍い物音です。でも、よくわかりません。眠っていたものですから。

——シビルさんを襲った人影について、話を戻しましょう。

——たぶん、前と同じ人物だと思うのですが……でも急なことだったので、断言はできません。

——それで、賊はどんなふうにシビルさんを襲っていたのですか？

——その人影は……二人は取っ組み合っていたようです……でも、はっきりとは言えません。よく見ている暇がなかったので。わたしは大声で叫び……窓をあけると……もうシビルさんしかいませんでした。

——その間、どれくらいの時間だったと思いますか？

——せいぜい、五秒かそこらでしょう……

——十秒くらいでは？

――いえ、そんなには……たっていないかと。

もちろん警察は、シビルの証言を聞けばもっと詳しいことがわかるだろうと思っていた。ところが、期待はかなわなかった。なぜならシビルはときおり夢遊病の発作を起こし、その晩も眠ったまま外にさまよい出ていたから。警察にとっては、にわかに受け入れがたい話だ。彼らはシビルを疑惑の目で見た。捜査を担当した警部が二度目に訊問したとき、シビルは以下のように答えている。

――警部さん、前にも申しあげたとおり、わたしはとても疲れていました。そんなときに、よく起きるんです……

――それでは、物音が聞こえた瞬間、完全に《意識を取り戻した》というわけですか？

――おそらく……女の金切り声が聞こえたのは覚えていますが。

――何者かが、あなたに襲いかかってきたんですよ。それには気づかなかったと？

――いえ、たしかに襲われたような感じはしました。

――襲われたような感じですって？　もっとはっきり覚えていないんですか？

――わたしは暴れて抵抗しましたが、むこうは力ずくで押さえつけようとしました。体をぐっと締めつけられ、腕が痛くて……

――目をあけて、襲いかかってきた相手を見なかったんですか？　人影だけでも？

――いいえ、そうしたものは、なにも見ませんでした。でも、わかってください。目はあけたんです。あたりは真っ暗で、最初に目に入ったのは、ひらいた小塔のドアの前に射すまぶしい光でした。だから闇に乗じて、反対方向に誰かが逃げていくのに気がつかなくとも、当然じゃないでしょうか？　ともかくわたしは、その場に立ちすくんでいました。叫び声が聞こえたんです……おそらく、ミス・ハーマンの叫び声でしょう。それでわたしは、凍りついてしまいました……

――でも、あなたにとってさいわいでしたよ。あと三、四歩、進んでいたら……

何があったのだろう？　謎の襲撃者は、どうやってそんなにすばやく姿を消すことができたのか？　しかも、雪のうえに足跡を残さずに。シビルとミス・ハーマンは二人同時に、同じ幻覚に捕らわれたのだろうか？　そんな信じがたい偶然が、ありうるとは思えない。その直前にエドウィンを殺した犯人も、雪のうえになんの足跡も残さずに逃げ去っているのだ。

医者はシビルの腕や肩に、青あざがついていたのを確認している。彼女自身の力ではつけられないようなあざだ。さらには下唇に切り傷があるなど、顔にも襲われた痕跡が残っていた。それにもかかわらず、警察はシビルが犯人だと疑っていた。少なくとも、その可能性は捨てきれない。すべての状況を考え合わせると、エドウィンを殺すことができたのは、どうしても彼女以外あり

えないと思われたから。

（このあと、警察が行った跳躍実験の記述が続いた。ダフネの口から聞いていたとおり、それは不発に終わり、シビルの身にかけられた嫌疑がいかに的外れかを証明する結果となった）

ピゴットの部屋は、被害者の部屋の隣だった。彼ははっと目を覚ますと、廊下の突きあたりのドアに駆けつけた。ノブをがちゃがちゃまわしたものの、ドアはあかなかった。彼は廊下を引き返し、部屋から出てきたマンスフィールドと鉢合わせた。彼らは正面玄関にまわって中庭を通り抜け、最初に事件現場に駆けつけた。二人とも用心深く、なんにも手を触れないようにした。お互いに、相手をかばい合っているのかもしれないけれど。部屋には瀕死のエドウィンが倒れていて、いまわの際になにか一言、二言ささやいた。ほとんど聞き取れないくらいだったが、《混沌》と《王》と言ったようだ。しかし二人とも、断言はできなかった。部屋はどんな状態だったろう？　廊下側のドアには差し錠がかかり、窓は内側から固定されていた。詳しくは、若い警官の報告書に言を譲ることにしよう。

……そこはまるで、嵐が過ぎ去ったあとのようだった。被害者は部屋の真ん中で、絨毯のうえに横たわり、そのすぐ左には本棚がひっくり返っていた。本棚に収めてあった本や陶器、ブロンズの小像が散らばっている。ポルトの瓶は無事だったけれど、グラスはほとんど割れていた。部屋の北側の隅、隣室との境の壁に暖炉がある。暖炉は本棚が立っていた場所や廊下側のドアと並んでいるが、火搔き棒、火箸、ふいご、火の粉止めのついたては死体の脇にあった。暖炉の前には肘掛け椅子がひっくり返っていて、しかるべき場所にあるのは薪のせ台だけだった。暖炉の火はほとんど消えていて、灰のなかにセーターらしい毛織物の燃えかすと、瓶のかけらがあった。暖炉の正面に置かれたベッドも、上下が逆さまにひっくり返り、枕の代わりに絵が置かれていた。それはもともと、壁のもう少しうえに飾ってあったものらしい。海戦を描いた絵は、横一文字に切り裂かれていた。ベッドと東側の窓のあいだ、つまり小塔を抜けて中庭に出るドアの真正面にあるナイトテーブルには、なぜか無傷のオイルランプが置かれていて、部屋の惨状を照らしていた。天井のランプも灯ったままだった。暖炉の対角には大きな戸棚があり、扉は閉まったままだった。なかの衣服が無事だったのは、扉の鍵があけづらかったおかげだろう。ベッドの右側の床には、ほとんど空っぽで、うっすら血痕がついたウィスキー瓶が転がっていた。被害者は頭を中庭に出るドアにむけ、うつ伏せに横たわっていた。顔には恐ろしい苦悶の表情が浮かんでいる。身につけているのはチョッキ、上着と同じ青色のズボン——上着は毛布のあいだから見つかった——それにシャツ。シャツの袖は引き裂かれ、血まみれだった、手の甲は傷だらけで、顔にも赤い筋が何本か残っていた……

検死した医者によれば、死因に疑問の余地はなかった。大型の鋭利な刃物で腹部を二度にわたって刺され、内出血を起こしたのだ。証人も言っていたように、被害者が息を引き取るまでにし

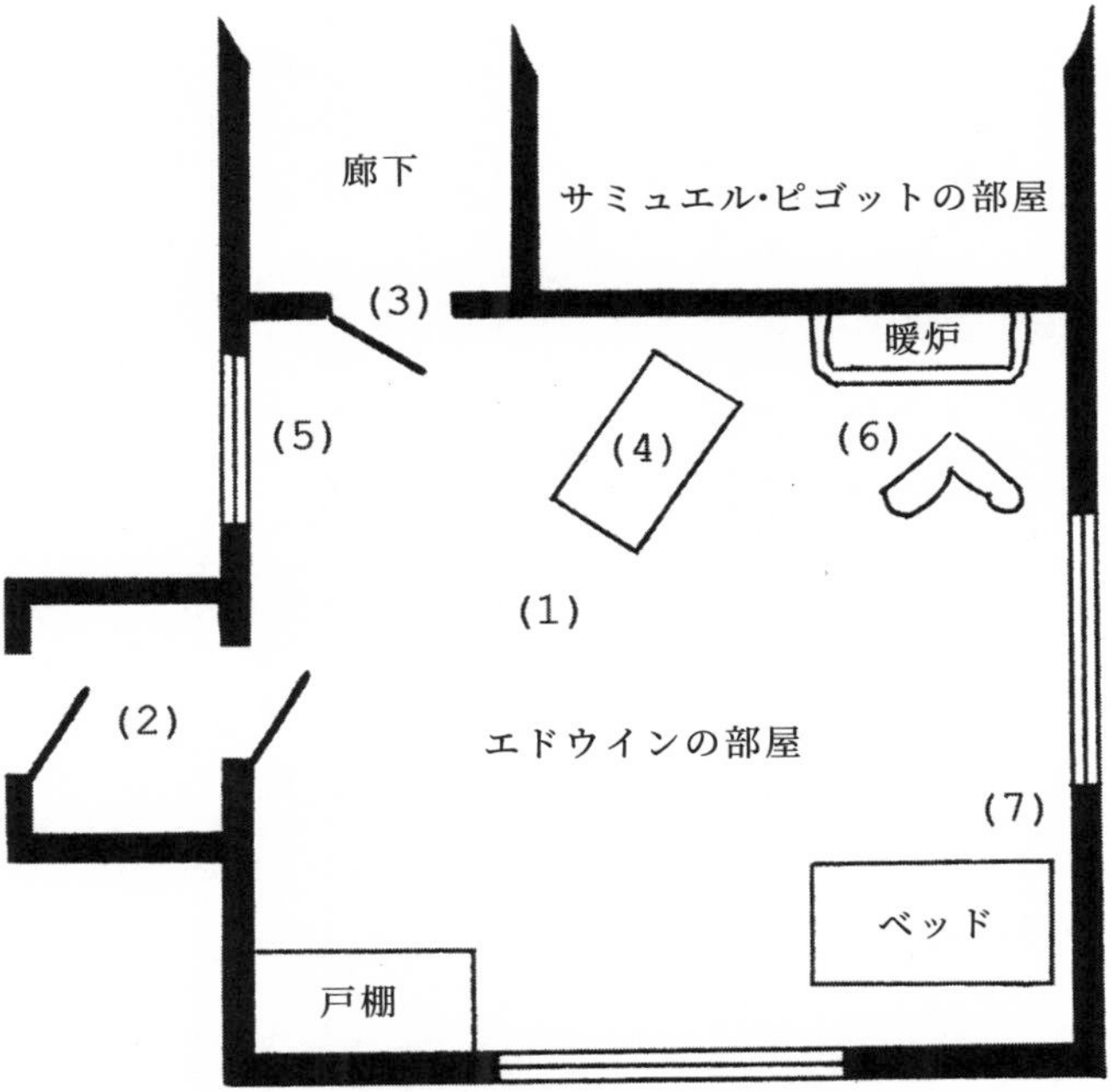

(1) エドウィンが倒れていた場所。

(2) 小塔。ドアは二つともあいていた。

(3) 廊下に面したドア（差し錠は内側からかかっていた）。

(4) 倒れていた本棚。

(5) カーテンが半ば閉まった窓。

(6) 横倒しになっていた肘掛け椅子。

(7) ナイトテーブル。

ばらく時間があった。その間、かなり苦しんだに違いない。腕や手の傷は浅くて不正確なものだったが、同じ刃物の切っ先でつけられたものらしかった。いっぽう顔の赤い筋は、爪によるただの引っ掻き傷だった。犯人は激しい殺意に駆られるあまり、被害者の顔を引っ掻いたのだ。

部屋中をくまなく調べたにもかかわらず、凶器は最後まで見つからなかった。ということは――今さら言うまでもないだろうが――自殺や事故の可能性はなくなった。捜査の結果、秘密の通路もなければ、犯人が窓――昔ながらの、上下にあげさげする窓だった――から抜け出すとも不可能だとわかった。それに窓の下に積もった雪にも、足跡は残っていなかった。つまり犯行現場の部屋は、内側から完全に閉じられていたのだ。廊下に面したドアには、差し錠がかかっていた。エドウィンは部屋に戻ったとき、いつもそうしていたのだろうか？　家族や使用人たちの証言によると、そうではなかったらしいが、はっきり断言できる者は誰もいなかった。いずれにせよ、それは古くて滑りの悪い錠で、細工の跡はまったくなかった。警察の検証によると、細い棒や紐を使って廊下から閉めることはできそうになかった。

事件はどのように起き、そして犯人はどうやって逃げたのか？　それがまず、警察を悩ませた疑問だった。犯人はミス・ハーマンが午前零時十五分ごろ、小塔のドアからなかに入るのを目撃した人物だろう。

その人物は、被害者と顔見知りだったに違いない。なぜならミス・ハーマンの証言によると、被害者は一時間以上、犯人と静かに話をしていたらしいから。見ず知らずの相手だったら、それはいささか考えにくい。

ミス・ハーマンが自室に戻って寝たあと、犯人と被害者のあいだになにか揉め事が起きたのだろう。けれども争いは、静かななかで続けられた。二人は怒りで激昂していただろうが、そんなふうに自分たちが争っているのを誰にも知られたくないと思えば、声を潜めてやり合うしかない。あるいは事態が、いっきに悪化したのかもしれない。いずれにせよ、棚が倒れる音があたりに鳴り響くに至って、犯人は逃げ出さざるを得なくなった。

第二の疑問点、つまり犯人がどうやって逃げたのかについて、警察は一時期、中庭を横ぎる木の渡り廊下から、曲芸もどきの脱出を試みた可能性を検討した。けれどもその仮説は、ほかの仮説と同じくすぐに却下された。渡り廊下の床に積もっていた埃には、なんの跡もついていなかったので、少なくとも数週間前から誰もそこに足を踏み入れていないことは明らかだったから。それに渡り廊下から中庭の内側にむかってあいている口は、子供でも抜けられない小さな屋根窓だけだったからだ。

エドウィン殺しは人間業を越えている。午前零時半以降、中庭には誰ひとり、足を踏み入れた者はいないはずなのだ。それは事実が証明していた。

屋敷のまわりに積もった雪にも、警察に事件を通報しに行った者の足跡以外、なんの痕跡も残っていなかった。だとすると、犯人はその晩、屋敷のなかにいた人間のなかから捜すべきなのだろう。けれども犯人は重力の法則に従わず、軽々と宙を飛ぶこともできるらしいのだから、確かなことはなにもわからない。

殺人の動機も、まったく謎だった。陽気なエドウィンに反感を抱いているような人間に、誰も心あたりがなかったから。残るは《混沌の王》の伝説だ……何世紀も前からこの地に出没する、青白い顔の謎めいた影。この手紙を読むころには、きみも《混沌の王》の話をすでに聞いていることだろうが……

12　最終準備

翌日の昼近く、わたしは玄関前の階段をのぼる《婚約者》を心配そうに手助けしながら、全員そろって出迎えてくれた屋敷の人々に、精一杯嬉しそうな顔をして見せた。

女の細腕では、松葉杖を使って歩くのも楽ではなかった。だからキャサリンはひと休みしたいと言って、ほどなく部屋に引きあげた。わたしは少ししてからあとを追った。彼女はロッキングチェアに腰かけ、石膏で固めた足をスツールにのせて、窓の外に広がるまばゆい銀世界を眺めていた。けれども太陽と雪の魅力にも、無関心そうだった。わたしを見つめながら浮かべた悲しげな笑みが、それをよく物語っていた。

「いい天気ね」

「たしかにいい天気ですが、寒くて凍えそうです。暖炉の脇にいたほうがよさそうだ」わたしは手をこすり合わせながら、きっぱりとした口調で答えた。

「自然の美しさは、それが奪われたとき初めて身に染みるものなんだわ」

わたしは窓に近寄り、ガラスに額をあてた。東翼の裏手にある厩舎から銀色の筋が、村にむかって雪原のなかをくねくねと続いている。一昨日、ダフネを抱いて渡った氷の小川に違いない。二人して雪のなかに倒れこんだとき、ダフネが大笑いした声が、まだ耳に残っている。けれどもわたしは、すぐさま夢想から醒めた。

「もの思いにふけっていらしたようね、ストックさん……」

「こんな状況ですからね、なにも不思議はないでしょう。とりあえず、お話ししておかねばならないのですが、屋敷の住人のなかには、ぼくたちの関係を奇異に思っている者がいるようです。みんなとは言いませんが。このままずっと騙し続けられるか、心配なんですけど」

キャサリン・ピゴットは顔を曇らせ、ゆっくりとうなずいた。

「エドガーと話しましたか？」と彼女はたずねた。

「ええ、でも、ほんの立ち話です。彼はあなたの計画に驚いているようでしたが……つまり、探偵を婚約者に仕立てるアイディアに」

ミス・ピゴットは率直そうな笑みを浮かべた。

「そうでしょうね」彼女は悪戯の現場を見つかった少年みたいに、体をもじもじさせた。「だってエドガーは、わたしにぞっこんだから」

わたしは驚きを隠せなかった。

「ぞっこんって……でも……」

「じゃあ、わたしのほうもなのかって、思っているんでしょ？」

「ええ、まあ……」

「たぶん、そうね」とキャサリンは、少しばつが悪そうに言った。「でもそのことは、まだ誰も知らないわ。兄もよ。わたしたちは以前からの知り合いだし、自分の気持ちにずっと気づいていなかったから……」彼女はそこで言葉を切った。「でも、こんな話、あなたには興味ないわね」

「いや、そうでもありませんよ。状況が状況ですから、ともかく教えていただいてよかったです。これでフォーブスさんとも、接しやすくなります。あの方の態度が気になっていたんですが、ようやくわけがわかりました」

わたしは彼女に請われるままに、この二日間の出来事を語った。

「それならあなたは、事件の経緯はひととおりわかっているのね。それで、なにか結論は出たかしら？」

「はっきり言って、答えはノーですね。でも、あなたのお兄さんが雇った《探偵》のほうは、不思議な力のおかげで、少しは解明に近づいているようですが」

あとに続く沈黙のあいだ、わたしは横目でキャサリンの顔を盗み見た。彼女がジュリアス・モーガンストーンのことをどう思っているか、表情からはうかがい知れなかったし、もちろん口に出してなにも言わなかった。

「あなたは」とキャサリンは突然言った。「兄の身に危険が迫っていると思いますか？」

「いえ、危ないと言うならほかのみんなも同じでしょう。このあいだの晩、シビルとダフネの部屋の窓に不気味な人影があらわれたのは、不吉な前兆のような気がするんです」

そのあとしばらくして、食堂に行ってみると、ダフネが銀色の花飾りや柊とヤドリギの枝で、せっせと飾りつけをしていた。部屋の隅にこれみよがしに立つ樅の木にも、もちろん入念なデコレーションがなされている。

あと数時間で、クリスマスのお祝いが始まるのだ。わたしはほとんど、忘れかけていた。ダフネはお祭り気分を盛りあげようと、てきぱきと手を動かしている。けれどもそんなクリスマスの雰囲気も、シビルとピゴットがむっつりと黙りこみ、浮かない顔で窓の外を眺めているものだから、いささか水を差されている感じだった。わたしが部屋に入っても、二人ともほとんどこちらに目をむけなかった。シビルが知らんぷりをしているのはまだわかる。わたしたちは、できるだけ見つめ合ったりしないほうがいいだろうから。

でも、ピゴットは？　彼はわたしのことを、どう思っているのだろう？　彼の婚約者をほんの一瞬でもこの腕に抱けるなら、どんな犠牲も厭わないつもりだった。わたしのそんな気持ちに、ピゴットは気づいているのだろうか？　ひとつ確かなのは、彼がそわそわと落ち着かないことだった。なにかを恐れているかのように。

ダフネに手を貸そうかと持ちかけると、彼女は大喜びで受け入れた。十五分ほどすると、ちょっと用事があるとかで、メアリがダフネを連れていった。シビルもいっしょに行ったので、ピゴットと二人きりになってしまった。わたしはしかたなく彼に近寄り、しばらく天気の話などをした。それから彼は、モーガンストーンが催した交霊会をどう思うかとたずねてきた。わたしは慎重に言葉を濁し、教授の霊能力には驚いたと答えた。彼はそれに、あまり満足しなかったらしい。気まずい沈黙が続いたあと、今度は《混沌の王》についてどう思うかとピゴットはたずねた。

わたしはびっくりして一瞬反応ができず、相手の顔をじっと眺めた。ピゴットはわたしに目をむけずに話していた。まるで日暮れの景色に見入っているかのようだが、半ば閉じた瞼の裏から覗く鋭い眼光は、彼が必死に頭を働かせているのを物語っていた。左手を背中にあて、右手で金時計の鎖を撫でているさまは、堂々として自信に満ち、どこか《ちびの伍長》ことナポレオンを思わせた。けれども、似ているのはそこまでだ。ピゴットが商売で築いた帝国と、いっときヨーロッパ史に君臨した英雄の帝国とは比べようもないから。

「どう考えたらいいんでしょうね」とわたしはようやく答えた。「なにしろ、ずいぶん昔の伝説ですし。なんていいましたっけ、そもそもの発端になった若者の名前は？」

「ピーター・ジョーク」

「そうそう、ピーター・ジョークでした。犯人が彼の幽霊ではないとしても、当時、マンスフィールド家に恨みを抱き、哀れなピーターの恨みを晴らそうとした家族のしわざかもしれません」

「でも、今あなたがご自分で言ったように、ずいぶん前の事件ですよ。二百年近くも昔のことだ……」

「わかってます。たしかに、今起きている事件の源《みなもと》が、そんな昔の出来事にあるとは想像しがたいでしょう。とはいえ、ジョークの子孫が復讐の旗印を再び掲げようとしたのだと、考えられないことはありません。ところで、ジョークの血筋を引く者はこのあたりにまだいるんですか？」

　ピゴットが黙っているので、わたしはさらに続けた。

「いませんよね。いや、これは愚問でした。もしいたら、真っ先に調べているはずだ」

「それが、実はいるんです、ストックさん。一族の人間が、まだ残っているんです。最後のひとりですが、名前が変わってしまったので」

「ということは、女性ですか？」

「まさしく。あなたもご存じの女性です」

「つまり……ここに住んでいると？」

「ええ、メアリですよ。愛想がよくて、この屋敷になくてはならないメアリです。彼女の旧姓はジョークでした。ピーター・ジョークの直系の子孫です」

　わたしは戸惑って、咳払いをした。

「つまりぼくの指摘は、的外れだったってことですね。あの魅力的な女性が犯人のはずがないのは、明らかですから……マンスフィールドさんや二人の娘さんたちとも仲がいいし、そんな昔話は……」

「……そんな昔話は、冗談のタネにすぎませんよ」とピゴットは遮った。「いや、すぎなかったというべきでしょう。というのもここ数年、白い仮面の怪人物が再び姿をあらわし、ときおり鈴の音《ね》も聞こえるようになると、みな笑顔を忘れてしまったからです」

たしかにこの屋敷では、めったに笑顔を見なかった。ここに到着して以来、片手で数えられるほどだろう。そしてピゴットの顔から判断する限り、近々笑顔が増える可能性もあまりなさそうだった。白髪交じりの巻き毛と頬ひげに囲まれた彼の丸い顔に、無数のしわが刻まれた。

「この謎めいた事件の中心にあるのは」わたしはふと思いついて言った。「エドウィン殺しではないでしょうか」

この指摘に、ピゴットは動揺の色を見せた。彼はわたしのほうへむきなおり、口ごもるように言った。

「ああ……そうでしょうか？」

「ええ、だからエドウィン殺しの真実が明らかになれば、事件全体を解明できるだろうと思うんです」

「たしかに、そう考えている人たちもいますね」

「エドウィン殺しで奇妙なのは、殺人の状況はもちろんのこと、動機が見あたらない点です。ぼくが聞いた限りでは、エドウィンさんは男女問わずみんなに好かれていたようですが」

「男女問わずみんなに……そこまでではないでしょう」

「ほう？　でもこれまで彼について、誉め言葉しか聞きませんでしたよ」

「そうかもしれません」とピゴットは奇妙な笑みを浮かべて答えた。「死んだ人間をけなす者はいませんから。でも彼は、みんなが言うような模範的な若者ではありませんでした。ええ、才気煥発でユーモアにあふれた、魅力的な青年だったのは事実ですが……実は自分の妹に言い寄っていたんです」

「妹に？」

「血はつながっていませんけれど、シビルのことです」

わたしは黙って先を待った。

「チャールズ・マンスフィールドの再婚で、エドウィンとシビルは兄妹になったんです。そこにつけこもうなんて、恥ずべき、卑しい心根だと思いますがね」

ひとのことを批判できる立場ではないだろうに。この男が、しかもシビルのことで！　なんと身勝手な言い草かと、わたしは腹が立つのを必死に堪えた。

「でもシビルは、わたしにひと言も打ち明けませんでした」とピゴットは続けた。「父親のチャールズが話してくれたんです。最近になってのことですが。正直言って、あまり驚きませんでした。わたしは前からエドウィンのことを、自信過剰の変わり者だと思っていましたから。チャールズが打ち明けてくれたおかげで、前から奇異に感じていたことがすっきりと解明されました。シビルには当時、思いを寄せている若者がいました。ほら、あなたがここに到着したときに会った男ですよ」

「ああ……ハリー・ニコルズですね。彼はある日、村を出て行ってしまったとか……」

ピゴットは、急におどおどした様子で咳払いをした。

「そうそう。でも、みんなが思ってるほど無作法者ではありません。言うなれば、卑劣なたくらみの犠牲者だったんです。わたしの友人に、ドーバー海峡の商品輸送を請け負っている男がいましてね。ハリー・ニコルズはしばらく前から、そこで働いていたのですが……」

ピゴットは急に黙りこむと、ちらりとわたしのほうを見て肩をすくめた。

「まあ、どうでもいいことだ」と彼はそっけなく言った。「今となっては、すべて過去の話です。ただ、これだけは知っておいてください。殺されたエドウィンは……ごく普通の男だったことを」

なるほど、《普通の男》というのはつまり《ろくでもない男》ってことなんだな。修辞学で言う曲言法というやつだ。わかってきたぞ。サミュエル・ピゴットは陽気なエドウィンを、あまり快く思っていなかった……そしてエドウィンは、謎に満ちた殺人事件の犠牲者となった。ピゴットは糊のきいたカラー、体にぴったりすぎるチョッキとフロックコートに身を包み、居心地悪そうにしていた。その姿を見ているうち、わたしの頭のなかにある考えが芽生え、膨らんでいった。そう、居心地悪そうだというのが、まさに今のピゴットだ。《霊》が彼を指名し、ほどなく**エドウィン殺しの真実を明かす**と言って以来、なんだかやけにそわそわしている。ピゴットが犯人だとするなら、この《メッセージ》が面白くないのは当然だろう。あるいは、誰かに脅されているのかもしれない。もしかして《混沌の王》本人から、殺人の濡れ衣を着せられるのはごめんだと言い渡されているのかも。

13　赤いクリスマス

午前零時。教会の鐘が響いた。その澄んだ陽気な音色は、凍った夜のなかをはるばるわれわれのところまでやって来て、クリスマスイブの食卓を感動で包んだ。シナモン入りのホットワインでいっきに場が和み、みんな頬を紅潮させて笑ったりおしゃべりしたりしている。メアリが準備した鵞鳥と伝統的なプラムプディングは、拍手喝采で迎えられた。いつもは陰気なしかめ面をしているジュリアス・モーガンストーンも、このときばかりは笑顔を見せた。そして二杯目のシャンペンを飲み干すと、今夜はもう交霊会はなしにしようと言った。われわれにのしかかる不安な謎のことは、しばらく忘れていた。食卓を囲むほかの者たちも同じらしい。シビルだけはときおりちらちらと、不安そうに窓を見やっている。けれども、彼女が恐怖や驚きの叫びをあげることはなかった。その晩、《混沌の王》は黒い人影や青白い仮面を見せることもなければ、鈴の音《ね》を聞かせることもなかった。

翌日、クリスマスの食卓でも、《混沌の王》のことなど誰ひとり考えなかっただろう。少なくとも、おいしい子豚料理に舌鼓を打っているあいだは。わたしは料理人の腕を、大いに褒めたたえた。けれども食事が終わると、話題は謎めいた《霊》が伝えようとしているメッセージのことになった。その晩、交霊会を催すことになっていた。ジュリアス・モーガンストーンは、きっと実り多い会になる《予感がする》と、重々しく宣言した。彼がそう言うと、ほどなくメアリがそっと席を立った。彼女が脇を通るとき、わたしはもう一度料理を褒めた。礼を言って部屋を出て行くメアリを目で追いながら、ニコラスは本当に果報者だと思った。テーブルのほうにむき直ろうとして、ガラス扉のついた本棚にふと目がとまった。前に見たとき、すばらしいナイフが飾ってあったはずの場所が空っぽだった。コレクターならば欲しいと思わずにはいられない、きらきらと輝くナイフだ。

はっきりとした目的があって、誰かが持っていったのだろうか？　それとも、ただ置き場所を変えただけなのか？　そもそも、いつからなくなっていたんだ？　みんなにたずねてみようか、と一瞬思ったけれど、結局なにもしないことにした。根拠のない心配で、今日という日の暖かな雰囲気を台なしにしないほうがいい。

午後は皆でホイストゲームに興じた。わたしはミス・ピゴットと組んだが、彼女は見事な腕前を発揮した。シビルは何度かケアレスミスをしたけれど、パートナーのピゴット氏はいかにも鷹揚ぶってそれを許した。ダフネは父親と組んだ。マンスフィールド氏は下手を打ってばかりだったが、娘は楽しそうだった。

夜になった。わたしは夕食のあと、頭痛を口実に部屋に引きあげ、事件の全体像を再検討してみた。このあいだの晩、オーウェンが最後に残した言葉が、ふと脳裏に甦った。《でも、どうしてそいつはピゴットに話そうとしているのか、それがぼくにはどうにも気にかかるんだ》彼はいかにも意味ありげにそう言った。今ならそのわけがわかる。オーウェンはわたしよりも先に、ピゴットがエドウィン殺しの犯人ではないかと疑っていたんだ。けれども彼の推理は、《霊》の《メッセージ》だけを問題にしているのだろうか？　それとも例の調査報告書のなかで、その線につながる手がかりをなにか示しているのだろうか？　わたしは彼の覚書をもう一度読んでみたけれど、疑念の根拠になるようなものは見つからなかった。ひとつ、思いつくとすれば、ピゴットの部屋と被害者の部屋が隣り合っていたということくらいだ。

わたしは懐中時計に目をやった。午後九時。ジュリアス・モーガンストーンがあの世の力を呼び出すまでに、まだあと一時間ある。《霊》の正体をどうやって暴こうか、わたしはうまい方法を考えあぐねていた。居間にいるミス・ピゴットのところへ行ってみようか。そのついでに、《ご婦人方の仕事部屋》に寄ってみてもいい。わたしはこの古めかしい呼び名が気に入っていた。部屋を愛用している女性のひとりには、ことのほかふさわしい。

はたしてそこにはシビルがひとりで、お気に入りの椅子に腰かけていた。蒼ざめて繊細そうなその姿は、いつにもまして魅力的だった。エドウィンのことは知らないので、彼の人となりについて判断は下せない。しかしピゴットの言ったことが本当で、エドウィンがシビルに言いよっていたとしても、わたしはそのことで彼を非難できなかった。もしわたしが彼の立場だったら、あるいはシビルのような女性が血のつながらない妹になったなら、きっと同じことをしただろうから。わたしがこの部屋に来た意図を考えれば、相手が誰であれ、不道徳だのなんだのと言える立場ではない。

シビルは黒くて長い睫毛に縁どられた美しい目をあげ、わたしをじっと見つめた。誘うような、咎めるような眼差しだった。

彼女は花瓶敷きに刺繍をしていた。わたしはそれに興味があるようなふりをして、彼女の脇に腰かけた。いかにもゆったりとくつろいでいる風を見せていたが、本当は緊張でいっぱいだった。

「ミス・ピゴットはもう寝たのかしら？」とシビルはたずねた。

「まだでしょう。居間にいると思いますが」

「それなら！」

言いたいことは明らかだった。わたしは話題を変えた。

「ジュリアス・モーガンストーンさんは今夜の交霊会に、大きな期待を掛けているようですね。エドウィンさんの謎めいた死の真実が、ようやく明らかになるんです。そして犯人の正体も……」

「でも犯人が何者かは、わかってます」と彼女は叫んだ。「あいつよ」

「あいつというのは、《混沌の王》のことですか？　でも……」

「もちろんだわ。ほかに誰がいるっていうの」シビルは言葉を切るようにして言った。

「しかし……この前の晩、《霊》が言ってましたよ。犯人は《混沌の王》ではないって」

シビルは手が震え出し、しかたなく作りかけの花瓶敷きを置いた。

「でも、あいつなのよ……あの晩、ミス・ハーマンも見ています。毎年、冬になるとあらわれる人影、白い顔。あれは《混沌の王》だとしか考えられないわ」

「単なる悪ふざけかもしれません」

「悪ふざけですって！　誰がふざけて人を殺すんです？」

シビルの顔が見る見るうちに歪んだ。彼女をなだめようと並べた不用意な言葉は、たちまち一蹴された。

「あなたにはわからないの？　もうすぐ、あいつが戻ってくるのよ。そして……」

「シビルさん、お願いだから……」

彼女はじっと窓を見つめ、小さな声で言った。

「もうすぐ、あいつが戻ってくる……」

シビルの目に涙があふれるのが見えた。すすり泣きが始まる前になんとか落ち着かせようと、わたしは彼女を腕に抱いて、子供をあやすようにそっと揺すった。シビルは全身で震えていた。恐怖のために？　もちろんそうだ。でも、誰を恐れているのだろう？　《混沌の王》のことを？　自分の身を案じているのか？　それとも、別の誰かの身を？　ピゴットの身を？　いや、それはありえない。近々彼と結婚せねばならないのが、むしろ嫌でたまらないはずだ。

涙に濡れたしとやかな雌鹿を抱きよせるのは、正直言って感動的なひとときだった。激しく脈打つシビルの心臓は、わたしの胸に押しあてられて徐々に静まっていった。残念ながらこのすばらしいひとときは、長くは続かなかった。すっと立ちあがったシビルは、冷たく険しい表情をしていた。わたしはそれを見て、彼女が落ち着きを取り戻したのだとわかった。そしてこの得がたい一瞬は、もう完全に終わったのだと。

「もうお行きになったほうがいいでしょう」とシビルは言って、作りかけの花瓶敷きを手に取った。

わたしは黙ってその言葉に従った。

再びシビルの顔を見たのは、午後十時きっかりだった。今回はキャサリン・ピゴットもくじいた足を引きながら交霊会に加わり、居間の丸テーブルを囲むメンバーは総勢十名となった。わたしの左側から時計まわりに挙げると、ミス・ピゴット、ニコラス、メアリ、チャールズ・マンスフィールド、サミュエル・ピゴット、シビル、モーガンストーン、フォーブス、ダフネ、そしてわたしである。みんな胸苦しいまでの期待感で、緊張しているようだった。とりわけピゴットはぴりぴりしている。

ランプの灯が消されると、わたしは待ちきれない思いで周囲のようすをうかがった。暖炉の炎だけでは、人々の顔もテーブルに押しつけられた手もほとんど見えなかった。それでもわたしは、手が二十あることをしっかり確かめた。モーガンストーンの重々しい呼びかけに応じて《霊》が素早くあらわれたものだから、みんなびっくりした。けれどもそれ以上に驚いたのは、《霊》がやけに激しくテーブルを揺らすことだった。あまりの勢いに、わたしがすわっているあたりでは、わずかにテーブルが持ちあがるほどだった。いやはやなんとも、呆気に取られる。二度目の意思表示はさらに強烈で、テーブルはこちらに、わたしの顔面にむかって跳ねあがってくるかと思われた。わたしは必死にテーブルを押さえねばならなかった。きっと近くの何人かも、同じだったに違いない。

ここにいる者たちの誰かが、こんなふうにテーブルを動かすなんて不可能だ、とわたしは思った。重さはさほどではないけれど、前にも言ったように、それはよくある一本脚の丸テーブルではない。四本の脚が円周に沿ってしっかりと天板を支えているので、ぐらぐら揺するのは容易ではないはずだ。しかも前述のとおり、テーブルはただ揺れているのではなく、まるでわたしの顔に一撃を加えようとしているかのように、ものすごい力でこちらにむかってくる。わたしたちがみんな、うえから手で押さえつけているのに。真正面に腰かけている者が、いくら脚や膝を思いきり動かしても、こんな芸当はできないだろう。

わたしたちは手を広げ、テーブルが跳ねあがるのに備えた。程度の違いこそあれ、全員の顔に恐れと慄きの色が浮かんでいた。もう疑いの余地はない。わたしたちの前には、正真正銘本物の霊がいるのだ。どうせ誰かの悪戯だろうと思う者もいるだろうが――わたしもそのひとりだった――そんなことはない。みんなのなかでいちばん落ち着いているのはモーガンストーンだったが、それでも体中が興奮で包まれているようだ。いつもは冷静を保っているエドガー・フォーブスも顔を蒼ざめさせ、恐怖で唇を震わせながら、目玉が飛び出さんばかりにテーブルを見つめている。

今回出現したのは、前回の交霊会のときと同じ《霊》だった。交信のしかたも前回と同じく、答えがイエスならばテーブルを揺らし、ノーだったら沈黙のまま。そして《霊》はあいかわらず、ピゴットに《真実》を明かす用意があると言った。

「真実……すべての真実を？」とモーガンストーンは繰り返した。

テーブルが揺れる。

霊媒師は驚いたような注意深い目で、交霊会の参加者たちを見まわした。

「けっこう……それで、いつその準備ができるのかね？」とたずねた。「明日？　今夜？　それとも、たった今から？」

テーブルが揺れる。

「今からだって？」と霊媒師は訊き返した。

イエス。

「今から、ピゴットさんに話す用意があると？」

イエス。

「ここで?」

ノー。

「それじゃあ、どこで?」

再びアルファベット方式でたずねると、《霊》は《ひとりで》《アローン》と答えた。

「ああ、なるほど。ピゴットさんと一対一になって、彼だけに話したいというわけか」

イエス。

「だったら、どこで話をしたいと?」

今から、ひとりで《ナウ・アンド・アローン》。

「今すぐ彼と、一対一で話したいんだね」とモーガンストーンは穏やかに続けた。「それはわかったから、どこで話をするんだ?」

小舟《バージュ》。

「小舟だって?」

イエス。

モーガンストーンは不審げにあたりを見まわした。

すると突然、チャールズ・マンスフィールドが皆の沈黙を破って叫んだ。

「そうか、小舟ってことは、湖だ。あそこに一艘あるじゃないか」

モーガンストーンが確かめると、《霊》は三度続けてイエスと答えたあと、黙りこんでしまった。ランプが灯された。ピゴットは手の震えを隠しきれなかった。

「これから、湖に行くだって？」と彼は口ごもるように言った。「でも……ちょっと無謀なのでは？」

モーガンストーンはものすごい目で彼を睨みつけ、仰々しい口調でたずねた。

「だったら、どうしてこのわたしに助力を求めたんですかな、ピゴットさん？」

「なあ、サミュエル」とマンスフィールドが懇願口調で言った。「わが家の無事を考えてくれ……それはきみの手にかかっているんだ……」

ここに来てからおそらく初めて、わたしはピゴットに同情した。というのも、態度を決めかねている妹のキャサリンやシビル、それにいつになく取り乱しているフォーブスを除いたみんなが決断を迫っているのだから。それを前にしたら、彼としても腹をくくるしかないだろう。彼のほうから嫌だと言ったら、間違いなく面目丸つぶれだ。彼は自分が犯人だから、真実が明らかになるのを恐れているのか、ただ単に身の危険を恐れているのか、それはどちらともわからなかった。いずれにせよ、彼の立場にはなりたくないものだ。わたしもすっかり取り乱していたけれど、この場で果たすべき役割が脳裏に甦った。誰のつき添いもなしに、ひとりでピゴットを行かせるのは危険すぎるだろう。そこでわたしは、護衛役を買って出た。充分離れているけれど、ピゴットが助けを求めたら聞こえるくらいの距離を保っていけばいい。ニコラスもいっしょに行こうと申し出てくれたので、ピゴットもほかの男性陣も見るからにほっとしていた。

そうと決まったら、即実行だ。ピゴットとニコラス、そしてわたしの三人は、目いっぱい暖かく着こんで屋敷の勝手口から外へ出た。ダフネもいっしょに行きたいと言い張ったが、とんでもない。父親とわたしにだめだときっぱり言い渡され、彼女はふてくされて部屋に引っこんだ。シビルはめそめそと泣き出したが、今回その腕を取ったのはメアリだった。モーガンストーンは居間に残って肘掛け椅子に腰かけ、交霊会のあといつもそうするように、汗びっしょりのまま体力が回復するのを待っていた。エドガー・フォーブスはいつのまにか姿を消してしまった。キャサリン・ピゴットは不安そうに押し黙っていたが、マンスフィールドに支えられてわたしたちをドアまで見送った。

明るい夜だったが、風が強くて寒かった。雪の荒れ地はこの世ならぬ満月の光に包まれ、ほとんど真昼のように見渡すことができた。突風は雪片を舞い散らせながら、目の前に広がる白いまっさらな原野を東から西へ吹き抜けた。

ピゴットはふり返ってわたしたちに手で合図すると、意を決したように真北にむかってまっすぐ歩き始めた。

わたしたちは彼を百ヤードほど先に行かせ、ゆっくりとあとを追った。やがてピゴットが調子よく進み始めると、わたしたちも歩を速めた。彼の黒い人影が、徐々に小さくなっていった。わたしは湖がどこにあるのか、ニコラスにたずねた。

「あと一マイル弱というところでしょう」と彼は答えた。「この雪ですから、たっぷり十五分はかかりそうですが……ずっと奥に、小さな丘が見えますよね？　やや左あたりに」

「ああ……なにか見えるな」

「ちょうどあの裏側です。もうすぐ……」

屋敷から離れるにつれ、風のうなり声はどんどんと強くなっていった。雪も激しさを増したようだが、たぶん一時的に降っているだけなのだろう。今は星ひとつ見えない夜空が、晴れ始めたようだから。雪を踏みしめる自分たちの規則正しい足音を聞きながら、わたしはこの信じがたい悲劇を頭のなかで思い返していた。そこには《混沌の王》の不安な影が、常に見え隠れする。突然わたしは、危険が迫っていることを本能的に確信した。

白い仮面をかぶった《混沌の王》がマントをなびかせ、鈴の音《ね》を響かせて、獲物を狙う猛禽類のように地面をかすめ飛んでいく……そんな光景は想像にかたくなかったが、今、さらにくっきりと脳裏に浮かびあがった。吹きすさぶ風の音は、まるで長いうめき声のようだった。馬鹿騒ぎの果てに凍った湖に突き落とされた《混沌の王》が、仲間たちに対する恨みつらみをこめたうめき声だ。彼の断末魔の叫び、絶望の呼び声が聞こえるような気がした。氷の穴の真ん中で、助けを求めてもがく手が、やがて水中に消えるさまが見えるような気がした。

ピゴットの遠い人影は湖にむかって、まだ雪のなかを動きまわっている。

二世紀前に遡る悲劇の舞台となった湖。そこは彼の王国だ。《混沌の王》はクリスマスが近づくと、舞い戻ってくる。

ここで、こんなことをしているなんて、常軌を逸している。ピゴットを呼び戻し、三人いっしょに引き返そうと説得すべきなんだ。わたしはニコラスにそう言おうと、ちらりと目をやった。けれども彼は、ピゴットが残した足跡を一心に見つめている。それでわたしは、つい切り出し損ねてしまった。

歩き始めてから二十分ほどして、わたしたちが丘をのぼり始めたころ、ピゴットがそのてっぺんに姿を消すのが見えた。距離はあいかわらず、百メートルほど離れていた。一、二分後、わたしたちも湖を見おろす丘のうえにたどりついた。やや右前方に、白と灰色の巨大な楕円形が、三百メートルほどむこうまで広がっている。対岸には枯れ木が何本か、かろうじて見えるだけだった。そこから貧弱な葦の原が、東側にむかって広がっている。けれども湖の手前は、ほとんど遮るものがなかった。ピゴットが進む先には、凍りついた岸辺にとまる小舟の影がくっきりと浮かんでいた。その周囲、半径百メートル内には、彼のほか人っ子ひとりいなかったとはっきり断言できる。雪は少し舞い散っていたものの、煌々と輝く月明りがあたりを一面照らし出していた。そこには人が隠れるような場所は、まったくなかった。

そのときピゴットは小舟のすぐ近く、二十メートルほどのところまで来ていた。わたしたちから彼のところまで、傾斜は一直線に続いているのではなく、途中緩やかな窪地があって、新たな丘を作っていた。そこからは湖畔まで、まっすぐ坂が延びている。見つからないようにするなら、最後の丘は越えないほうがいいとニコラスが言った。それにあそこからなら、監視をするにもちょうどいい。

約一分ほどで、もうひとつの丘の下までたどりついた。そのあいだ、ピゴットは視界から消えていた。不気味な風音に混じって、遠くから微かに物音がした。短い口笛のような、正体不明の音だった。けれども道の途中、窪地の下まで来たときに聞こえた鈍い叫びは、たしかに人の声らしかった。とすればこの場合、ピゴットの声でしかありえない。わたしたちはすばやく目と目を見合わせ、二つ目の丘のうえへと急いだ。

この凍りついた光景には、なにか非現実的なものがある、とわたしは本能的に感じ取った。銀色の月明りが、湖とその周囲に降り注いでいる。あたりを包む不気味な静寂を引き立てるかのように、風がひゅうひゅうと吹き抜けた。なにひとつ動かない。それはピゴットも、同じだった。彼は小舟のすぐ前で、岸辺に積もった雪のうえに横たわっていた。

わたしたちは坂を駆けおりた。けれども心の奥では、いくら急いでも無駄だとわかっていた。ピゴットは右の横腹を下にし、わずかに体を丸めて倒れていた。むき出しの頭の脇に置いた右手は、そのすぐ先になぜか裏返しに落ちている帽子をつかもうとしているかのようだった。丸く結んだマフラーの端が、風にはためいている。左手が押さえている胸には、ナイフが突き刺さっていた。それが本棚から消えたナイフなのは、間違いなさそうだ。

ピゴットが倒れているのを見た瞬間、彼は殺されたのだとすぐにわかった。けれども死体の近くまで来て初めて、ありえない状況なのに気づいた。今、目にしているものは、われわれの理解を越えている。いったいどうやって、彼を殺したというんだ？

死体のまわりには、ピゴットのもの以外、足跡がひとつもなかった。岸辺にも、凍った湖にも。さっきからわずかに雪が舞い散っているので、氷のうえも歩けば足跡が残る。わたしたちはずっと、ピゴットの足跡以外目にしていないのだから、途中から近づいた者もいないはずだ。それだけではない。わたしたちはさらにやっかいな事実を、はっきりと見ていた。ピゴットがまだ無事だったとき、彼の周囲には半径百メートルにわたって誰もいなかったことを、わたしたちは丘のうえから確認していた。それには、まったく疑いの余地がない。それから五分もしないで、ピゴットが小舟の前に倒れているのに気づいたときも同じだった。こんな短時間にどうやって被害者に襲いかかり、来たときと同じく魔法のように消え去ることができたのか？　まるで人間業と思えない。しかも、まったく足跡を残さずに。

だとすれば、犯人は明らかだ。《混沌の王》は伝説どおりだった。そしてまたしても、クリスマスに血が流された。

14　翼のはえた死神

「……小舟の影が白い冬景色を背景に、湖畔で静かに眠っている……これほど美しいものがあるだろうか！　いや、いや、断じてありえない。清らな詩情にあふれたこの光景は、ぼくがきみに繰り返し言ってきたことを想起させるに充分じゃないかね。そう、この犯罪はまさしく芸術家の手によるものなのさ」オーウェン・バーンズは翌日、そう熱弁をふるった。ときはすでに昼近く、霧のたちこめた空が、小舟の脇にたたずむウェデキンド警部とわたしを見おろしている。目の前の雪には、まだピゴットの死体が横たわっていた跡が残っていた。

真夜中にたたき起こされて、あたふたと駆けつけた隣村の警官は、この異常な事件を前にして迷わずロンドン警視庁に連絡を入れた。こうして、ジョン・ウェデキンド警部が派遣された。彼が到着したのは、わたしが早朝に打った電報を読んでやって来たオーウェンとほぼ同時だった。

ロンドン警視庁の警部は、前にも別の事件でオーウェンと顔を合わせていた。警察の捜査が行き詰って助力を乞われたわが友は、あっという間にすべての謎を解き明かしてしまった。ジョン・ウェデキンド警部は四十の坂を越えたあたりだろうか、豊かな黒いあごひげともじゃもじゃの眉毛はいかにも厳めしげだが、もの静かで穏やかな性格の持ち主のようだ。きっと彼なりに、精一杯がんばっているのだ。エキセントリックなわが友を前にして、これほど忍耐強い人間は、かのロンドン警視庁にもほかにいないだろう。

オーウェンは、いつものように淡黄色の手袋をはめた手で雪をひとつかみすると、それを見つめながら言った。

「これほど突飛な事件でなければ、ミス・ピゴットの求めに応じはしなかったさ。いや、実にすごい事件だ。犯行に費やす時間はほとんどないに等しい。信頼すべき二人の証人によれば、犯人が歩いたあとに足跡はまったく残っていなかった。それなのに、被害者の心臓はナイフでひと突きされている。被害者が自分で刺したとは、とうてい考えられないだろう……いやはや、すばらしい！　正直に告白するならば、ぼくにとってこの殺人は、芸術作品にも等しい。不肖ながらぼく自身もまた、芸術作品たらんとしているようにね」

「しかし、自殺の線も捨てきれませんが」と警部は落ち着いた口調で指摘した。

「自殺ですって？　馬鹿馬鹿しい。自殺をするために、わざわざ真夜中にこんなところまで出むく人間がいると、本気で思っているんですか？　しかも、状況が状況なのは知ってのとおりです。だとしたら、まさに狂気の沙汰だ。そんな解釈は筋が通らないことは、ご自分でもおわかりでしょうに」

「筋が通ろうが通るまいが、今のところそれが唯一可能な説明です。ピゴットのふるまいがいかに奇妙に見えようと、検死官だってほかに考えようがないでしょう。今は奇妙に思えても、捜査が進むにつれ、ピゴット氏が自ら命を絶つ理由があったと明らかになるかもしれません。とりあえず、殺人の可能性を裏づける証拠を探してみましょう。そのために、目下部下たちが精を出しているところです」

ウェデキンド警部はそこで言葉を切った。目の前のオーウェンは、もう彼の話など聞いていないかのように、ポケットから取り出したルーペで、手にした雪を一心に調べている。

「まさに芸術作品だ……結晶の形、その幾何学模様……」

わたしは警部の求めに応じて、死体を発見したあとの出来事をもう一度語った。

「……もうピゴットは助からないとわかったので、わたしとニコラスは道を引き返しました。そして屋敷に着く直前、彼を見かけたんです。すぐには誰だかわかりませんでした。ニコラスも同じでした。彼は酔っ払いみたいに雪のうえをふらふらと歩きながら、わけのわからないことを口走っていました。それは悲嘆の叫びのようでした。捕まえるのは簡単でした。そのとき初めて、ハンチングのつばの下にエドガー・フォーブスの取り乱した顔が見えました。彼はどう見ても、まともな状態ではありませんでした。まるでなにか恐ろしい怪物に遭遇し、何キロにも渡って逃げてきたかのようです。切らした息を整えようと、蒸気機関車みたいにものすごい勢いで、白い湯気を吐き出しています。《見たんだ》と彼は喘ぎながら言いました。《たしかに見た……雪のうえを飛んでいくのを……真っ黒な影が雪のうえを飛んでいくのを……そいつはおれを殺そうとした。間違いない……おれは走った。走り続けた……気をつけろ。まだ、近くにいるかもしれないぞ》わたしたちが屋敷に連れ帰るあいだにも、フォーブスは同じことを何度も口ごもるように言い続けました。それからわたしとニコラスは、警察に通報するためすぐにまた出発しました」

「部下が報告に来たようだ。まずは彼から話を聞こう」と警部は言った。警察官がひとり、ずんずんと近づいてくる。「なにかわかったか、ケリー?」

警察官はまず息を整え、わたしたち三人をちらりと見やって話し始めた。

「わかったような、わからないような……」と警察官は浮かない顔で言った。「われわれは、フォーブスがたどった道筋を確認してみました(彼は一瞬考え、ひざまずいて雪に円を描いた)。ここに屋敷があります(それから少しうえに、もうひとつ円を描いた)。これが湖です(二つの円を線で結び、説明を続ける)。この部分はわずかに張り出していて、屋敷からわれわれのすぐうしろまで、緩やかな傾斜の小丘を形作っています。被害者はこの線の左側、つまり西側を通っていきました。フォーブスは右側です。われわれは彼の足跡を追っていくことができました。残っていたのは、彼の足跡だけでした。それは屋敷の勝手口から続いていました。行きは走っていませんが、かなり早歩きしたようです。彼は一マイル弱のところまで進みました。湖までの距離の三分の二ほどです。それらから突然引き返し、走り始めたのです。まずは二、三百ヤードまっすぐ進んだあと、突然気が触れたみたいにジグザグに走り出しました。ようやく屋敷に近づいたあたりで、フォーブスの足跡は、湖から戻ってきた二人の証人の足跡と混ざり合っていました」

「つまりフォーブスは、湖までたどり着かなかったと？」

「ええ、それはありえません……彼の足跡が、湖から延びている凍った小川を越えているのを見て、もしかしてと思ったのですが（警察官は前に引いた線の右側に、もう一本線を引いた）……これが小川です。フォーブスは引き返す途中に、この小川の真ん中あたりを越えています。彼はそこから凍った小川のうえを伝って、湖まで行ったのではないかと考えてみました。しかし、やはり無理そうです。小さな水流に張った氷が割れないようにするには、フォーブスが一歩一歩細心の注意を払って歩かねばなりません。それでも、うまくいくかどうか……フォーブスが歩いた道筋には、はっきり足跡が残っています。それ以外の場所で、氷が割れているところはありません。氷と言えば……」

　警察官はふり返ってもの思わしげに湖を見つめ、言葉を続けた。

「湖は見た目ほど凍っていません。うえに乗れるのは周辺部だけです。それでもところどころ、危ない箇所はありますが。フレッドもさっき、足を濡らしてしまいました。そりゃまあ、彼の体重からすれば驚くにあたりませんがね。けれども、リチャードは競馬の騎手みたいに軽いのに、屋敷に駆けこみ体を乾かす羽目になりましたよ。足もとの氷が砕けたときは、岸からほんの三、四メートルのところにいたのですが」

「要するに、氷のうえを歩くのは無理だろうというんだな？」

「よほど端のあたりを、いっきに走り抜けない限りは難しいでしょうね。湖のうえには、足跡もありませんでしたし。絶えず突風が吹いていましたから、そこはあまりあてにはなりませんが。細かな雪のうえを絶えず風が吹き抜けていれば、足跡もすぐに消えてしまうでしょう。おや、なにかおっしゃりたいようですね？」

その質問は、オーウェン・バーンズにむけられたものだった。

「ちょっと考えていたことがありましてね。その小川ですが……湖から流れ出ているんですよね。ということは、湖に流れこむ水流もほかにあるんじゃないかと」

「ええ、そう、おっしゃるとおりです（警察官はふり返って、湖の北側、葦に覆われたあたりを指さした）。あそこに小川が通じています。むこうに見える丘から、続いているのでしょう。源流まで遡ったわけではありませんが、われわれが確認した範囲では、そちらも氷は割れていませんでした」

「湖の周囲は？」と警部がたずねる。

「手がかりなしです。足跡はまったくありません。東側の立木の近くに、ウサギの足跡が見つかったほかは。被害者と二人の証人が残した三種類の足跡も、仔細に調べてみました。あとから現場に駆けつけた警察官の足跡と彼らの足跡は、ひと目で区別がつきました。見間違えようがありません。犯行当時、現場周辺には少し雪が降っていたので、そのときにつけられた足跡はのちのものと違い、うっすら雪に覆われていましたから」

「けっこう」とウェデキンド警部は遮った。「つまり、二人の証人以外、被害者に近づいたものはいないということなんだな、ケリー？」

「はい、今報告したような条件のもとでは、誰もいないはずです。例えばとても大きなかんじきを履いてゆっくりと歩いたなら、足跡もあまり深くはつかないでしょう。そうすれば、少し雪が降っただけでもうえから覆われて、われわれの目を逃れることができたかもしれません。あるいは、小川や湖に張った氷のうえを注意深く這い進んでいくことも可能でしょう。よほど用心すればの話ですが……でも、時間的なことを考えると、そんな悠長なことをしていられたはずはありません」

数分後、警部とオーウェン・バーンズ、わたしの三人は、小丘のうえから湖を見おろしていた。白くくすんだ氷が、大きく広がっている。それがどことなく不気味な印象を与えるのは、灰色の空やねじ曲がった木々、絶えず吹き続ける風にたわむ葦のせいばかりではないだろう。遠くの木々もここからだと、はっきりと見えた。葦は湖を馬蹄形に取り囲み、そこから両側に腕のように延びていた。北へ続く蘆原はひょろ長く、手前の蘆原は村へむかう小川のまわりに生い茂っている。忌まわしい過去に彩られたこの場所は、今また不吉なオーラに包まれることになった。

ひとつ目の小丘から次の小丘へ移動するとき、わたしはできるだけ昨晩と同じスピードを保つようにした。

「せいぜい一分ですな」とウェデキンド警部は言った。「それしかかかっていません。ピゴットが殺されたのは、あなたがたの視界から消えたその一分間ということになる。なるほど……さて、まわりをご覧になってください。生きているピゴットを最後に見たとき、つまり彼が小舟に近づくのを見たとき、少なくとも半径百メートル以内には誰もいなかった、とおっしゃいましたよね。そして一分後、小舟の脇に倒れている彼を見たときも、やはり誰もいなかったと」

「そうです」とわたしは答えた。「昨晩は満月でした。昼間のようによく見えたとは言いませんが、たしかに誰もいませんでした。それはダドリーさんも証言してくれるでしょう」

「季節が夏だったら、可能だったかもしれません。すばしっこい人間なら、一分間で百メートルを駆け抜け、被害者を刺し殺してまた立ち去ることもできるでしょう。けれども氷や雪のうえでは、無理とまでは言わないものの、かなり難しいでしょう。部下の報告を聞いたあとでは、ますます判断に窮しますな。いや、とうていありえない。たとえあなたが二分、三分、いや四分間、被害者から目を離していたとしても、結局は同じことでしょう」

オーウェンはそのとおりとばかりにうなずき、わたしのほうを見ずにたずねた。

「そういや、アキレス、ピゴットが視界から消えて、ちょうど犯行があったと思われるとき、なにかひゅうひゅうという物音が聞こえたそうだが、機関車のような音だったかい？　それとも笛か、鳥の鳴き声のようなな？」

「いや、違う。ほとんど聞こえるか聞こえないくらいの、遠い物音だった。短い音が繰り返されて、口笛みたいだと思ったんだが、それ以上はなんとも言えないな」

わたしは友人から、情け容赦ない非難の目でにらみつけられる羽目になった。オーウェンは、湖の畔を自分でもしばらく調べた。彼は謎めいた表情でずっと黙りこんでいたが、収穫はなかったと言わざるをえないようだった。それからわれわれは宿屋へ行った。そこでは寒さで頬を真っ赤にさせた何人もの警官たちが、質素だがたっぷり量のある食事にありついていた。「ここの空気が、「このベーコンはなかなかいけるぞ」オーウェンはしばらくするとそう言った。おいしい風味を醸し出しているのかもしれないな」

「あるいは、何時間も歩きまわったあとだからかも……」とわたしはつけ加えた。

「冴えてるじゃないか、アキレス。なかなか辛辣な意見だと言うべきかな。まあ、その二つは、どちらも同じことだがね。けれどもきみの才能は、この二日間、マンスフィールド家で見聞きしたことを詳細に語ることに費やして欲しいものだな。昨晩の出来事も、忘れずおさらいしてくれたまえよ」

わたしが話し終えたとき、ウェデキンド警部の顔には疑いの色がありありと浮かんでいた。わたしは細部に至るまで詳しく語ったけれど、シビルに対する気持ちは伏せておいた。それが賢明な判断だったことは、いずれおわかりいただけるだろう。

「ひとつだけ確実なのは」と警部は言って、小さな葉巻の箱をわたしたちに差し出した。「ピゴットの死亡時間です。死因は短刀で刺されたこと、即死だったろうと検死医は言っています。だとすると、午後十一時ごろのことでしょう。ストックさん、あなたとダドリーさんは午後十時四十分ごろに屋敷を出て、二十分近く歩いたはずですから……」

「二十分か」とオーウェン・バーンズは、マッチを擦りながら繰り返した。「その間に犯人は行動に出たわけだ……」

「これは殺人事件に間違いないと、よほど確信しておられるようですね」とウェデキンド警部は言った。

「もちろんですとも、警部さん。まさかあなたまで、霊の存在を信じ始めたなんて言い出さないでくださいよ。ピゴットに湖の畔で待ち合わせをもちかけた《メッセージ》は、策略に違いありません。最初の交霊のときからすでに、罠を張るつもりだったのでしょう。テーブルは犯人が揺らしたんです。それは明らかだ」

「でも、どうやって？」とわたしは叫んだ。「どうやったのか、説明してくれ、オーウェン。だってそんなことできるわけないと、ぼくはこの目で確かめたんだから」

「細かな話はあとまわしだ。テーブルをじっくり検分してからにしよう」

「少なくともその点については、バーンズさんのおっしゃるとおりだと思いますね。なにか仕掛けがあるに違いありません。だからって、自殺説が否定されるわけではありません。むしろ、強化されるんじゃないでしょうか。だってピゴットさんも、交霊会に参加していたんですから。不幸な結末に至るまでの奇妙なふるまいを考えるなら、彼が自分でテーブルに《語らせていた》としても不思議はないでしょう。頭のおかしい人間は、おかしな行動をするものです……」

「いや、すばらしい、警部さん。まさに卓見だ」とオーウェンは、葉巻の煙を目で追いながら、もの思わしげに言った。「もちろん、最後のひと言について言っているんですが」

警部はにっこりした。

「いいでしょう。あなたがどうしても他殺だと言い張りたいなら、たしかにひとつ謎解きの策がある。単純明快な策がね。死体を見つけた二人が共犯だった、そういうことです。いや、ご安心を、ストックさん。本気でそんなこと、考えているわけではありませんから。たとえピゴットが死んだことで、あなたになんらかの利益があるとしても、ご心配にはおよびませんよ」

そうか、婚約者の死によって、シビルは自由の身になったんだ。そう思って、わたしはオーウェンの目を見た。どうやら彼もひと足先に、同じことを考えたらしい。彼はすぐに話を継いだ。

「警部さん、そんなことを言って、ぼくとストックが真実を追究するのを邪魔するおつもりじゃないですよね？」

「真実？　わたしが求めているのは、まさにそれだけですよ」と警部は笑みを浮かべて答えた。「だったら、まずは馬鹿げた自殺説を頭から追い払ってください。またしてもクリスマスに、新たな死者が出たんです。これは単なる偶然の一致ではないと、お認めになるべきなのでは？　必ずや今回の事件は、マンスフィールド氏の義理の息子エドウィン殺しと関係があるはずです。去年の殺人事件や、さらにもっと前の事件とも……湖は《混沌の王》にとって恵まれた狩場であることも、忘れてはいけません」

「《混沌の王》か……」ウェデキンド警部は、疑わしそうに目を細めて遮った。「それじゃあ今度はあなたのほうが、幽霊を信じているってわけですか？」

「いえ、必ずしも。ぼくが言っているのは、こうした不幸な出来事のあいだには、論理的な結びつきがあるということです」

オーウェンはあらためて事件を数えあげた。それを聞いて、警部の確信も大きく揺らぎ始めたらしい。

「いやはや、信じられん……」警部はほかに言うべき言葉も見つからず、もごもごと口ごもった。「ピゴットが殺されたとするなら、犯人は超自然の怪物でしかありえない。つまり、そういうことじゃないですか。でも、これが殺人だとは、とうてい……」

「ぼくは信じがたいことほど、信じたくなるんですよ」とオーウェン・バーンズは、大袈裟な口調で言った。「ここらで、動機についても考えてみましょう。ピゴットが死んで、利益を得るのは誰か？　あるいは、彼の死を望んでいたのは誰か？　そうした人物は、少なからず存在したと思われます……まずは彼の財産を相続する者、それは誰か？　遺言書の中身が明らかになるまでは、とりあえず妹がその筆頭にくると考えていいでしょう」

「なんだって！」とわたしは叫んだ。「ミス・ピゴットが怪しいっていうのか？　でも彼女は、兄の身を案じてきみのところへ相談にやって来たんだぞ。自分が計画している殺人の調査に、わざわざ探偵を雇ったりするだろうか？」

オーウェンは軽蔑したようにわたしをねめつけた。

「疑いを逸らすための、策略かもしれないだろ」

「でも、脚に石膏ギプスをはめているのに？　それはどう考えるんですか？」とウェデキンド警部はからかうようにたずねた。「片足飛びで人殺しとは、これまた珍しい」

「共犯者がいるのでしょう。それだけのことです。さて、フォーブスに話を移しましょう」

わたしはわが友を遮り、ミス・ピゴットがフォーブスの気持ちについて語った打ち明け話について、彼に繰り返した。オーウェンは葉巻をすぱすぱと吸いながら、警部を見つめた。

「どうです？　またひとり、容疑者があらわれました。しかも、とても重要な容疑者がね。ミス・ピゴットに会ったら、ご自分の目で確かめるといいでしょう。フォーブスが彼女に言い寄ったのは、その美しい目のためばかりではないだろうってことを。まさに金の卵を産むニワトリだ。しかもそれが容易に手に入る。出会ってずいぶんたってから、彼女に対する恋心が芽生えたというのも、大いに怪しいじゃないですか」

警部は考えこみながらうなずき、それから少し食ってかかるみたいに言った。

「いずれにせよ、フォーブスには取り急ぎ話を聞くことにしましょう。事件のあった晩、外で何をしていたのか、しっかり説明してもらわねばなりませんからね。いったい何を目にしてそんなに取り乱していたのかも、気になるところです」

「そこはぼくも、ぜひ知りたいです。さて、残りの者たちですが、霊媒師のジュリアス・モーガンストーンについては、訊問が終わるのを待つことにしましょう。彼が交霊の依頼人を亡き者にしようとする理由は、一見するとまったくないように思えます。マンスフィールド家にとって財政面からすれば、ピゴットの死はむしろ災厄にほかなりません。けれども人情《にんじょう》の面から見ると、逆に……でもアキレス、そこはきみに話してもらうことにしよう。きみのほうがよくわかっているだろうから」

「シビルとダフネの二人は、心のなかでピゴットを嫌っていたでしょうね。とりわけ、ピゴットと婚約させられたシビルは。この結婚はピゴットとマンスフィールドの金銭的な都合からなされたものに違いないと、ぼくは密かに確信しています。シビルは家族を救うための犠牲にされたんです。たとえ相手が誰であれ、彼女に人殺しができるとは思えませんが、無意識のうちにピゴットの死を望んでいたとしても、驚くにはあたらないでしょう」

「なるほど、そういう状況ですか。だんだんわかってきました」とウェデキンド警部はあごひげを撫でながら言った。「つまり、動機にはこと欠かないというわけだ……ほかに、ピゴットを憎んでいた者はいるでしょうか?」

「少なくとも、ひとり」食器を片づけに来た宿屋の主人が口を挟んだ。「ことのほか、彼に恨みを持っていた者がね。ハリー・ニコルズです」

15　ウェデキンド警部の捜査

宿屋の主人が遠ざかっていったあとも、わたしたちはしばらく黙ったまま顔を見合わせていた。聞いたばかりの話が、まだ耳に響いている。《あいつは舞い戻って来てからというもの、すっかり変わっちまいました……前に知っていたころは、とてもおとなしかったのに。ところがこの数日、やけにかりかりしていて……毎日、ここに来ては閉店までねばっているんです。しらふのうちは、ひとりでぽつんとあたりをにらみつけているだけですが、ジョッキの二、三杯も空けるとやけに饒舌になって、ピゴットさんの悪口を言うようになりましてね。ここで繰り返すのもはばかられるような口汚い言葉で、罵るんですよ》

「そうそう！」と突然オーウェンは叫んで、ぽんと手のひらを拳でたたいた。「思い出したぞ、アキレス。先日、きみを待っているとき、その男と話したんだ。たしかにピゴットのことを、なにやら糞味噌に貶《けな》してたっけ。ぼくは大して気に留めなかったんだが」

わたしはオーウェンとウェデキンド警部に、ハリー・ニコルズについてわかっていることをあらためて話した。マンスフィールド家に到着したとき、彼が屋敷のまわりをうろついているのを見かけたこと。それにクリスマス・イブの日に、わたしがピゴットと交わした奇妙な会話についても。

「まだまだ不明な点は多いが」とオーウェンは言った。「真実の曙光が射し始めたぞ。シビルに目をつけたピゴットが、海運業を営んでいる友人に手をまわしてハリー・ニコルズを雇わせ、邪魔者を遠ざけたんだろう」

「その若者にも、会ってみなければなりませんな」と警部は言って立ちあがった。「けれども、まずはマンスフィールド家の人々と招待客たちの訊問にかかりましょう」

訊問は屋敷の居間で行われることになった。チャールズ・マンスフィールドは快くそれを受け入れ、まずは自分から話をしようと申し出た。わたしはピゴットの死を知らせに湖から戻ったとき、ここに来た本当の理由を彼に明かしておいた。屋敷の主人は少しも気を悪くしたふうはなく、ミス・ピゴットのこともひたすら気の毒がっていた。彼はピゴットの死に、強い衝撃を受けているようだった。にわかに背中が曲がってしまい、目には絶望の色が浮かんでいる。警部がまずたずねたのは、ピゴットと見守り役の二人が屋敷を出てから、見守り役が引き返してくるまでのあいだ、屋敷で誰が何をしていたかだった。チャールズ・マンスフィールド自身は、ミス・ピゴットといっしょにいた。彼女はとても不安そうだった。そしてしばらくすると、申しわけないがひとりで兄の帰りを待ちたいと言って自室に引っこんでしまった。チャールズも心配でたまらなかった。置時計を見ると、針は十時四十五分を指していた。居間に行くと、交霊会のあといつもそうするように、モーガンストーンが肘掛け椅子にすわりこんで、憔悴しきった体を休めていた。チャールズはすぐに居間を出て、今度は書斎にむかった。友人に手紙を書くつもりだったけれど、焦燥感に苛まれるあまり、結局筆は一行も進まなかった。ダフネとシビルは、すでに自室に戻っていた。シビルは嫌な予感がするという。だから落ち着くまで、メアリが付き添っていた。フォーブスの姿は、外から戻るまで誰も見ていなかった。不幸な知らせを携えたわたしとニコラスが、彼を連れて屋敷に帰ったのが、午後十一時三十分すぎのことだった。

「マンスフィールドさん」とウェデキンド警部は穏やかにたずねた。「あなたはご友人が湖に出かける前は楽観していたんですね。彼は小舟で霊と交信し、この屋敷にまつわる謎を解明して戻ってくると思っていた。そういうことですか?」

「ええ、心からそう信じていました。でも、サミュエルは、なにかを恐れているようでした。彼が待ち合わせに出かけるよう、わたしのほうから懇願したほどです。彼の名誉とわが家の名誉が、そこにかかっているのだからと言って。結局わたしは、彼を死へ追いやってしまったんですね」

「それじゃあ《霊》は、あなたがたに嘘をついたのでしょうか?」

チャールズ・マンスフィールドは、疲れきって悲しげな目をあげた。

「わたしたちに話しかけてきたのは、きっと悪魔だったのでしょう……悪魔、わが家に取り憑いた悪魔。毎年クリスマスにやって来て、わが家の一員を連れ去っていく悪魔……ええ、やつは今回、罠を仕掛けてきたんです」

「わたしの理解が正しければ、ピゴットさんもそれを危惧していたからこそ、モーガンストーン氏に助力を求めたのでは？」

「たしかに。わたしたちは、きっとうまくいくと思っていました。彼の力を信じていたんです。でも、相手が強力すぎたのでしょう」

ウェデキンド警部は立ちあがり、少し前に部下が持ってきた鞄をあけ、握りにすばらしい彫刻を施した短剣を取り出した。

「これに見覚えは？」と警部はたずねた。

「ありますとも。その短剣は、父のものでした。父が言うには、撃沈した無敵艦隊の漂着物だとか」

「いつもはどこに置いてありましたか？」

マンスフィールドは暖炉の脇の本棚をふり返った。

「ガラス扉がついたあの本棚のなかです。たしか中段の棚だったかと……」

「なくなったのには、気づかれなかったのですか？」

「ええ……でも、どうしてそんな質問を？」

「ピゴットさんの胸に刺さっていたのは、この短剣だったからです。クリスマスの夜には、もう本棚にはありませんでした。その前の晩には、まだちゃんとあったのに」

「何をおっしゃりたいのか……」

「つまり、わたしはあなたの言う《悪魔》とやらを、あまり信じていないってことですよ。誰か生身の人間が、確たる目的があってこの短剣を持ち出したのだと思いますがね」

マンスフィールドの顔に困惑の色が浮かんだ。

「でも、サミュエルが殺された状況から見て、とても人間業では……」

「そのとおり。だからわたしたちは、ピゴットさんが自ら命を絶ったのではないかと思っています。交霊会にあらわれた霊も、彼が演じていたのではないかと」

「まさか、そんな」

「それならあなたは、彼がそんなことをするわけないと？」

「ありえませんね。突然、狂気の発作に駆られたのでない限り。考えてもみてください。サミュエルは自分から、イギリスいちの霊媒師に来てもらっているんですよ。その前で霊が降りてきたふりをして、わざわざ湖で待ち合わせを決め、そこまで出かけて自殺をしたっていうんですか？いや、まったく筋が通りません」

「ピゴットさんには来年が楽しみな理由も、いろいろあったことですし」とオーウェン・バーンズが口を挟んだ。「そうですよね？」

「ええ、もちろん。春になったら、シビルと結婚する予定でした」

「彼はずいぶん前からそれを、心待ちにしていたのでは？」

「まさしく！」

オーウェンはそこでハリー・ニコルズのこと、彼についてわれわれが知っていることについて話した。

チャールズ・マンスフィールドは、ますます当惑しているようだった。

「それとこの事件に、どんな関係があるんですか？　あなたのご質問に答えるなら、わたしはなにも知りませんでした。シビルの元恋人を遠ざけるために、サミュエルがそんな卑劣な手を使ったとしたら驚きですが。あの青年本人にたずねてみればいいでしょう。彼にも言い分があるようですから」

「むろん、そのつもりですよ。ところで、娘さんはこの結婚をどう思っていたんでしょうね？」

マンスフィールドは深いため息をついたあと、ようやく答えた。

「シビルは大人の分別を持って、受け入れていたと思います」

警部は屋敷の主人に礼を言って訊問を切りあげ、次にフォーブスを呼んでくるよう言った。フォーブスは昨夜、おもてをうろついていたときに較べると、だいぶ落ち着きを取り戻していた。しかしいつもほど、自信たっぷりではなさそうだ。

「どうして外へ出たのかって？　それはもちろん、ピゴットさんのことが心配だったからですよ。彼の身に危険があるんじゃないかって。事実、そのとおりになってしまいました」

「つまりあなたは、本当に《霊》があらわれたとは思っていなかったんですね？　《真実》を伝えるというメッセージも、信じていなかったと？」

フォーブスは顔を真っ赤にさせた。

「ええ……ともかく、最後は疑ってました」

「なるほど。では、外に出てから何があったのかを説明してください」

フォーブスは肩をすくめた。

「よく覚えていないのですが……今、思うと、なんだか夢を見ていたみたいで。ピゴットさんたちが出発してから五分後にわたしも屋敷を出て、急いであとを追いました。不気味な言い伝えが脳裏に甦り、危険が迫っているのが感じられました。しばらく歩き続けたころ、遠くでかすかな音が聞こえました。それはどんどんと近づいてきて……」

「音って、どんな？」

「うまく言えませんが……のこぎりを引くような音でした。そして突然、影があらわれたんです。影は雪のうえを、猛スピードで飛んできました。言葉では言いあらわせないような、黒い形をしたものです。そこではっと気づきました。あれは《混沌の王》に違いないって。わたしは恐怖に駆られ、一目散に逃げ出しました。あんなに無我夢中で走ったことは、これまでないでしょうね」

「なにかの見間違えや想像だった可能性はありませんか？」

フォーブスはまた肩をすくめた。

「そうかもしれませんが……奇妙な人影がこのあたりをうろつくのは、初めてではありませんから」

警部はしばらく考えこんだ。

「でもピゴットさんのところまでたどり着けなくて、ある意味よかったのかもしれませんね」

「というのは？」フォーブスはやつれた顔でたずねた。

「おわかりでしょう。あなたに殺人の容疑がかかるかもしれないってことです」

「殺人ですって？　それはありえないと思っていましたが」

「ところでフォーブスさん、目下のところ、お仕事のほうはどんな状況ですか？　あなたはピゴットさんの共同経営者なんですよね？」

「共同経営者？　もともとは彼に雇われていました。今はたしかに、比較的重要なポストについていますが……」

「ピゴットさんが亡くなられても、あなたになんの利益もないと？」

「まったくありません。それどころか、せっかくの仕事を失うかもしれません。もし……」

「もし？」

「もし会社が売却されたら」

「故人の遺言がどうなっているか、ご存じですか？」

「いえ……知りません。でも当然のことながら、ミス・ピゴットが相続するのでは」

「わたしが聞いたところによると、あなたとキャサリン・ピゴットさんはおつき合いされているとか……」

いや、それはごく最近のことで、とエドガー・フォーブスは小声でもごもごと言った。警部は話題を変え、凶器の短剣についてたずねたが、答えはマンスフィールドのものと大差なかった。見覚えがあることはすぐに認めたが、本棚から消えたのには気づかなかったという。そのあとオーウェン・バーンズが訊問を引き継ぎ、ハリー・ニコルズについてたずねた。

「いえ、わたしはなにも知りません」とフォーブスは、ますます居心地悪そうに答えた。「そもそもその男とは、ほとんど会ったこともないくらいで」

「でも先日、宿屋でいっしょにいるのを見かけたような」

「たまたま一杯やりに行ったら彼がいたもので、少し言葉を交わしましたが、それだけのことです」

エドガー・フォーブスの訊問はそこまでとなった。彼が部屋を出るとすぐに、警部はひと言、あいつめ、びくびくしていたな、と言った。

「たしかに、怖気づいてましたね」とオーウェンは応じ、ルーペを取り出して丸テーブルに近づいた。

「彼の話をどう思いますか？」と警部がたずねる。

「うまい口実を見つけたものだ。彼がピゴットの心配をしても、たしかに不思議はありませんから」

「わたしが言っているのは、彼が目撃したという奇怪な人影のことです」

「おや、意外ですね。あなたがその点を重視するなんて。だって、ピゴットの死は自殺だと思っているんでしょう？　ところでアキレス、交霊会で使ったのはたしかにこのテーブルなんだな？　けっこう軽いじゃないか」

「軽くないとは言ってないぞ。でも、試してみろよ。うえにあてた手の動きだけで、テーブルが跳ねあがるかどうか」

「じゃあ、こっちに来て。三人でテーブルのまわりに腰かけ、交霊会のときみたいにやってみよう」

オーウェン・バーンズはテーブルの前にまっすぐ腰かけ、指をそのうえに広げて、あれこれ実験にかかった。足の先や膝を広げたり、手で押したりするものの、満足のいく結果は得られないようだ。彼はわたしたちに、うしろにさがっているよう言うと、テーブルを丹念に調べ始めた。その口もとに、一瞬笑みが浮かぶのが見えたが、彼はなにも言わずに立ちあがった。

フォーブスの次は、メアリの番だった。短剣がなくなったことには、彼女もやはり気づかなかったという。メアリの証言は、チャールズ・マンスフィールドの証言を裏づけた。たしかにシビルに付き添って、しばらくいっしょに部屋にいたけれど、そのあと台所に戻って翌日の朝食の準備にかかりました、と彼女は言った。ピゴットの死が自殺だったとして、なにか思いあたる動機はないかたずねると、彼は自分から死ぬような男ではないとぶっきらぼうに答えた。メアリはピゴットについて、とおりいっぺんのことしか語らなかった。その口調は落ち着いていたものの、故人を快く思っていないのは明らかだった。少なくとも彼女は、まったく悲しんではいないようだ。

メアリの次には、悲しみに打ちひしがれたキャサリン・ピゴットが呼ばれた。午後十時四十五分から十一時三十分まで、彼女は部屋で兄の帰りを今や遅しと待っていた。兄の身に危険が迫っているという予感は、強くなるいっぽうだった。だから悲劇の一報を聞いたときは、ああやっぱりと思っただけだった。オーウェン・バーンズに助けを求めたのに、恐れていたとおりの事態になってしまった。兄が自殺をするなんて、とうてい考えられない。商売は順調だったし、来年の結婚をあんなに楽しみにしていたのだから。遺言書の内容は知らないけれど、遺産を相続するのは自分以外にいないだろう。シビルには？　兄が彼女にいくばくかのものを残したとしても、不思議はない。しかし遺言書の手続きを任している公証人と、兄が近ごろ連絡を取ったようすはない、とキャサリンは言った。

シビルの番になった。真っ青な顔と虚ろな目に、わたしたちは三人とも不安を掻きたてられた。彼女の証言も、捜査の助けにはならなかった。シビルに言わせれば、この屋敷は呪われている、人間には戦う術《すべ》のない悪霊に取り憑かれているのだそうだ。彼女の話をまとめると、そういうことになる。シビルが今、どんな気持ちでいるのかをひと言で言いあらわすのは難しそうだ。しかし少なくとも、婚約者に先立たれて悲嘆に暮れている女のようには見えなかった。ついでに言うならば、オーウェンは彼女の美しさに強い感銘を受けたらしい。そうでないとしたら、むしろ驚きだろうけれど。

シビルと同様ダフネからも、大した話は聞き出せなかった。昨晩、ピゴットの見守り役に連れていかなかったことで、彼女はわたしを非難した。父親といっしょになって断固拒絶したのを、まだ根に持っているのだ。わたしやニコラスより観察力が鋭いから、自分がついていたらピゴットは不幸な運命を危うく免れただろう、と信じているらしい。オーウェンは吹き出すのを堪えるのにひと苦労だった。彼はダフネの生き生きとした個性に、たちまち魅せられてしまったようだ。そして丁寧に礼を言い、きれいな指輪だと褒めた。このあとの調査でも、きみの《すぐれた眼力》に助けを借りることになるだろう。オーウェンにそう言われると、ダフネは顔を紅潮させ、鼻高々で帰っていった。

「わたしは肘掛け椅子にずっと腰かけたままでした」ピゴットが出発したあとどう時間をすごしていたのかという警部の質問に対し、ジュリアス・モーガンストーンは身構えたように答えた。

「あなたはその間ずっと、薄暗がりのなかでじっとしていたと……」

「ええ、いつもどおり、交霊会で使い果たしたエネルギーを取り戻す時間が必要だったので」

「いつもどおり、ですか？」

ジュリアス・モーガンストーンは両手をよじらせた。

「いや、たしかにちょっと違いますが。あんなに激しい勢いで霊が出現したのは、初めてです」

ウェデキンド警部の声が厳しさを増した。

「それにしてもあなたは、ずいぶんと奇妙な霊を呼び出したものですね。真実を教えるという口実で、あなたの依頼人と待ち合わせをするなんて。しかも待ち合わせに出かけた依頼人は、短剣で胸を刺されて見つかった。あなたはこれを、どう説明するんですか？」

「説明はしません。わたしの役目はただ、霊と交信することです。霊がすることに、責任は持てません」

「霊がすることに？　ご冗談を！　あなたはご自分の依頼人を、死に追いやったんですよ。なのに責任はないと？　ずいぶんと都合のいい話だ」

ジュリアス・モーガンストーンは自尊心を傷つけられたかのように立ちあがり、錚々《そうそう》たる常連客の名前を、怒りに震える声でずらりと並べあげた。彼らはみんな、わたしが本物の霊媒師だってことを保証してくれますとも。警視庁の警部ごときがこのわたしをイカサマ師呼ばわりするなら、あらゆる人脈を駆使して警官生命を絶ってやりますからね。

あまり怒らせてはまずいと思ったのか、警部は語調を和らげた。

「誤解をされているようですが、わたしはあなたの専門的なご意見をうかがいたいと思っただけです。最後の交霊会がもたらした、驚くべき結果について」

モーガンストーンはそれから三十分にわたり、交霊会の経過を逐一説明した。その要点はすでにお話ししたとおりなので、あらためて触れずにおこう。警部はピゴットから依頼を受けた経緯《いきさつ》や、詳しい依頼内容についてさらにたずねた。

「あなたもご確認されたように、わたしはこの世界で名が知れていますからね、警部さん」と霊媒師は自慢そうに言った。「ピゴットさんはわたしの評判を聞きつけ、仕事部屋を訪ねてきたんです。一か月ほど前になるでしょうか。彼はマンスフィールド家にのしかかる奇怪な呪いや、その家の娘ともうすぐ結婚することを話していきました」

「彼には謎の解明よりも、自分自身の運命のほうが大事だったのでしょうか？」

「ええ、そうだと思います。でもわたしは、彼にはっきり言いましたよ。彼が無事でいられるかは、謎解きの成否にかかっているってね。たしかに試みは失敗に終わり……悲劇的な結末を迎えましたが。しかもわれわれは、少しも前進していません。期待が持てそうだと、思ったときもあったのですが」

ジュリアス・モーガンストーンは一瞬、言葉を切って、警部の前で人さし指をふり、重々しい声でまた続けた。

「ひとつ、確かなのは、ここに取り憑いている霊はきわめて悪意に満ち、執念深いということです。その力は並はずれています。長年、霊媒師をしてきましたが、こんな霊に遭遇したのは初めてだ」

16　アリアドネの糸

ジュリアス・モーガンストーンの訊問が終わったときには、午後五時をすぎていた。ウェデキンド警部はハリー・ニコルズの話を聞きに、いっしょに村へ行かないかとオーウェンを誘った。けれどもオーウェンは、それなら警部ひとりでもできるだろうと断った。それよりわたしとこの場に残り、じっくり確認したいことがあるからと。そしてのちほど、オーウェンが泊っている宿屋で待ち合わせることにした。

警部が辞去すると、オーウェンは屋敷の主人に、エドウィンが使っていた部屋を見せて欲しいとたのんだ。お安い御用ですとも、部屋は三年前とまったく変わっていませんから、とチャールズ・マンスフィールドは答えた。彼は実の息子同様に思っていたエドウィンの思い出に、部屋をそのままにしておこうと決めたのだった。

マンスフィールドは鍵を手渡すと、わたしたちを中庭に残して遠ざかった。わたしたちは中庭の途中で立ち止まり、暮れかけた空にかかる渡り廊下の黒っぽい影を眺めた。地上約七メートル、ちょうど屋敷の屋根の高さから、十二メートルほどに渡って中庭のうえを横切り、左右二つの小塔をつないでいる。

「あの渡り廊下と、エドウィン殺しの犯人が煙のように消え失せたこととのあいだには、なにか関係があると思うのか？」とわたしはたずねた。

オーウェンは、わたしの質問を面白がっているようだった。

「きみはぼくが預けた覚書を読んだんだろ？　ところでアキレス、知ってるかい？　迷路から抜け出る道を見つけるにはどうしたらいいのかを」

「そりゃ、糸を巻いた玉を持って……」

「いや、入り口から迷路の奥へ進むにはそれでいいが、目隠しをして真ん中まで連れてこられたとしたらどうする？　ごちゃごちゃと道が絡み合った中心に、いきなり投げ出されたとして？　錯綜する道のうち一本だけが、外の光へと通じているんだ。ぼくたちは今、そんな状況に置かれている。この信じがたい事件から、見せかけの神秘性を剝ぎ取らなければ。ぼくたちはこの事件を初めから、一歩一歩じっくりと追い、その経過を分析してきたわけじゃない……そうしていれば、ことはとても簡単だったろうに。ぼくたちはたぶん、もっとも暗い場所に、光からもっとも離れた場所に投げ出されてしまったんだ……」

「御託はたくさんだから、どうするんだ？　迷路から抜け出すには？」

「簡単さ。右手を壁にあて、ずっと離さずに進んでいけば、いつか必ず出口にたどり着く。迷路の道を、一センチずつゆっくり進んでいかねばならないとしても」

「だったら左手でも同じことじゃないか」

「お見事、アキレス。きみは完璧に理解している。たいがいの女たちも同じように答えるが、きみのほうが少しばかり素早かったことは認めよう。しかし、問題はそこじゃない。ぼくが指摘したいのはだね、すべての袋小路を体系的に探索し、どこにも通じていないあらゆる道をたどっていけば、行き着く先には真実しか残っていないってことだ」

「つまりきみに言わせれば、単に方法と時間の問題だと？」

オーウェンは白い絹のマフラーを、念入りに巻き直した。

「並みの知性しか備えていない、そこらの人間たちにとってはね。しかし耽美主義者には、もちろんもっと精妙で素早い、別の方法がある。さあ、行こう。時間を無駄にできない」

ほどなくわたしたちは、エドウィンが使っていた部屋に入った。冷えきって、じめじめした部屋だった。手入れといっても、時々埃を払うことくらいしかしていないらしい。

オーウェンはランプに火を灯すと、廊下側のドアの錠にちらりと目をやり、隣の本棚を見やって顔をしかめた。

「残念ながら」と彼は言った。「ものはそのままにしてくれなかったようだな」

「争ったあとの、混乱状態のままってことか？」

「そうさ。でも、そこまでは望めない」

オーウェンは部屋全体をざっと見てまわったが、戸棚の中身だけはやけに念入りに調べていた。そして戸棚の扉を閉めると、半ば皮肉っぽい、半ば満足げな笑みを浮かべた。

「アキレス、御者のニコラスは今、屋敷にいるかな？」

「いると思うな。さっき馬のいななきが聞こえたから」

「それなら、捜してここに連れてきてくれないか」

わたしは黙って言いつけに従った。そしてほどなく、正直者のニコラスといっしょにエドウィンの部屋に戻った。ニコラスはわたしに劣らず訝しげなようすだった。

「やあ、ダドリーさん」とオーウェンはとても愛想よく言って、扉をひらいたままの戸棚を指さした。「ちょっとこのなかを覗いてみてくれませんか？」

ニコラスは驚きと憤慨で目を剝いた。

「でも、ここには哀れなエドウィンさんの持ち物が入っているので……」

「わかってるとも。だからって、かまわないじゃないですか。事件当時、警察だって調べたはずなんだし」

「そりゃまあ、そうですが……」

「でもあなたは、なかを見ていないですよね？」

「ええ。わたしがそんなことをする理由はありませんからね、いいでしょう、そうしろと言うなら……」

ニコラスはまるで冒瀆行為であるかのように、チョッキやシャツを手探りした。上着のところまで行って少し落ち着きを取り戻したが、突然手を止めた。彼は当惑したような目でちらりとオーウェンを見やり、それから黒っぽい大きなコートに視線を戻した。さっとコートをはずすと、ランプの明かりでじっくり検分した。

「これは……どうも、わたしのものらしいのですが」

「たしかにそのコートは、あなたのように肩幅の広い男性のものですよね。戸棚の中身から察するに、エドウィンさんは中肉中背といったところのようですが」

「そう」とニコラスはつぶやくように言った。「わたしのコートに間違いない。あの事件のときに、なくなったんです。でも、どうしてここに？　信じられません」

「この戸棚は、うまい隠し場所じゃないですか？」

《ご婦人方の仕事部屋》の小さな置時計が六時を打った。わたしたちはエドウィンの部屋でニコラスのコートを発見した話を、ダフネとシビルに伝えているところだった。オーウェンは、戸棚から見つけたよれよれの帽子も携えていた。彼は部屋に並んださまざま道具類に興味を引かれたらしく、とりわけ古い糸車には目を輝かせていた。シビルが編んだウールのミトンにも、うっとりとしたように見入っている。

「すごいわ」とダフネは言って、驚きの目をオーウェンにむけた。「家中、すみずみまで捜したのに……それがニコラスのコートだって、どうしてわかったんですか？」

「簡単なことですよ。服がなくなった話はわが友から聞いていたし、あのコートだけほかの服とサイズが違っていましたからね。結論は火を見るより明らかだ（オーウェンはさっと部屋を眺めまわした）。ここは屋敷のなかで、最高の場所ですね。落ち着いていて、快適で。家具の趣味も飾りけなく、洗練されている。ひと言で言うならば、芸術的なインスピレーションを得るのにぴったりです……あの段ボール箱に詰まっているウールの衣類が、あなたのすばやい指の動きによってここから生み出されたのも、驚くにあたりませんね」

シビルはにっこりして、頬を赤らめた。麗しのシビルをこんなにもたやすく笑顔にさせたわが友に、わたしはほんの少し嫉妬を覚えた。

「本当にいい出来だと思います？」

「もちろんですよ。これを着た子供たちの喜びようが目に浮かびます」

「ところで」とダフネが口を挟んだ。「エドウィンの戸棚には、なくなったニットのセーターはいっしょに入っていなかったんですか？」

「ええ、捜し間違いではありません。当時、セーターも紛失していたのは知ってましたから。ちなみに、なくなったのはセーターだけですか？　それとも毛糸や編み針もいっしょに？」

さあね、というようにダフネは肩をすくめ、姉をふり返った。シビルは目を曇らせている。

「もう、大昔のことみたいな気がするけど」シビルは長い沈黙のあとに言った。「腰かけのうえには、なにも残っていなかったような……ええ、そうだわ。たしか……」

シビルは立ちあがって、ドアの脇のタンスに近づいた。うえの引き出しをあけ、真っ青な顔でオーウェンをふり返る。

「編み針と毛糸の玉は、ここに入っていました。ええ、間違いありません。だってそれがいつもの場所にあったのなら、おかしいとは思わなかったでしょうから。ご覧のとおり、この引き出しは刺繍道具の専用なんです。事件の二、三日後、ここに編み針と毛糸が入っているのに気づいたのですが……」

シビルは席に戻って、しばらくじっと考えこんでいたが、やがてこうたずねた。

「あなたはこんな答えを、初めから予想していたんですね？　でも、どうして？」

オーウェンは彼女をじっと見つめながら、ネクタイを直した。

「いいですか、芸術には二つの側面があります。一方には創造、天才、狂気、奇想、霊感があり、もう一方には美の信仰、完璧性の希求、作品の完成、細部へのこだわりがあります。わたしはその両面に目配りをしています。ときには別個に、ときには……」

「おいおい、オーウェン、話についていけないな」とわたしは口を挟んだ。「われわれが追っている謎と毛糸玉のあいだに、どんな関係があるんだ？」

「アリアドネの糸ね！」とダフネが言った。

「お見事」とオーウェンは叫んだ。「迷路から抜け出るには、アリアドネの糸を手繰《たぐ》るだけでいい。

すばらしいじゃないか。そうだろ、アキレス？　ぼくたちはさっきも、この話をしていたんです。ダフネさん、あなたの洞察力に期待しておたずねしますが、この帽子に見覚えはありませんか？」

　ダフネは眉をしかめて帽子を見つめ、それから姉に目をやった。

「昔、うちで庭師をしていていたティム爺さんの帽子みたいだけれど……」とシビルは言った。「普段はどこにあったと思われますか？」

　シビルは近寄って帽子を手に取り、ためつすがめつしていたが、わかりませんというように、静かに首を横にふった。

　オーウェンはさらにたずねた。

「あなたはこういった古着やなにかを、ここに保管していたのでは？」

　シビルはしばらくじっとオーウェンを見つめていたが、やがて壁ぎわのタンスをふり返ってうなずいた。

「ええ、あそこに古着をしまってあります。言われてみると、その帽子もあのタンスに入れてあったかもしれません。でも、ティム爺さんが亡くなったのは、もう四年も前のことなので……」

　そのとき、コツコツとノックの音がした。ドアがあくと、ニコラス・ダドリーが平服の警官を連れて入ってきた。寒さで頬を赤らめた警官は、息せき切ってオーウェンに言った。

「警部が、すぐに村まで来て欲しいと申してます。また、殺人事件があって……被害者の名は、ハリー・ニコルズです」

17　次はハリーが

警官はものすごい勢いで、わたしたちを村へと急がせた。こうして十分後、わたしたちはへとへとになりながら、石橋のうえにたどり着いた。下の土手沿いに、ランタンの光が動きまわっている。雪の積もった川岸を、二人の警官が丹念に調べていた。彼らを指揮する山高帽の男は、ウェデキンド警部に違いない。

警部はわたしたちを、黙って橋脚の下へ連れていった。雪に黒っぽい染みが広がっている。それが血痕なのは、ランタンの光をあてる前からわかった。

「今、救急搬送したところです」とウェデキンド警部は重々しい口調で言った。「背中を刺され、手にも傷を負っていました。おそらく、身を守ろうとしてついたのでしょう。そのせいで、あんなに血が流れたんですな」

「第一発見者は？」とオーウェンがたずねる。

「わたしです……たまたまなんですが。彼は死んでません。一命を取り留めるチャンスは、わずかながらまだ残っています。

あなたがたと別れたあと、わたしはまず宿屋に行ってみました。けれども、ハリー・ニコルズは来ていませんでした。彼が今住んでいるという兄の住所を教えてもらい、そちらにむかいました。ここから、目と鼻の先です。お兄さんの家にも、ハリーはいませんでした。ほんの十分ほど前、宿屋に行くと言って出ていったそうです。家を捜すのに少し迷ってしまい、ハリーが宿屋へむかうのと別の道を通ったのでしょう。行ったり来たりでいらいらしましたが、ともかくまた引き返すことにしました。教会の鐘が、六時を打ったばかりでした。橋を渡る前でよかったですよ。さもなければ、弱々しいうめき声に気づかなかったでしょうから。最初は猫の鳴き声かと思いましたが、いちおう欄干から身を乗り出すと、ここに男の姿が見えました。体を丸め、橋脚によりかかるように横たわっています。手は血まみれで、顔は痛みで引きつっていました。上着の肩のあたりにも、黒っぽい染みがありましたが、凶器は見あたりません。彼はひと言も発することができませんでした。でもハリー・ニコルズに違いない、とすぐにぴんと来ました。ともかく、彼の命が助かってくれればいいのだけれど……」

オーウェンは雪のうえの血痕から目を離さず、シガレットケースから抜き出した煙草に悠然と火をつけた。

「つまり彼が襲われたのは、午後五時四十五分ごろってことですね……目撃者は誰もいなかったんでしょうか?」

「そのようです。部下が二人、この近辺を聞きこみしてまわっていますが、今のところ大した収穫は得られていません」

オーウェンはあたりを見まわした。ほとんど日が暮れかけているけれど、両側の土手に並ぶ家々の陰気なシルエットはまだ見わけることができた。切妻壁、もくもくと煙を吐き出す煙突、雪が積もった屋根の下で赤く輝く窓。

「犬を散歩させるような天気ではないし」とオーウェンはため息まじりに言った。「一時間前からすでに暗くなり始めているので、窓から外を眺めている者もいなかったでしょうね。それにしても、大胆な犯行だ。ことのなりゆきを推測してみましょう。ほら、警部さん、雪には二種類の足跡がくっきりと残っています。被害者と犯人の足跡に違いありません。このあたりは、だいぶごちゃごちゃになっていますが、なんとか……」

「ご心配なく」とウェデキンド警部は落ち着きはらって言った。「応援が駆けつける前に、足跡をじっくり調べることができましたから。犯行の経緯を再現するのは容易でした。犯人は橋のうえでニコルズと出会い、なにかの口実で下に連れ降ろし、ナイフを取り出したのです。簡単な話ですよ。犯人の足跡については必要な調べをすませ、その特徴を記録してあります」

「それじゃあ」とわたしは言った。「有益な手がかりが得られたんですね？」

ウェデキンド警部はうなずいた。

「もしニコルズの命に別条がないとなれば、さらにいいのですが。犯人は相当追いつめられています。初歩的な注意も怠り、これほどの危険を冒してまで、ニコルズを殺そうとしたのですから。明らかに、時間に迫られていたのです。だとすれば、犯行の動機は明らかだ。警察が訊問する前に、ニコルズの口をふさごうとしたのでしょう」

「すばらしい推理ですね、警部さん」とオーウェンは言った。「それで、今後の作戦は？」

「ニコルズが搬送された病院へ行って枕もとに付き添い、彼が犯人の名前を言えるようになるのを待ちましょう。あなたがたは、マンスフィールド家に戻っていてください」

この新たな事件の知らせは、ただでさえ寒々としていた屋敷の雰囲気を、さらに冷えこませた。オーウェンも招かれた夕食の席で、わたしは会話のなかで皆に探りを入れ、犯行のあった時刻、何をしていたかを聞き出そうとした。警部は自分が公式の訊問を行う前に、わたしたちがさりげなくたずねたほうが、多くの情報を引き出せるだろうと考えたのだ。

オーウェンとわたしの見積もりによれば、村まで行って犯行に及び、戻ってくるのに最低二十分はかかる。しかもそれは犯人にとって運のいいことに、途中でちょうどニコルズと出会ったとしての話だ。では、午後五時四十五分を挟む約二十分間、アリバイがないのは誰か？　ニコラスを除く全員がそうだった。ニコラスはちょうどその時間、わたしがエドウィンの部屋に連れていっていた。シビルとダフネがそんなに大急ぎで、村まで往復できたとは思えない。二人とも置時計が午後六時を打ったとき、《ご婦人方の仕事部屋》の椅子にゆったりと腰かけていたのだから。

脚にギプスをはめたキャサリン・ピゴットも問題外だ。すると残るは、マンスフィールド、モーガンストーン、フォーブスの三人ということになる。屋敷の主人は友人の死で、いまだに茫然自失が続いているのか、新たな事件の知らせを聞いてもあまり驚いていないようだった。あとの二人は反対に、苛立ちを募らせていた。希望はまだあります、とオーウェンは何度も繰り返した。ハリー・ニコルズが意識を取り戻したと、もうすぐ警部が知らせてくるかもしれません。オーウェンがそう話しているあいだ、わたしは二人のようすをじっくりとうかがった。彼らのうちのどちらが犯人にせよ、芝居がうまいとはお世辞にも言えなかった。ハリー・ニコルズは助かるかもしれないと聞くたび、二人とも自然と渋い顔になってしまう。それとは対照的にメアリは、《ああ、神様、ニコルズさんが助かりますように》と、熱心な祈りの言葉を口にした。

メアリ……善良で献身的なメアリ。わたしは容疑者リストから、彼女を完全に除外していた。なるほどどことがなんであれ、この屋敷で彼女ほど悪事と縁遠い者はいないだろう。だからこそ、わたしはふと気になって、メアリのようすをこっそりうかがった。そういえば、ガラス扉のついた本棚のなかの短剣を、彼女がじっと見つめていたことがあった。あれは短剣がなくなる少し前だった。クリスマスの数時間前、ピゴットと交わした会話も記憶に甦った。《それが、実はいるんですよ》と彼は言った。《一族の人間が、まだ残っているんです……メアリですよ……彼女の旧姓はジョークでした。ピーター・ジョークの直系の子孫です……》

悪霊が彼女に取り憑き、マンスフィールド家に対する復讐に駆り立てているなんて、ありうるだろうか？　この数年のうちに起きた四件の殺人事件は、彼女の犯行だなんてことが？　さらにはそこに、ハリー・ニコルズ殺人未遂事件も加わって？

彼女はまだ若くて、美人で、夫と並ぶとお人形さんのようにかわいらしい。小柄だが、活気にあふれている。誰に対しても愛想がよく、てきぱきと世話を焼き、頼りになる。それはそのとおりだけれど、わたしはメアリがピゴットのことを嫌っているような気がずっとしていた。

しばらくして、オーウェンと居間で二人きりになったとき、わたしは先ほど胸に浮かんだ疑念を打ち明けた。すると彼は、逆にこうたずねてきた。

「きみはみんなが歩くのを見てみたかい？」

「歩く？　つまり、歩き方のことかい？」

「そう、彼らがどんなふうに、順番に足を前に出すかってことさ」

「どうしてぼくが、そんなことを気にしなくちゃいけないんだ？」

「いや、べつに……いずれにせよ、もう捕まえたも同然だ。間違いない。いつでも好きなときに、追いつめてやれるさ。とりあえずは、シビルに会いに行こう。彼女も《ご婦人方の仕事部屋》で、われわれの健闘を祈ってくれてるだろうよ。《ご婦人方の仕事部屋》とは、実にいい名前をつけたものだ。彼女にぴったりじゃないか」

シビルはいつもの椅子に腰かけていた。彼女のためにあつらえたような、すばらしい椅子だ。わたしにはシビルが、前にも増していっそう魅力的に思えた。まるで少しずつ生まれ変わっていくようだ。彼女は今、陽光を浴びて花ひらこうとしている。ひと言で言うなら、《甦ろうと》している。ピゴットとの結婚がなくなった今、それはもう忌まわしい、遠い過去の記憶にすぎないのだろう。せっかくわたしが見出した早春の光も、オーウェンがけろっとした顔でハリー・ニコルズの話を持ち出したせいで、台なしになってしまった。わたしはもちろん心ひそかに、わが友を呪った。

シビルに言わせれば、ハリー・ニコルズを襲ったのは《混沌の王》に決まっていた。彼女がこの不気味な人物の存在を固く信じているのに、わたしは驚かずにおれなかった。《混沌の王》について話すとき、彼女の声はいつにないほどきっぱりしていた。執念深い復讐を恐れているというより、この屋敷に悪霊が取り憑いているのは、マンスフィールド家にとってどうしても避け得ない運命なのだとあきらめているかのようだった。わたしの意見を言わせてもらうなら、いつかシビルがこの悪夢を完全に払いのけることができた暁には、この地をきっぱり去るのがもっともよい、簡単な方法だろう。できれば、わたしといっしょに。

すぎゆく時を、置時計が十五分ごとに告げた。シビルとオーウェン、わたしのあいだに、穏やかで親密な雰囲気が醸し出された。それは彼女にとって、いいことだったに違いない。シビルはゆっくりと話した。自分のペースで、ほとんど途切れずに。これまでそんなこと、めったになかったのに。わたしとオーウェンが、黙って注意深く耳を傾けているとわかっていたのだ。わが友人のほうは、ときおり少しだけ言葉を返した。

こうしてシビルは、ハリー・ニコルズとの恋物語をぽつりぽつりと語り始めた。彼女はまだハリーに、恋愛感情を抱いているのだろうか？　それはない。もちろん、彼が襲われたのを気の毒に思ってはいたけれど。しかしかつて、彼が突然姿を消したときは、たしかにシビルも自尊心を傷つけられた。ところが数日前、ハリーが会いに来て、事情を説明させて欲しいと言った……

「玄関のドアをあけたのは、たまたまわたしでした。ハリーの顔を見て、わたしはとてもショックを受けました。彼は、まだわたしを愛していると言いました。いきなりいなくなったのは自分のせいじゃない、あれはピゴットさんのせいなのだとも言いました。ピゴットさんの悪口なんか、言うべきでなかったとわたしは答えました。だって彼は、もうすぐわたしの夫になるのだからと。ハリーは怒り出し、サミュエルのことを口汚く罵り始めました。彼を追い返すのには、ひと苦労しました。さいわいそのとき、玄関ホールには誰もいませんでした。もしサミュエルがその場にいたら、いったいどんなことになっていたか、考えるのも恐ろしいわ」

シビルはそこで一瞬、言葉を切って編み目を数えなおし、また先を続けた。

「こんなことを言わねばならないのはつらいのですが、わたしは妻になる者として必要な愛情を、サミュエルに抱いていませんでした……」

わたしは叫び出しそうになるのを、力いっぱい堪えた。

「父はいつも言ってました。結婚すれば、愛情は徐々に芽生えてくるものだって（彼女はそこで肩をすくめた）。きっと、そのとおりなんでしょう。ともかくサミュエルは、いつでもわたしにやさしく、プレゼントも山ほどくれましたし。でもハリーやエドウィンに感じたようなときめきは、ありませんでした……エドウィンはずっと、わたしと結婚したいと言っていました。驚きですよね。わたしの兄なのに（シビルは微笑んだ）。もちろん、血のつながった兄ではありませんが……それにしてもあり得ないわ！　サミュエルもいたことだし。

はじめはエドウィンが、わたしをからかっているのだと思っていました。けれどもすぐに、気づかされました。ただの冗談だと思っていたものの奥には、わたしにとってもエドウィンにとっても危険な感情が潜んでいるのだと……」

シビルが過去の秘められた淡い恋物語を回想しているあいだ、わたしは激しい嫉妬に苛まれ、それを抑えるのにひと苦労だった。シビルははっきり言わなかったけれど、ハリー、ピゴット、エドウィンのうち、彼女がとりわけ懐かしんでいるのはエドウィンのことだと、わたしははっきり感じ取った。

「……さいわいエドウィンは、学校が休暇のときにしか屋敷にいませんでしたが、彼は機会があるごとにどんどん大胆になっていきました。わたしがハリーに恋しているのを知ったら、エドウィンは気を悪くするだろうと思いました。彼はしばらくわたしに冷たくなりましたが、それも長続きはしませんでした。そしてハリーが村を出ると……でも父は、当時そんなことなにも知らなかったんですよ」

「もし知っていたら、許さなかっただろうと？」とオーウェンがたずねた。

「もちろんだわ。そのころはもう、わたしをサミュエルと結婚させるつもりでしたから。ええ、そう決められていました。だからいずれにせよ、わたしとエドウィンのあいだには、とうてい……」

シビルは最後まで言い終えられなかった。

「そしてエドウィンも」と彼女は悲しげな声で言った。「エドウィンも行ってしまった……」

わたしたちは一瞬、彼女が泣き出すのではないかと思った。ところが彼女の顔はたちまち奇妙な変貌をとげ、遠くを見るような表情になった。

「でも、今から考えると不思議ですよね。結局三人とも、次々《混沌の王》の犠牲になってしまったんですから」

18　湖の幽霊

午前一時になっても、眠気はいっこうにやって来なかった。わたしは毛布の下で丸まり、ごうごうという風の音を聞きながら、宿屋へ帰るオーウェンを玄関まで送っていったときに交わした最後の会話を思い出していた。

「相手にしゃべらせる秘訣は、口をひらかずに質問することにある」とオーウェンは、もったいぶった口調でのたもうた。「それを忘れるなよ、アキレス。沈黙は人を喋らせるもっともいい、確実な方法なんだ。きみにもわかったと思うが、さっき魅力的なシビルの口から聞いた話は、とても重要な意味がある……さあ、それじゃあ今夜はゆっくり休んで、明日のために英気を養ってくれたまえ。おそらく逮捕劇があるだろうからね……」

さらに説明を求めようとしたときにはもう、オーウェンはわたしに背をむけ、すたすたと遠ざかって闇に消えてしまった。昨日までとは打って変わり、雪が降りしきる暗い晩だった。

オーウェンがなにげない風を装って、シビルの口を巧みにひらかせたのは、認めざるを得ないだろう。しかしわれわれの調査が、そんなに進展したのだろうか？　オーウェンはそう確信しているようだ。わたしはと言えば、あいかわらず五里霧中だった。目の前に立ちこめる謎に満ちた霧は、さらに深くなるばかりだ。

明日の逮捕劇だって？　でも、誰を捕まえるんだろう？　歩き方がどうとか言っていたけれど、それにどんな意味があるんだ？　ニコラスのコートが見つかったのが、そんなに重要なのだろうか？　毛糸玉や古い帽子のことは、どうなんだ？　それに《アリアドネの糸》は？

そんな答えのない疑問が、眠りかけた頭のなかで踊り狂い、やがて《混沌の王》と従者たちが町や凍った湖のうえを練り歩くけたたましい光景に変わった。

《混沌の王》。あの謎めいた《混沌の王》が、足跡を残すこともなく、雪のうえを飛ぶように進んでいく……

外では、また雪が降り始めていた。風はますます激しく吹きすさび、窓ガラスをがたがた揺らせている。その絶え間ないうなり声のなかに、鈴の音《ね》のような遠い物音が聞こえた……

鈴の音《ね》だって？

わたしはベッドのうえでむっくりと体を起こし、何秒間かじっと動かずに耳を澄ました。頭のてっぺんから足の先まで、震えが走った。夢を見てるんじゃない。徐々に遠ざかる微かな物音が、たしかに聞こえる。あれは鈴がしゃんしゃん鳴る音だ。

わたしはひとっ飛びに窓へ駆け寄った。

闇と渦巻く雪のせいで、視界はいちじるしく狭められていた。もしその人影が止まったままだったら、おそらく気づかなかっただろう。けれどもそれは雪まじりの突風に逆らい、北にむかって動いていた。黒いシルエットとしか言いようのない人影は、やがてわたしの視界から消えた。二十四時間のうちに一件の殺人事件と、一件の殺人未遂事件があった。そのどちらも、犯人は今、わたしが見た《怪物》かもしれない。そのあとを追いかけようなんて、よほど無分別でない限りできることではない。けれどもわたしは、ためらうことなくそうした。

ものの五分もしないうちに、わたしはコートの襟を立て、ハンチングをしっかり目深にかぶって、勝手口から外へ出た。背後で注意深くドアを閉め、激しく吹きつける風と雪のなかを敢然と進み始める。

あれが例の呪われた怪物でないとしたら、いったい誰がこんな時間にこんな天気のなか、外をうろついているのか？

わたしははっきりとしたあてもなく、北にむかってまっすぐ歩き始めた。なんとか追いつけるだろうか？　その可能性はほとんどない。雪片が目に打ちつけ、十五メートル先くらいまでしか見えなかった。けれども、きっと人影は湖にむかっているはずだ。わたしはそこに期待をかけた。犯人は常に犯行現場に戻ると言うではないか。

そんなふうにして十分ほど、顔を凍らせ息を切らせてへとへとになりながら歩き続けた。自分がしていることが狂気の沙汰なのは、よくわかっている。どうしてまた、こんな追いかけっこを始めてしまったのか、わたしはそのわけを虚しく考えていた。あの《怪物》に首尾よく追いつけたとして、どうすればいいのか？　今まで、《怪物》に近づいた者は、ことごとく命を落としている。去年、ここで怪物を追いつめた肉屋は、屈強な若者だったという話だ。しかも彼は、素手で狩りに出かけたのではない。たぶんわたしは、オーウェンの鼻を明かしてやりたかったのだろう。彼自身のフィールドで、一戦交えるつもりだったのだ。明日の逮捕劇の前に、わたしが《混沌の王》を縛りあげて連れていったら、あいつめ、どんな顔をすることか？

風はあいかわらず激しく吹き続け、どうやら完全に迷ってしまったと思い始めたころ、湖を見おろす小丘に気づいた。

わたしは遅れを取り戻そうと、はあはあと息を吐きながら必死の努力で頂上までたどり着いた。湖の視界は昨晩よりはるかに悪かったけれど、風雪が少し治まると手前の岸が見えた。

わたしははっと息を呑んだ。

あいつがいる。小舟の近くに、あの人影が。長いコートを着て、帽子をかぶっている。人影はやや斜めに背中をむけ、ほんの二十四時間前にピゴットの死体が横たわっていた場所を、じっと見つめているようだ。

さっさと逃げ出すべきか？　すぐさま飛びかかるべきか？　それともそっと近づいて、不意を襲うべきか？

直感が理性を抑えた。わたしはゆっくりと人影のほうへとむかい、一歩一歩慎重に坂を下った。

危険を意識していなかったと言ったら、嘘になるだろう。体は固まりついて、なかなか動こうとしない。それでもわたしは、その不気味な人影が発する不可思議な力に否応なく引き寄せられ、一歩、また一歩と近づいていった。

あと二十メートルほどのところまで行ったとき、人影がくるりとこちらをふり返った。

わたしは思わず足を止めた。

帽子の下にある無表情な白い顔。わたしは恐怖で身をすくませた。人影も同じように、じっと動かない。

おれはここで死ぬのか？　こいつはいったい、どんな怪物なんだ？

風が再び激しく吹き始め、二人のあいだに雪のカーテンがかかった。わたしは凍りついたように、じっとしていた。舞いあがった雪が、はらはらと落ちていく。ほんの数秒のことだったろうが、わたしにはそれが永遠にも感じられた。そして怪物の姿は消えていた。

少なくとも、もう同じ場所にはいなかった。三十メートルほど先の湖上を、ゆっくり遠ざかっていく。

わたしはとっさに、追いかけようと思ったが、警官たちの災難が記憶に甦った。岸から離れたら、氷は割れやすくなる。わたしはわれしらず大声を張りあげ、止まれと人影にむかって叫んでいた。今、いる場所からして、まだ溺れていないのが奇跡みたいなものだ。

すぐさま反応があった。人影は立ち止まり、ためらいがちにふり返った。

「岸に戻れ！　氷が割れたら、溺れ死んでしまうぞ」

人影は突然、走り始めた。とそのとき、めりめりという不吉な音がした。わたしは一瞬、目を閉じた。次に目をひらくと、人影は氷のうえに横たわっていた。うしろの氷が重みに耐えかね、割れてしまったらしい。前に飛び出したおかげで、命拾いをしたのだ。人影はすぐに起きあがって次の跳躍にかかったが、足を滑らせてしまった。またしても、氷が砕ける不気味な音がした。もう一度、運が人影に味方した。

「動くな。そこにいろ」

いくら叫んでもむだだった。人影はもう一度試みたが、結果は同じだった。それでも、あきらめようとしない。すっかりパニックに陥ってしまい、自分がどんなに馬鹿なことをしているのかわからないのだろう。これまでずっと、驚くほど冷静にことを運んできたのに、うって変わって意外なほどのあわてぶりだ。それでも人影はいちばん近い岸までよろめきながらたどり着き、雪のなかにばったりと倒れこんだ。

これはいったいどうしたことだろう？　わたしを見ても無反応だったことからして、腑に落ちない。そのくせわたしの呼びかけに、あんなに動転するなんて。そして今は、すっかり戦意を喪失したように、力なく横たわっている。

わたしは注意深く身構えて近寄った。なにか怪しげな動きがあれば、すぐに対処できるように。川岸に沿って進み、数メートル手前で立ち止まる。

信じられないほどの大成果だ。

《混沌の王》が葦のあいだに、無防備に横たわっている。痙攣する手を、白い仮面にかけて。

ボール紙で作ったちゃちな仮面からは、長い黒髪がはみ出ていた……

恐ろしい疑念がわたしを捕らえた。

さっと飛びかかってその不気味な仮面を剝ぐと……下から出てきたのはシビルの顔だった。

19　足は語る

「きみの対処は実に賢明だったとも。たしかに、彼女は知らないほうがいい」オーウェンは最後の一滴まで飲み干したカップを置くと、わたしにそう答えた。「いや、すばらしい。今回の調査で、これ以上の助手役は望めないだろうな」

それは翌朝、まだ早い時間のことだった。わたしは波乱に富んだ深夜の追跡について、わが友に詳しく話して聞かせたところだった。オーウェンは宿屋の食堂で、ひとりで朝食を楽しんでいるところだった。いっしょに食べようという誘いを、わたしは二つ返事で受け入れた。外を走ってきたので、お腹がぺこぺこだったから。

「これはどういうことなんだ」とわたしは言った。「まったく、わけがわからない。シビルが犯人だとは、どうしても思えないんだ」

「犯人なら」とオーウェンは懐中時計を確かめながら言った。「自由でいられる時間も残りわずかさ」

「つまり犯人は、シビルじゃないんだな？」

オーウェンは憐れむようにわたしを見つめた。

「だから、きみの対処は賢明だったと言ったじゃないか」

わたしは黙ってしばらく彼を見つめたあと、こうたずねた。

「じゃあハリー・ニコルズは一命を取り留め、話をできるようになったのか？」

「最新の知らせによれば、まだ死んではいない。しかし今のところ、ひと言も話せる状態ではないらしい。出血がひどいんでね。さっききみが着く直前に、ウェデキンド警部から電報が届いた。もうすぐ彼もここに来るはずだ」

「それからマンスフィールド家にむかって……」

「犯人逮捕に取りかかるってことだ」

「誰なんだ、犯人は？　教えてくれ、オーウェン」

「なんだって？　じゃあきみには、まだわからないのか？」

「いやまあ、はっきりとは……」

「きみにはがっかりだな、アキレス。大事な手がかりは、昨晩、示したつもりなんだが……どのみち、もうすぐわかるさ」

「ずいぶん自信たっぷりのようだが、証拠はあるのか？」

オーウェンは、悠然とトーストを平らげてから答えた。

「厳密に言うなら、証拠は皆無だ。だがぼくには、事件の真相が見えている。犯人が追いつめられてうろたえ、恐慌をきたしていることもわかってる。しかもひと晩じゅう、気を揉みどおしだったろう。被害者がいつなんどき話せるようになって、自分を名指しするんじゃないかってね。そうとも、犯人はもう絶体絶命だ。きみのシビルについては……」

「き、きみのシビル？」ぼくは動揺のあまり、思わず声が震えた。「でも……」

「アキレス、とぼけなくてもいいさ。きみは彼女に熱烈に恋してる。そうなんだろ？　だからこそ言うのだが、たしかに彼女はこの事件の中心にいる。直接的にも、間接的にも……ほら、警部がお出ましだぞ」

オーウェンはまだ入り口にいる警部にむかって笑いかけながら、わたしに小声で言った。

「昨晩の大活躍については、ひと言も話すんじゃない。警察には関係のないことだから」

一時間後、静まり返ったマンスフィールド邸の居間は、ぴりぴりした雰囲気に包まれていた。ウェデキンド警部といっしょにやって来た二名の制服警官が、険しい顔で立っているものだから、緊張はいやがうえにも高まった。警部も居心地悪げに黙っている一同を、疑り深そうな目でひとりひとり順番ににらみつけた。ウェデキンド警部に代わって一歩前に出たオーウェンの視線は、その場に集まった人々の顔ではなく、もっぱら足にむけられていた。

その奇妙なふるまいに興味を引かれ、ダフネは思わず笑みを漏らした。彼女の目には、オーウェンが愉快な遊びでも思いついたように見えるのだろう。ほかの者たち――マンスフィールド、フォーブス、モーガンストーン、メアリ、ニコラス、ミス・ピゴット、シビル――の顔にも、さまざまな感情が読み取れたものの、圧倒的に際立っているのは不安の表情だった。

シビルの目はぼんやりと、わたしにむけられていた。けれどもわたしを見ているのではない。きっと今わたしがしているように、昨夜の奇妙な出会いのことを脳裏に甦らせているのだ。

息遣いが速まり、唇が震えたかと思うと、彼女はゆっくりと意識を取り戻した。わたしは彼女を腕に抱き、頭にそっと肘をあてがった。雪片を散りばめた豊かな黒髪が肘を覆った。

その前にわたしは、彼女のコートに細紐で縫いつけてあった鈴をすべて剝ぎ取って帽子に突っこみ、仮面といっしょに外套の下に隠しておいた。

どうしてそんなことをしたのか、自分でもよくわからない。しかし、これだけは間違いない。わたしは夢遊病の発作を起こしているシビルに大声で呼びかけ、目を覚まさせてしまったのだ。おかげで彼女は死を免れた。わたしが声をかけたとき、彼女は湖の真ん中へとむかっていたのだから。

発作のなかで《混沌の王》の扮装をしたのには、どんな意味があるのだろう？　わたしはその方面に詳しくないが、病人は発作のとき、夢で見ているのと同じ行動をとるそうだ。つまりシビルは、自分が《混沌の王》になった《夢を見ていた》と考えられる。しかしその説明では、腑に落ちないことがある。彼女は《夢遊状態》で、こうした《小道具》を準備したはずだ……わたしが到着した晩、彼女がいた《ご婦人方の仕事部屋》で。

そもそも発作のあいだに、人殺しなどできるものだろうか？　とてもそうは思えない。考えれば考えるほど、ありえない話だという気がしてならなかった。いずれにせよ、シビルが意識を取り戻す前に、《混沌の王》を想起させる扮装を隠したのは適切な判断だったとわたしは確信している。とっさに取った無意識の行動ではあったけれど、オーウェンも誉めてくれたのは先ほど述べたとおりだ。

「**何が……何があったの？　ああ、アキレスさん！　何をしてるの？　ここはどこ？**」

「雪降る湖畔ですよ、見てのとおり……」

「ああ、そういうこと。わたし、また発作を起こしたのね……」

シビルは唖然としたように周囲を見まわし、こう続けた。

「わたしはここまで歩いてきたの？　こんな天気のなかを？　信じられないわ……あなたはわたしのあとを追ってきたのね？」

「絶対にしてはいけないと医学書に書かれていることを、ぼくはしてしまいました。あなたが《眠っている》ときに、大声で呼びかけ、目を覚まさせてしまったんです……でも、あなたは湖のうえにいて……」

わたしは湖の真ん中近くを指さし、シビルに説明した。わたしの声に気づいてパニックに陥りかけたけれど、そのおかげで彼女は無事岸に戻ることができたのだと。

「それじゃあ、あなたは命の恩人ですね、アキレスさん。あなたがいなければ、今ごろわたしは死んでいたんだわ」

そうとは限らない。シビルはわたしに気づいたからこそ、湖の端から遠ざかり始めたのだ。わたしがいなければ、きっとあそこにとどまっていただろう。けれどもそのことは、あえて彼女に言わなかった。感謝の言葉に続いたひとときについて、ここではなにも語るまい。もちろん、心のなかには残っている。あれはもっとも甘美でもっとも大切な、忘れがたい思い出なのだから。

道を引き返すときになって初めて、シビルは自分の服装に疑問を持ったらしい。

「でもどうして、こんな古いコートを着ているのかしら。おかしいわ……頭にはなにもかぶっていないし。ほら、見て、あなたのハンチングは雪に覆われているのに、わたしの髪には雪片が少し散っているだけなんて」

「きっと風で、髪から雪が飛び散ったんですよ」

風、雪、シビルの美しい髪。昨夜のことを思い出すとき、そんなイメージがこれからもずっと浮かんでくることだろう。そう考えていたとき、苦痛の叫びでわたしは現実に引き戻された。

それはエドガー・フォーブスの叫びだった。オーウェンが彼の前で立ちどまり、わざと爪先を踏んだのだ。みんなが呆気に取られているのも、おかまいなしだった。

「よほど痛かったようですね、フォーブスさん？」

「どういうつもりなんだ！」と相手はうなるように言った。

「よかったら、足を見せてくれませんか？」

「なんだって？」

「片方だけでけっこうです……ええ、片方のブーツを脱いでいただければ、それで充分ですから」

「靴を脱げだと……冗談じゃない」

オーウェンは落ち着きはらってフォーブスを見つめた。相手は怒りを抑えるのに必死だった。

「つまりあなたは」とオーウェンは続けた。「足を見せたくないというんですね。けっこう、よくわかりました。ドジを踏んでしまったもので、足がつくのを恐れている。どちらへ足をむけたらいいのかわからない。まあ、そんなところなんでしょうね、フォーブスさん。違いますか？まだ否定なさる？　だったら、もっとはっきり言いましょう。フォーブスさんは足にぴったりの靴が見つからなかったので、なるべくましな靴を捜して我慢したってわけです。つまり自分のサイズより、ひとまわりかふたまわり小さなブーツでね。フォーブスさんの足は、かなり大きめですから。それは否定のしようがない……」

オーウェンはくるりとふり返り、呆気に取られている聴衆にむかって言った。

「さて、紳士淑女の皆さん、いや、むしろ紳士方だけにうかがいましょう。今、目の前でフォーブスさんが履いていらっしゃるブーツは、どなたのものでしょうか？　見たところこの靴は、真っ黒な靴墨を塗ったばかりのようです。おそらく、もとはもっと薄い色だったのを隠すためでしょう。マンスフィールドさん、よろしければ近寄ってみてください。あなたの靴である可能性が高いと思われますから」

屋敷の主人はオーウェンの脇に立ち、フォーブスをじろじろと眺めた。頭のてっぺんから……足もとまで。

「断言はできませんが」とマンスフィールドは困惑したように、口ごもりながら言った。「色はもっと薄いけれど、これによく似た靴を持っていたと思います」

「ありがとうございます」とオーウェン・バーンズはそっけなく言った。

フォーブスはじっとしたまま、見る見る顔を歪ませた。

「やつがしゃべったんだな？」と彼はつぶやいた。

オーウェンは聞こえなかったふりをし、チャールズ・マンスフィールドにむかって言った。

「たしかにこの靴は、ちょっと借りただけかもしれません。フォーブスさんは泥棒ではないけれど、それよりもっと質《たち》が悪い……彼はあなたの靴を無断で借り、勝手に靴墨を塗りたくりました。そうやって見てくれを変えたのは、単にあなたに知られないためです」

オーウェンはそこでもの思わしげに言葉を切り、顔をしかめた。

「問題は、小さすぎる靴をはいて歩くのは簡単じゃないってことです。しばらくは我慢できるでしょうが、徐々に傷みが耐えがたくなり、最後は悪夢そのものです。一歩歩いただけでずきずきと痛み、嫌でも顔に出てしまう。もちろん歩き方にだって、はっきり影響が及びます。昨晩、フォーブスさんの歩き方を見て、ぼくは妙だと思いました。彼が足の指を見せてくれれば、苦役の跡が残っているに違いありません。そう、フォーブスさんは靴を借りたことを、なんとしてでも秘密にしておきたかったのです。この屋敷に滞在するのは数日間なので、何足も靴を持ってきてなくても当然でしょう。雪道を歩くための頑丈な靴くらいは用意してあるかもしれませんが、それで屋敷のなかを歩いたら、かえって目立ってしまいます。それだけは、なんとしてでも避けねばならない。さっきも言ったように、彼はそう思いました。そこで誰しも、疑問に思うことでしょう。なぜ、どうして、彼は自分の靴を履きたくなかったのか？」

オーウェンはもったいをつけるかのように、しばらく沈黙を続けた。そしてフォーブスの目をまっすぐに見つめ、こう言った。

「昨晩、ハリー・ニコルズの胸を刺した男は、雪のうえにくっきりと足跡を残していきました。ここではっきり断言しましょう。その足跡は、あなたがいつも履いているブーツの跡によく似ているはずです。さて、その靴はどこにありますか？」

20　オーウェンの謎解き

エドガー・フォーブスは完全に負けを認め、ハリー・ニコルズに対する殺人未遂のことも、サミュエル・ピゴットを亡き者にすべく、狡猾な殺害計画を立てたことも、すらすらと自白した。《立てたこと》と言ったのは、結局計画は成功しなかったからだ。ピゴットは、フォーブスが考えた計画どおりに死んだのではなかった。

ハリー・ニコルズは一命を取り留め、たちまち元気になった。もちろん彼は襲撃犯を名指しし、それによってフォーブスは逃げようがなくなった。けれども詳しい謎解きは、オーウェン・バーンズに譲るとしよう。彼はフォーブスが逮捕された数日後、マンスフィールド、モーガンストーン、ウェデキンド警部、それにわたしという限られたメンバーの前で、《いかにして彼が優れた推理力より、真実へと導かれたのか》をとっくり語ったのだった。

「ピゴットの遺言の内容は、すでにわかっています」オーウェンは、まるで火をつける楽しみを先のばしするかのように、指で葉巻を弄びながら切り出した。「予想どおり、すべてはキャサリン・ピゴットさんのものとなります。つまり彼女は、これ以上ない有利な結婚相手、もっとはっきり言うならば、野心家の男がこぞって目をつける獲物ということです。ぼくは友人のアキレスから、ミス・ピゴットとエドガー・フォーブスの関係について聞いていました。二人は少し前から、誰にも知られず《つき合っている》というのです。そこでぼくの疑いは、ピゴットの右腕にむかいました。彼の能力と地位にキャサリン・ピゴットとの結婚が加われば、もう怖いものなしです。殺人の動機として、充分ではありませんか。しかもフォーブスは頭がよくて粘り強く、冷静な男のようだ。完璧な殺人犯になり得ます。少しも危険を冒さず、あらゆる切り札を駆使して用心深く行動する殺人犯に。ピゴット殺しは彼にとって、次のような問題に集約されたことでしょう。どうすれば少しも疑われずに、できれば鉄のアリバイを備えて彼を殺害するか？　ピゴット殺しの犯人があがらないまま、その莫大な財産を相続した女とほどなく結婚したならば、疑いが自分にむけられる危険は大いにあるでしょうからね。

そこで問題点を検証していきましょう。フォーブスの計画がいかなるものだったかは、一目瞭然です。まずは、丸テーブルを囲んで行われた交霊会の件。ぼくにはあれが、初めから疑わしく思えてなりませんでした。だって霊があらわれたといっても、ただテーブルが揺れるだけですからね。その場にいる者なら誰でも、揺らすことができたでしょう。そうですよね、モーガンストーンさん？」

霊媒師は軽蔑したような笑みを浮かべた。

「最後の交霊会では、今までにないほどの激しい揺れだったことを、お忘れのようですな……あなたもあの場にいらしたら……」

「たしかに」とオーウェンは答えた。「たしかに最後の交霊会でテーブルを揺らしたのは、フォーブスではありません。だから《霊》のようすが一変したのを見て、いちばん驚いたのは彼だったでしょう。それについては、のちほど触れることにしましょう。まずは交霊会が信頼に足るものだと思わせる些細なやりとりが、しばらく続きます。それから、ピゴットに対してメッセージが届きました。エドウィンの死の真相が知りたければ、のちほど定める場所にひとりで来るようにと。いいですか、誰も見ていないところへ、ひとりきりで行くんですよ！　それだけでも怪しげな罠の臭いがふんぷんとするではありませんか。

それにもうひとつ。そこでエドウィンの死の真相を知らせるというメッセージも、実に巧妙だ。なるほど、たとえピゴットが危険を察知したとしても、友人のマンスフィールドたちを前にして、嫌とは言えないですからね。一家にのしかかる悲劇の謎を解明するまたとない機会を、臆病風に吹かれてふいにしようなんて、例えば婚約者のシビルさんがどう思うか？

犯人の意図は、もうおわかりのことでしょう。狙った相手を好きなところにおびき出し、誰にも邪魔されずに片づけようというのです。それならピゴットを自分の手で殺すつもりだったのか、それとも共犯者の手を借りるつもりだったのか？　目の前にある手がかりを、さらに検討してみましょう。しばらく前からハリー・ニコルズが、ピゴットのことを口汚く罵っているのを、ぼくをふくめて多くの人たちが耳にしていました。危害を加えるとまでは、言ってませんでしたけれど。恨みの原因は、すでにおおよそわかっています。ピゴットは策を弄して、ニコルズを恋人のシビルから引き離したのです。ニコルズの雇い主がピゴットの友人だったので、裏から手をまわしてね。ぼくもニコルズが襲われる少し前に、たまたま宿屋で彼を見かけましたが、なんとそのときフォーブスといっしょでした。フォーブスはぼくに気づくと、そそくさと帰っていきました。しかも、やけに後ろめたそうに。こいつは怪しいぞ、と思いました。ピゴットの右腕のフォーブスが、シビルさんの元恋人と話しているなんて。驚くべき光景じゃないか？　そもそもこの二人は、何を話していたんだろう？　ピゴットの卑劣なたくらみについてニコルズに吹き込むのに、フォーブスほどの適任者はいないでしょう。

その場面が、ありありと目に浮かびます。ピゴットの悪行を並べ立てるなど、フォーブスにはたやすいことだったでしょう。さらに彼を貶《おとし》めるべく、適当な作り話もしたかもしれません。そうやって、怒りではちきれそうになったニコルズに、《ああ、あいつをこの世から消し去れる、肝の据わった男がいてくれたら》とかなんとか、さりげなくそそのかしたのです。たくみな言葉に加えて、たっぷり謝礼もはずむと持ちかければ、哀れなハリーはたちまちその気になったでしょう。ここはひとつ国王の臣下から、もっとも下劣なひとりを取り除き、お国のためにつくそうってね。《あいつがこれこれの日時にこれこれの場所へやって来るよう、わたしが段取りをつけるから、あとはきみに任せた》とフォーブスは言って、さらにもう一杯、ハリーに奢ったのでしょう」

「なるほど、そういうことだったのか」とマンスフィールドは、疲れきったような声で言った。「フォーブスはあの若者を焚きつけて、人殺しをさせようとしたと。いやはや、恐ろしい話です」

「完全犯罪だ」とウェデキンド警部も、狡猾そうな表情でつけ加えた。「彼自身には、まったく疑いがかからないのだから。しかもクリスマスの日に、湖のほとりで犠牲者が出れば、関心は別の方向へむかうだろう。《混沌の王》の呪いだと、誰しも思うに違いない」

「すでに自白からわかっているように」とオーウェンは続けた。「彼はしばらく前からピゴット殺害の準備をしていました。そしてクリスマスのお祝いを利用して、実行に移すことにしたのです。ピゴットがモーガンストーン氏に交霊会の依頼をしたことを知り、彼の計画は徐々に固まり始めました。けれども共犯者を使おうと思いついたのは、屋敷に滞在し始めた最初の数日に、たまたま宿屋でハリーと出会ったあとでしょう。こうしてハリーは、《凶器役》にされたのです」

「いちばん気の毒なのは、ミス・ピゴットだな」とチャールズ・マンスフィールドがため息まじりに言った。

「でも、最悪の事態は免れたと考えねば。フォーブスのような悪党と、危うく結婚するところだったのですから」とオーウェンは指摘した。「このつらい経験も、結局は彼女にとって役立つかもしれません。兄の財産管理という重役を担うのは、一筋縄ではいかないでしょうからね。さて、話をフォーブスに戻しましょう。いかなる千慮の一失で、完璧だと思っていた彼の計画に狂いが生じたのかについて。最後の交霊会を、思い出してください。霊がそれまでとはまったく違う反応をして、待ち合わせの場所が決まったときのことです」

「あの現象はどう説明するのかね？」とモーガンストーンはそっけなくたずねた。

オーウェンは数秒間、沈黙を続けていたが、重々しい表情と、それに劣らず重々しい声で答えた。

「説明はつけられません、モーガンストーンさん。たしかに得体のしれない、並はずれた《力》が、フォーブスのおふざけをやめさせようと介入してきたのでしょう。そんなに激しくテーブルが揺れたのは、《霊》が怒っていたからこそです……」

「きみの口からその言葉を聞けて嬉しいね」と霊媒師は言ってうなずいた。彼の目は、オーウェンを見なおしたように輝いていた。

「フォーブスの立場になって、考えてみましょう」とオーウェンは続けた。「ここまで彼の計画は、順調に進んできました。彼は今度も足でテーブルをたたいて《霊》に話をさせ、ピゴットに最後の指示を与えるつもりでいました。フォーブスが自白したとおり、ピゴットの死期は翌々日と、すでに決まっていました。ところがそのとき彼に代わり、激しくテーブルを揺らす霊があらわれ、会話を始めたのです。しかもそのメッセージは、エドウィンの死の謎を解明するというのでなく、ピゴットに真実を、すべての真実を明かすというものでした。われらが見習い魔術師が恐怖に捕らわれたのは、想像にかたくありません。少なくとも合理的には説明のつかない現象が、目の前で起きている。本物の霊が介入してきたとしか思えない。そしてピゴットに真実を、つまりはフォーブスの狡猾な殺人計画を暴露しようとしているのだ。フォーブスは恐慌をきたしました。待ち合わせの時間が迫っているだけに、なおさらです。そこで彼はピゴットのあとを追い、霊が話しかける前に殺害しようと決意したのです」

「だったらそのあと、何があったんです？」とマンスフィールドがたずねた。「たしかフォーブスは湖の畔でピゴットに追いつく前に、引き返してしまったんですよね？」

「ええ、雪に残っている足跡から、それは間違いありません。では、何があったのか？　彼はゴール寸前まで行って、なぜ、突然引き返したのか？　ピゴットはどのようにして死んだのか？」

オーウェンはそこでもの思わしげに言葉を切り、軽く肩をすくめた。

「神の声によるものか、単に論理的な推察によるものか、それはわかりませんが、ともかくピゴットは《真実》に気づき、仕事の右腕として大いに頼りにしている男の裏切りを悟りました。彼には友情も感じていたことでしょう。信頼している相棒が、今、自分を殺そうとしている。ピゴットは湖畔に着いたとき、遠くに彼の姿を認めました。忌まわしい計画を遂行するため、こちらにむかってくるフォーブスの姿を。ピゴットはなにもかも嫌になり、司法用語で言う突発的な狂乱状態に陥ったのです……」

「つまり、ピゴットは自殺したのだと？」

「それが唯一、可能な説明でしょう」とオーウェンは、ゆっくりうなずきながら答えた。「ピゴットがあの短剣を携えていったのも、状況を考えれば不思議はありません。彼はあの待ち合わせに疑いを抱き、身の危険を感じていたのですから。けれどもそれで自分の胸を刺そうと思ったのは、湖に着いてからだったでしょうが」

マンスフィールドとモーガンストーンは黙ってうなずいた。やがて霊媒師がたずねた。

「それならどうしてフォーブスは、突然引き返したのかね？　彼が見たという、雪のうえをかすめ飛ぶ黒い影とは？」

「二つ目の問いが、ひとつ目の問いに対する答えになっています。その奇怪な影が彼を震えあがらせ、来たばかりの道を脱兎のごとく逃げ帰らせたのです。影の正体は単純です。恐怖、パニック、そしておそらく良心の呵責もあったでしょう。この地に伝わる忌まわしい伝説も忘れてはいけません。それらが混然一体となって、フォーブスの錯乱した頭に《混沌の王》の不気味な姿を描きだしたのです。

翌日、ピゴットの死を知って、彼は度を失ったことでしょう。それが殺人事件だとして、生身の人間にはなし得ない奇怪な殺人だったのですから。このニュースを共犯者のハリー・ニコルズが聞いたら、どう思うだろう？　たしかに不可思議な事件だが、犯人はフォーブスだと考えるはずだ。もしかしたら小遣い銭を稼ぎに、脅迫しようとするかもしれない。警察はあいつを疑って、訊問の準備に入っている。けれども犯人は彼、ハリー・ニコルズではない。となると彼は、フォーブスが立てていた殺人計画のことを警察に話してしまうかもしれない。一刻も早くあいつを消さなくては……フォーブスはそう考えたわけです。そして彼は実行しました。というか正確には、実行しようとしました。わたしたちがこの部屋で、彼を訊問した直後にね。しかし彼はあわてるあまり、足跡をくっきり残すというミスを犯しました。彼はそのミスにすぐに気づき、ブーツを《拝借》せざるを得なくなったのです。しかしそのせいで、かえって馬脚をあらわしてしまったのですがね」

21　触らぬ神にたたりなし

「やけに浮かない顔をしてるじゃないか、アキレス……」

オーウェンは朝食の並んだテーブルを前にしたまま、こちらを見もせずにそう言った。わたしは読んでいた新聞を置いた。わが友は陽光に輝く窓を、じっと見入っているようだ。気持ちのいい、六月初めの朝のことだった。

「どうしてそう思うんだ?」とわたしはたずねたが、正直、図星をさされたのに驚いていた。というのも、最近目にしたニュースによる動揺を見抜かれないよう、平然を装っていたところだったから。

「まあ、いろいろだな。まず第一に挙げたいのは、昨夜ここでひらいたパーティで、きみがいつもの精彩を欠いていた点だ……おや、なんてことだ、アキレス。誰かが昨晩、面白半分に、ぼくの書類を何枚か、火にくべてしまったようだぞ」

オーウェンは立ちあがって暖炉の前に行き、灰をひっかきまわした。そして半分以上燃えてしまった紙切れを二、三枚拾いあげて、恨みがましい目で見つめた。

「大事な請求書が……」と彼は小声で言った。

「しらばっくれるなよ。自分でもよくわかってるはずだぞ。きみはパーティの興が乗ってくると、いつも請求書を使って葉巻に火をつけてるじゃないか」

彼は肩をすくめた。

「なるほど、そのとおりだ。でもまあ、細かなことを気にしてもしかたない。どうせまた送りつけてくるから、心配いらないさ。こんなにしつこい郵便物もほかにない。慎みってものがないんだ。こんなものを書く連中を取り締まる法律が、ぜひとも欲しいね。ところで、何の話だったかな？」

「ぼくが悲しんでると思う理由が、たくさんあるって話さ」

オーウェンはつかつかとこちらに歩み寄り、新聞を取ってひらくと、わたしを見ながら言った。

「人が朝、新聞を読むようすほど、雄弁なものはないんだ。普段は、つまり元気いっぱいのときは、新聞をしっかり目の高さにあげて鼻先に近づけ、新聞社がたち並ぶフリート・ストリートの哀れな嘘つきどもがせっせとでっちあげるグッド・ニュースとやらを、できるだけ素早く読もうとするものだ」

わが友はわたしから視線をそらさず、重々しくうなずいた。

「ところがきみは、新聞をやけに離して読んでいた。ページをめくる手つきも、言うに及ばずだ。

ぼくの見立てで言わせてもらえば、最悪の事態が心配になるほどさ。いや、いや、否定しなくていい。パーティが長引いて、きみがここに泊っていったのは、今回が初めてではない。だからきみがこの時間に新聞を読むようすは、これまで何度も見ているんだ。今朝はとりわけ悲しそうだぞ。しかもそれが、ひと目でわかる」

しばらく沈黙が続いたあと、わたしはオーウェンにたずねた。

「いいだろう。で、何を知りたいんだ？　詳しく説明しろと？」

「もちろんさ。落ち込んでいるときこその友じゃないか」

「そうは言っても、きみにわかってもらえるかどうか……」

「つまり、女がらみってわけか。男の悩みは女のことと、昔から相場が決まっている」

オーウェンは窓の前まで行き、わたしに背をむけて続けた。

「ずばり、シビルのことだな？」

「ああ、でも、どうして……そうか、きみも昨日、新聞の囲み記事を読んだのか！」

オーウェンはガウンのポケットに両手を突っこんだままこちらをふり返り、肩をすくめた。

「もちろんさ。ぼくがあの名前に気づかず、記事を読み飛ばすとでも思うのか？」

「オーウェン、きみはまったくインチキ野郎の偽善者だな。新聞の読み方がどうのと言って、ぼくをからかい……」

「いや、あの理論は嘘じゃない。きみには何度も、口を酸っぱくして言ってるだろ。ひとつのことで嘘をついたり騙したりしたからといって、すべてのことで同じとは限らないって。これは大事な基本原理だ」

わたしは疲れ果てていたので、議論を続ける気力がなかった。シビルがロンドンの貧しい教区の牧師と結婚するというニュースに、わたしは気持ちを掻き乱された。たしかに、彼女とはしばらく会っていなかったけれど、その名前を見ただけで、優雅で魅力的な姿を思い出しただけで、胸が絞めつけられるような気がする。この結婚の知らせに——相手が司祭だという点はさておき——わたしは嫉妬心を燃えあがらせずにはおれなかった。それは程度の差こそあれ、彼女がピゴットの婚約者だったころに感じた胸の疼きに似ていた。

エドガー・フォーブスの逮捕によって終わった恐ろしいクリスマスから、二年以上がすぎていた。あのあと、どんな出来事があったろう？　あの事件の主要な関係者たちは、どうなったのか？　エドガー・フォーブスを待っていたのは、もちろん愉快な境遇とは言えなかったが、それでも法廷は懲役数年という比較的寛大な措置をした。彼が素直に自白したことも、多分に影響しているはずだ。フォーブスの自白について一点、触れておいたほうがいいだろう。このあと述べるように、とても重要な事実だからだ。それは、ハリー・ニコルズをしばらく村から遠ざけておくために用いられた策略に関することである。フォーブスはこの罠を嗅ぎつけた。ニコルズが雇い主の命令でしばらく飛ばされていた場所がどこかは、この際どうでもいい。すでにわかっているとおり、雇い主は友人のピゴットにたのまれ、ニコルズを遠ざけたのだ。さらにピゴットは、ニコルズの手紙をすべて抜き取り破棄するように依頼したが、それも新事実というわけではない。しかし、われわれが知らないことがあった。ニコルズの手紙がシビルに届かないようにすべきだとピゴットに吹きこんだのは、なんとエドウィンだったのだ。もちろん当時ピゴットは、シビルの義理の兄がどうしてそんなことを言うのか理解していなかった。ライバルを蹴落とすためだとわかっていたら、きっと受け入れなかっただろうから。フォーブスは二人の会話を盗み聞きして、エドウィンの言葉を覚えていた。妹の将来が心配だ、ニコルズのような不良とつき合っていてもろくなことにならない、なんとかあいつを村から立ち退かせるつもりだ、と彼は言っていた。

この話に照らしてみると、ピゴットがほのめかした言葉の意味がよくわかる。彼は死ぬ少し前にわたしと話したとき、エドウィンは見かけほど善良な男ではなかったと言った。エドウィンがシビルに対して抱いていた感情は、決して兄としての愛情ではなかったと、最近になってチャールズ・マンスフィールドから打ち明けられたのだ（マンスフィールド自身は、娘から聞いたに違いない）。そして三年前に彼が持ちかけてきた一件の、本当の動機を悟ったのだった。

キャサリン・ピゴットがどうなったのかはわからない。兄が亡くなった数か月後、財産をすべて処分してアメリカに渡ったそうだ。ジュリアス・モーガンストーンの商売は、前と変わらず繁盛しているようだ。マンスフィールド家で行った交霊会の悲劇的な結末により、彼の名声はいや増した。マンスフィールド邸は売り払われたが、ニコラスとメアリは熱心な推薦を受けて、そのまま新たな主人のもとで働いているらしい。チャールズ・マンスフィールドがロンドンに所有する店は、一軒だけになってしまった。ピゴットの死により商売は大打撃を受け、家屋敷を売ったお金をつぎ込んでもほとんど焼け石に水だった。そもそも屋敷は、すでに抵当に入っていた。

シビルには、このわたしが力になってあげたかった。何週間ものあいだ頻繁に会っているうち、彼女のなかにもわたしに対して同じような感情が芽生えたように思う。つまりは、確固たる愛情が。けれどもわたしたちの関係は、やがて少しずつ醒め始め、悲しいかなそれは著しくなっていった。原因は、彼女が救世軍の活動に熱心だったことにある。わたしとよく会うようになって、そちらがおろそかになりがちなのを、シビルは気にしていた。そして自分を責め、わたしを責めた。口には出さないものの、彼女がわたしの生き方に批判的なのは、はっきりと感じとれた。わたしが自分の暇とお金を、彼女と同じ大義のためにすべてつぎ込もうとしないのに、驚き落胆を感じているのだ。けれども、こんなに慈悲深く賞賛すべき女性を、どうして責められようか？最悪の状況だった。彼女がわたしを拒絶したのならまだあきらめもつくが、わたしのほうが彼女にはついていけないと感じてしまっただけに、どうにも気持ちが収まらない。二人の仲が徐々に冷めていくのを、わたしはなす術《すべ》もなく眺めているほかなかった。

あの悲劇的なクリスマスから生じたのは、わたしたちのはかない恋物語だけではなかった。ある晩、しゃれたレストランでシビルと食事をしていると、なんと少し離れた席にオーウェンとダフネが、差しむかいですわっているではないか。

事件の調査が行われていたときから、ダフネがオーウェンを賞賛の眼差しで眺めているのには気づいていた。わが友のほうも彼女に対し、好感を抱いていたようだが、まさかそれ以上の友情が二人のあいだに育まれていようとは、一瞬たりとも思わなかった。彼らはとても仲がよさそうで、その楽しげなようすはうらやましいほどだった。

それがスキャンダルを巻き起こしたとまでは言わないが、オーウェンが何週間ものあいだ、いつもダフネといっしょにいるのを見て、ロンドンの社交界は苦い顔をしていた。彼はダフネをいたるところに連れ歩いた。劇場でもサロンでも、展覧会やハイドパークでも、この赤毛で痩せっぽちの少女は、父親にしては若すぎるわが友の突飛な服装に劣らず衆目を集めずにはおかなかった。

そのころわたしはシビルとのつき合いに忙しく、オーウェンとは少しご無沙汰していた。シビルのほうも妹と、あまり会っていなかった。だからわたしとオーウェンは、マンスフィールド姉妹との恋愛について打ち明け合う機会もほとんどなかった。けれども奇妙なことに、一年ほどしてわたしとオーウェンがしょっちゅう二人で夜更かしするようになっても、その話題が出ることはほとんどなかった。シビルとの失恋は、わたしにとってタブーだった。たとえオーウェンが相手でも、話す気になれない。彼のほうもマンスフィールド姉妹の名前は、めったに口にしなかった。ダフネについて彼から聞いたのは、最近彼女がフランスに発ったということくらいだった。

《混沌の王》事件もまた、忘却の彼方だった。ともあれわたしたちが、それに触れることはなかった。フォーブスが逮捕されたあと、わたしたちは――もちろんこっそりと――それについて話し合った。きみの説明はいささか物足りないな、とわたしは彼に言った。伝説の謎やそのほかの殺人事件は、解明されていないじゃないか。彼の答えは、充分満足のいくものではなかった。まだ影の部分が残っている。しかもこれから見るように、かなり大きく。こうして話が始まった。

「ところでアキレス、きみはシビルが巻きこまれたあの悲劇的な事件について、なにか疑問に思ったことはないのか？」

「あるとも。はっきり言ってあの調査で、きみには少しがっかりさせられたな……」

オーウェンはケースから葉巻を取り出し、もの思わしげな表情でそれを見つめた。

「ぼくがなんて言ったか、覚えているかい？」

「《混沌の王》ピーター・ジョークが死んだあと数年間に起きた殺人事件は、彼の家族が幽霊を装い復讐したのだろうときみは説明した。そうして彼はその後もずっと、マンスフィールド家を意のままに脅かし続けることになったのだと」

「それから、こんなふうにも言ったはずだ。人々が羽目をはずすこの祭りの時期、ほかにもいろんな事故があったのだろうって。そうした不慮の死について、ひとたび疑いの目がむけられるようになると、なにからなにまで《混沌の王》のしわざに見えてくるものなんだ。そういうことさ、アキレス。ほかに説明のしようがない。昔の出来事だし」

「マンスフィールド家の遠縁にあたる老人が、村に通じる路上で死んだ事件についても、きみは単なる落馬事故だと言っていた。老人が落っこちて、じたばたもがいているものだから、馬が驚き蹴飛ばしたのだと。たたき殺されたような体の傷は、蹄《ひづめ》の跡だった。目撃者のひとりは、老人が目に見えない敵と戦っていたと証言しているが、それは断末魔の痙攣だろう。野原を抜けて逃げる黒い人影は、怯えて走り去る馬にほかならない。言い伝えのせいで想像力が過敏になっていた目撃者は、遠くから聞こえるぱかぱかという足音を鈴の音《ね》と思いこんでしまった」

「そのとおり。翌日、馬が悲惨な状態で戻ってきたのがいい証拠さ。いいかい、アキレス、この悲惨な事故が、あとに続く事件のもとになっているんだ。村人たちは老人の死に、忌まわしい《混沌の王》の影を見た。あの怪物が一世紀以上にわたる眠りから覚め、再びマンスフィールド家の人々を襲い始めたのだと思いこんだのさ。そしてその一年後、エドウィンが殺された……」

「エドウィン殺しについては、なにも聞いていないぞ」

「たしかにね。しかしさらに二年後、つまりわれわれがこの件に関わる前の年、若い肉屋が死んだ事件については、きちんと説明したはずだ。あれは足もとの氷が割れたことによる、単なる溺死だった。穴の縁についていた血はもちろん、手や腕を引っ掻いた傷口から出たものだ。割れた氷の縁に、必死にしがみつこうとすれば、傷だらけになるのはあたりまえだからね。彼は鞭を手に、湖に張った氷のうえで《混沌の王》を追っていた。がっちりした肉屋の若者に較べ、《混沌の王》はずっと軽かった。というのも、それはシビルだったのだから。彼女は冬の夜、夢遊病の発作を起こしたとき、仮面に帽子、鈴をつけたコートを着て、自分でも知らずに《混沌の王》を演じていたんだ。それはきみ自身も、のちに目撃したとおりさ。あのときも、危うく悲劇的な結果に終わるところだった」

「でも、どうしてシビルはそんなことをしたんだろう？」わたしはかっとなって叫んだ。さっぱりわけがわからないのにも、わが友の口調がやけに軽いのにも苛立っていた。「いったい、どうして？　そこのところも、まったく説明なしじゃないか」

「じゃあその点を、きみは自分で掘り下げようとはしなかったのか……彼女にたずねてみもしなかったんだな？」

「してないとも。なぜって当時、そうしないようきみに言われてたからね。彼女の発作に関することには、少しも触れてはいけないって」

長い沈黙が続いた。そのあいだわが友は、見事な紫煙の輪をせっせと吐き出しては、考えこむように目で追っていた。

「要するに」とわたしは言った。「まだ明らかになっていないことが、少なからずあるってことだ。例えば、エドウィンがどうやって殺されたかがわからないうちは、きみのけっこうな御託をありがたがるわけにはいかない。エドウィンもピゴットと同じく自殺だったなんて、言うんじゃないだろうな？　それだって、ぼくはあんまり納得していないがね」

オーウェンはわたしの顔を長々と見つめたあと、こう言った。

「だったらきみは、エドウィンの死の真相を聞く心の準備ができているんだな……」

「なんだって？　じゃあ、わかっていいるのか？　だったら、どうして今まで……」

「ぼくが何を言いたいかは、よくわかっていると思うが、アキレス……シビルはエドウィン殺しに無関係ではない。それどころか、まさにその中心にいる。この犯罪の陰には、芸術家の手が働いていると、きみに言ったことがあったよな？　そうとも、たくさんの美しいものを創り出すシビルの繊細な手が、エドウィンを死に至らしめたんだ。シビルにとって絵筆とも言うべきものを、彼の胸に突き刺して。つまり、愛用の編み針を」

22　芸術の星のもとに

「この犯罪は芸術の星のもとにあるとぼくが繰り返したとき、きみは笑っていたよな？　でも、それは間違いじゃない。屋敷でもっとも美しい部屋が舞台になっているだけにね。あまたの芸術作品が創られた部屋、マンスフィールド家の堂々たる名声を築きあげた道具の数々が眠る部屋、芸術の存在がほとんど手で触れられるかと思うほどはっきりと感じ取れる部屋。ぼくたちがあの部屋にはいったとき、目の前に広がっていたすばらしい光景《イメージ》を覚えているだろ？　この世のものとは思えないほどの美しさだった。精妙な彫刻を施した椅子にゆったりと腰かけ、作業に没頭するシビルの優雅な姿。肩にゆったりとかかった長い髪が、暖炉の光できらきらと輝いている。そう、きみは誰よりもよく覚えているはずだ。けれどもその陰に、なにかとても悲しげなものがあるのにも気づいたのでは？

呆気に取られたような顔をするな、アキレス。まるで目の前におかしな生き物でもいるみたいに、ぼくをじろじろ見つめたりして。まあ、黙って話を聞いてくれ。最初に言っておくが、ぼくはシビルの告白を聞いたわけじゃないし、彼女にすべて話すよう迫ったりもしなかった。けれども一連の事実は、これ以外に説明のしようがないと心のなかで確信している。公正で論理的な判断の帰結は、これしかないってね。いろいろ突飛な要素もあるが、すべてをうまく整理できるだけでなく、事件のあとにシビルが取った奇妙な態度についても筋が通る説明はこれだけなんだ。彼女は夢遊病の発作を起こすと、《混沌の王》のかっこうをして歩きまわるようになった。それを考え合わせるなら、どうしてぼくがエドウィン殺しについてこれまで沈黙を守ってきたのか、きみにも容易にわかるはずだ。けれども、きみの恋物語が終わりを告げたと知った今、隠しておく意味もないだろう」

「話してくれ」とわたしは、喉を詰まらせてつぶやいた。

「きみを安心させるために、まず言っておくが」オーウェンはわたしを横目でうかがいながら言った。「心の傷が癒えていないのは、よく承知しているからね。この事件は殺人というより、むしろ事故なんだ。不幸な女の不幸なふるまいから起きた事故さ」

オーウェンはうつむいて窓辺を何度か行ったり来たりしたあと、磁器のコレクションの前で立ち止まった。

「わが探偵仲間のうちでも、もっとも傑出した者のひとりは、次のような理論を提唱している。謎を解くには、ありえないことを排除していくだけでいい。そうして残った仮説は、どんなに馬鹿げて見えようが真実にほかならないってね。今回の事件ほど、この理論がうまくあてはまるものもない。事件の晩に起きた主要な出来事を、きみはまだ記憶に留めているだろう。それに当時、ぼくが託した覚書の内容も。まずは、マンスフィールド家で家庭教師をしていたミス・ハーマンの証言がある。彼女が信頼に値する人物なのは、言うまでもないことだ。ミス・ハーマンは廊下の窓ガラスに、青白い不気味な顔が押しつけられたのを見たと証言している。その人物はコートを着て帽子をかぶり、いったん遠ざかったもののすぐに戻ってきて、ここそとエドウィンの部屋に続く小塔の入口に入っていった。そしてエドウィンの死体が見つかるまで、その部屋から誰も出た者がいないことは、ミス・ハーマンの見張っていたのと雪のうえの足跡から間違いない。そこでこの事実に、先ほどの理論をあてはめてみよう。そうすると、どうなる？」

「どうと言われても……」

「その間、部屋から誰も出た者がいないなら、怪しげな足どりで部屋に入ったのはエドウィンにほかならないってことだ」

「エ、エ、エドウィンだって？」

「そうして残った仮説は、どんなに馬鹿げて見えようとも……」

「でも……もしそれがエドウィンだったら、窓ガラスに顔を押しつけたとき、どうしてミス・ハーマンは彼だと気づかなかったんだ？」

「いい指摘だ、アキレス。重要なところを突いている。まずはこう言っておこう。ガラスに押しあてられた顔は、たいてい誰とわからないものだってね。けれども彼が青白い顔をしていたのには、もうひとつ別の、恐ろしい意味がある。それをこれから説明しよう。ついでに言っておくなら、その前年、《混沌の王》の再来かと思われた落馬事故があったことも、重要な意味を持っている。だから窓のむこうに青白い顔があるのを見て、哀れなミス・ハーマンが幽霊のことを思い出し、忌まわしい伝説を脳裏に巡らせたとしても驚くにはあたらない。恐怖に駆られるあまり、証言が微妙に変化したかもしれない。例えば青白い顔が、《白い仮面》に変わってしまうとか。しかし、それだけではない。彼女がそのあと証言している不可解な現象も、そこから説明がつくだろう。午前二時ごろ、彼女は大きな物音で目が覚め、廊下に出てみた。すると、中庭でシビルが何者かと争っているのが見えた。けれども、シビルに襲いかかっている相手の姿は、よく見えなかった。さもありなんさ。あたりは暗かったし、ガラス越しに見ていたんだ。寒い時期のことだから、ガラスはきっと曇って、視界がぼやけていただろう。叫び声をあげて窓をあけたときにはもう、シビルひとりの姿しかなかった。謎の襲撃者は、消えてしまった。そしてシビルのまわりには、襲撃者の存在を示す足跡はひとつもなかった。ここにも、例の公理をあてはめてみよう。このとき何者かがシビルを襲うのはおろか、彼女に近づくことすらできなかったはずだ。これまでの経緯を考慮するなら、ミス・ハーマンは不気味な人影がうろついていると思いこんでいたはずだ。それに彼女は、いきなり眠りから醒めたばかりで、まだ目がぼんやりしていたことだろう。だから中庭でもがいているシビルを見て、誰かに襲われていると《思いこんで》しまったと考えるのが論理的ではないだろうか？」

「いいだろう、わかった。たしかにシビルはなにか不可解な理由から、まるで誰かと争っているみたいに、宙で腕を振りまわしていたのかもしれない。しかしオーウェン、きみはひとつ忘れているようだな。きみ自身が、あの覚書のなかで記していたじゃないか。シビルの体には、つい今しがた誰かと争ったような跡が残っていた。腕や肩だけでなく、顔や唇にまであざや傷があったって。ぼくの記憶が正しければ、シビル自身も襲われたような気がすると言っていたはずだが……」

「これまた実にいい指摘だ、アキレス。争ったばかりのようなあざ、切れた唇。それは間違いない。ここでそれらを整理してみよう。いいかな、おそらくシビルは、ミス・ハーマンの甲高い叫び声で夢遊病の発作から覚めるまで、悪夢に捕らわれていた。そのなかで彼女は何者かに襲われ、必死に抵抗を試みていたのだ」

「なるほど。でも、例えば肩の青あざは自分でつけられるものじゃないぞ」

「もちろんさ。きみはまだ、わかっていないのか……」オーウェンはため息混じりに言った。

「彼女の体には、争ったばかりのような跡が残っていた。そして彼女は悪夢を見た。だったら明らかじゃないか。つまり彼女は悪夢のなかで、実際にあった争いを再現していたんだ。その争いは、何を暗示しているだろう？　腕や肩の青あざ……切れて血が出た唇は？　まだ、わからないのか？　それじゃあたずねるが、彼女が実際に争った相手は誰だったのか？　覚えているだろ、エドウィンには恐ろしい刺し傷のほか、顔に引っかき傷があったのを。だが被害者を刺し殺そうとするような犯人が、顔を引っかいたりするものだろうか？　ぼくにはそこが、どうに腑に落ちなかった。顔のひっかき傷は、ほかの傷と合致しない。襲いかかってくる男から身を守ろうと、女が抵抗したあとのように思えるんだ」

「つまり……事件の直前、エドウィンとシビルのあいだに、なにか揉め事があったと」

「まさしく。それがどんな揉め事だったのかは、ぼくが今強調したこと、二人の関係についてわかっていることから、おおよそ予想がつく。エドウィンは彼女にキスを迫り、シビルはそれをはねのけようとした。エドウィンは力づくで彼女を抱きしめようとし、シビルはもがいた。そんな争いがあったとすれば、さっき挙げたあざや傷痕と話が合う。でもそれは、いつ、どこであったのか？

それに答える前に、エドウィンを死に至らしめた傷について話を戻そう。細くて長い刃物によって、腹部を二か所刺されている。それが内出血を引き起こした。綿密な捜査によっても、凶器は部屋から見つからなかった。ということは、すでにわかっている事実に照らして、犯行現場は別にあると考えられる。部屋に入るエドウィンを、ミス・ハーマンが目撃したとき、彼はすでにほかの場所で傷を負っていたのだ。うろつく人影について、ミス・ハーマンがどう言っていたか、ここで思い出してみよう。青白い、ぞっとするような顔、ためらいがちな足どり。顔は霧氷に覆われた窓ガラスのせいで歪んで見えたのだろうが、そこには苦痛の表情も浮かんでいたはずだ。歩き方もまたしかり。彼はそのときすでに、腹に二か所の致命傷を負っていたのだから。

ぼくは外科に詳しいわけじゃないが、その種の内出血はかなりの痛みをもたらすものらしい。けれども、すぐには死に至らない。ときにはけっこう長々と生きているものだとか。検死医によれば今回の場合、とても鋭い刃物が使われて、傷口も小さかったからなおさらだろう。当時、警察はこの問題にあまり拘泥しなかった。犯行時刻に疑問の余地はないと、思いこんでいたからだ。実はそれが、大きな間違いだったのさ。だとすると、いかにも争ったあとのように、エドウィンの部屋がめちゃくちゃに荒らされていたのは、被害者自身による演出と考えられる。混沌を生み出す術《すべ》に長けた何者かがやって来たように見せかける演出だ。犯罪調査に関するぼくの経験によれば、こうした策が弄されるのはたいてい、誰か特定の人物を庇うためなんだ。この事件で言うなら、被害者に二つの致命傷を追わせた女性、つまりはシビルをね。

もちろんきみも覚えているだろうが、事件の翌日に二つ、紛失しているものがあった。編みかけのセーターとコートだ。どちらも、最後に目にしたのは《ご婦人方の仕事部屋》だった。コートはニコラスのもので、エドウィンの部屋の戸棚からぼくが見つけ出した。いっしょにあった帽子も、《ご婦人方の仕事部屋》にあったものだろう。ミス・ハーマンが廊下の窓からエドウィンを目撃したとき、彼はそれを身につけていたというわけさ。でも、セーターはどうして？　セーターを編むのに使っていた毛糸玉と編み針は、なくなった部屋から見つかったけれど、いつもとは違う場所に置かれていた。これはどういう意味なのか？

セーター、毛糸、編み針……ことここに至れば、エドウィンが負った致命傷と二本の編み針とのあいだに関連がありそうだと、容易に推測できる。しかも凶器は、見つかっていないのだし。これらの手がかりはすべて、《ご婦人方の仕事部屋》というひとつの場所を指し示している。被害者とシビルのあいだでもみ合いになった場所は、そこに違いない。シビルはちょうど、編み物をしている最中だったのだろう。

エドウィンが自分の部屋に戻ったのは、午後十時ごろで間違いないと、みんな思いこんでいた。たしかにそのとき以降、彼の姿を誰も見ていない。けれどもここで注意して欲しい。十時にエドウィンが《ご婦人方の仕事部屋》を出ていったというのは、シビルが証言しているだけなのだ。実際は二人とも、もっと遅くまでそこにいた。ミス・ハーマンが《うろつく人影》を見たのが午前零時ごろなのだから、事件が起きたのはその直前、零時十五分前くらいだろう。

事件の経過を再構成するには、推理に頼るしかないのはたしかだが、今ある手がかり、とりわけ心理的な手がかりを総動員し、ひとつひとつ演繹的推論を積み重ねていけば、ほぼ事実に沿った結果が得られるだろうよ。

もちろん、この事件の中心にあるのはシビルの心だ。純粋だが、錯綜した感情のもつれに捕らわれた心。恋人のハリー・ニコルズがいなくなった痛手から、まだ充分立ち直れないうちから、下心たっぷりのピゴットが父親の同意を得てシビルに言い寄ってきた。父親の商売が傾いているのを、彼女はよくわかっていた。父親を助けることができるのは自分だけ。現代のイフィゲネイア[1]た

1　ギリシャ神話に登場するアガメムノンの娘。父親の命令で人身御供になる。

る彼女は、親を思う子の愛情から、わが身を犠牲にしようと決心した。シビルはいつでも犠牲的精神が強いのは、きみがいちばんよく知っているだろうがね、アキレス。かててくわえて、エドウィンの猛烈なアタックも始まった。シビルは彼に対する感情を、なんとしてでも抑えようと心に決めていた。彼に魅力を感じていたけれど、心から愛していたわけではないのだろう。その晩、《ご婦人方の仕事部屋》でエドウィンと二人きりになったのは、彼との恋愛問題に決着をつけようと思ったからだった。ダフネがところどころ小耳にはさんだところによると、二人は《ピゴットさん》のことを話していたそうだ。

エドウィンはピゴットの脅威を感じ始めていたので、愛の証を見せようと必死になるあまり、致命的な——まさしく言えて妙だ——ミスを犯してしまった。これまで自分が彼女のためにどれだけのことをしたか、告白したのだ。ハリー・ニコルズを遠ざける作戦の首謀者がエドウィンだったのは、覚えているだろ? おそらくそれが決め手となって、シビルはきっぱり彼を袖にした。その場面を想像してみるといい。エドウィンは彼女をおだてたり、脅したりしてキスを迫った。それは密やかな戦いだった。物音を聞きつけられては困るからね。音を立てないようにすると、シビルの抵抗はどうしても弱まる。エドウィンはそこにつけこんだ。彼女は必死に押し返す。エドウィンは自分の策略をシビルに告げた。それこそ愛の証だと思っていたんだ。静かな戦いは、やがて悲劇へとむかった。シビルはにわかに抑えがたい嫌悪感に捕らわれ、彼にむかって突き出した……手に持っていた二本の編み針を。その瞬間、あるいはすぐさま自室に戻ったあと、彼女は自分が何をしたのかわかっていただろうか？　彼女の頭のなかを推察するのは難しい。けれども、ひたすら絶望感に苛まれていたのではないかと思うね。そしてともかく眠ろうと、軽い睡眠薬を飲んだことだろう。いっぽうエドウィンも、絶望のどん底にいた。心の痛みは、刺された痛みより大きかったかもしれない。とはいえ腹部の激痛は耐えがたいほどだったが、彼は冷静を保った。シビルに刺された証拠になるものを、急いで片づけねば。すべて暖炉に放りこんでしまおうかと思ったが、編み針は燃えないし、毛糸玉も脇に転がって灰になりきらないかもしれない。彼は血のついた編み針を、編みかけのセーターで丹念に拭った。そしてセーターは火にくべ、編み針と毛糸玉は手近な引き出しにしまった。もちろん、チョッキの下にどす黒い血の跡をつけたまま、廊下を通って自室に戻るわけにはいかない。だから彼は目についたコートを着て帽子をかぶり——雪が降り始めたからというより、苦悶の表情を隠すためだろう——中庭から部屋に戻ることにした。そんなおかしなかっこうで家のなかを歩いているのを見られたら、かえって人目を引いてしまうからね。中庭に出ると、廊下にランプの明かりが見えた。ちょうどシビルの部屋のあたりだ。もしかして彼女が、最後に愛のしるしを示してくれたのかもしれない。エドウィンはそう思って、窓ガラスに顔を押しあてた。けれどもすぐ、誤解に気づいた。それはミス・ハーマンだったから。ミス・ハーマンは彼を見て、とても驚いたようだった。エドウィンはまっすぐ部屋に戻らないほうがいいと思い——ミス・ハーマンが心配し、大丈夫かどうかようすを見に部屋にやって来るかもしれないから——東翼の隅まで行って少し待ち、引き返して小塔から部屋に入った。それが午前零時十五分のことだ。腹部の痛みはさらに激しくなり、いよいよもう終わりだと悟った。けれどもエドウィンは命が尽きる前に、生きがいだった女性のために最後の愛の証を見せることにした。彼女が自分のしたことに怯え続けなくてもいいよう、息絶える瞬間までがんばったと示そうとしたんだ。彼は《混沌の王》のしわざに見せかけることを思いついた。

事件のあらましを記した覚書を読んで、きみもきっと気づいたことと思うが、エドウィンの部屋はめちゃくちゃに荒らされていたのに、なぜかいくつかまったく無傷なものもあった。その違いが、驚くほど際立っているんだ。例えば、灯ったままのランプや戸棚のように。なに、当然の話さ。ランプが倒れて火事になったら、せっかくの演出が台なしだからね。戸棚のほうは、中身をあたりに散らばしたくなかったのだろう。裾の裏に黒い染みのある、借り物のコートに気づかれ、策略がばれるかもしれない。

彼は廊下側のドアにしっかり差し錠をかけると、最後の力をふり絞り、激しく争った跡を示す《証拠》を部屋に撒き散らした。隣の部屋に人がいるのはわかっていたので、音を立てないようにした。そうやって窓の前を何度も行き来するようすが、閉めきっていなかったカーテンの隙間から見えて、ミス・ハーマンはてっきり部屋に人が二人いると思いこんでしまったんだ。彼は大きな音をたてそうな物を、わざと本棚のうえに並べ、何度もウィスキーを飲んでは、計画の続きを遂行する気力を奮い立たせた。ほら、ベッドの脇にほとんど空になったウィスキー瓶があり、血痕がついていただろ。アルコールが効果を発揮し始めると、彼は自分で腕や手に目立つ傷をつけた。何を使ったかって？　たぶん、暖炉のなかから見つかった瓶のかけらだ。いっしょにあったセーターの燃えかすは、瓶を割るとき音がたたないよう、それでくるんだのだろう。最後のときが近づいた。あとは中庭側のドアと小塔のドアをあけ放つだけだ。犯人が凶行のあと、すぐさま逃げ出したように見せかけるためにね。彼はそこで、二つ目のミスをした。足跡ひとつない雪が残すメッセージを、考慮に入れていなかったんだ。彼は床に横たわり、前もって傾けておいた本棚を足の先で押し倒した……この悲しい愛の物語に、決着をつけるため。そう、結局これは愛の物語だった。シビルは、それほどまでに強烈な魅力を発していたということだ。エドウィンにここまでさせる、並はずれた魅力。言うまでもなく、ピゴットもその虜だった……きみもそこは、よくわかっているだろうがね」

わたしはわが友の謎解きに打ちのめされ、沈黙を続けた。とうてい解けないと思われた謎に、オーウェンはたやすく答えを出した。彼自身が言うように、一見突飛なできごとも、それぞれしかるべき場所に収まったのだ。

「事件のあとにシビルが取った奇妙な態度についても、充分納得のいく説明がつけられるだろう。純粋に心理的な考察に、足を踏み入れることになるだろうがね。シビルはミス・ハーマンの証言を聞き――家庭教師は、眠ったまま歩いているシビルが何者かに襲われているのを目撃したと言っている――荒らされたエドウィンの部屋を見て、《混沌の王》がやって来たのだと思いこんだ。エドウィンと争った恐ろしい場面は夢で見ただけで、実際にあったことではないと信じてしまった。彼女は自分なりの真実を作りあげたに違いない。エドウィンと最後に会ったのは午後十時だった、とシビルは証言しているが、彼女自身が本気でそう信じていたのだとしても不思議はないさ。もちろん、ときにはなにか暗示や想起、目にした物がきっかけで、ふっと真実の光が射すこともあるだろう。しかしシビルは見かけのか弱さにそぐわず、ラ・フォンテーヌの『寓話』に出てくる葦さながら、決して折れはしなかった。しっかり足を踏ん張り、つかの間射しこんだ真実の光に屈することはなかった。いいかね、シビルにとって《混沌の王》こそ、エドウィンの死に対する自らの潔白を示すなによりの証なんだ。彼女はエドウィンの死を悼み、無意識のうちに良心を痛めていた。そして《混沌の王》の実在を信じこもうとするあまり、ついにはそれを《甦らせて》しまったんだ……」

「夢遊病者は、夢のとおりに行動することがあるというが……」

「まさしく。でも、ぼくは夢遊病に詳しくないんでね、これ以上はたずねないでくれたまえ。しかしこの説明で、すべて筋がとおる。だってクリスマスが近づくと、マンスフィールド邸のあたりに、夜、怪しい人影がうろついたり、窓ガラスのむこうに白い仮面がちらりと見えるようになったのは、ちょうどそのころから、つまりエドウィンが死んだあとだからね。なんでもないときのシビルは、この《怪物》の話に誰よりも怯えた。彼女はそれほどまでに伝説を信じ、そして自分の潔白を信じていたんだ」

オーウェンはそこで言葉を切り、指先でそっと持った磁器のカップを見つめた。けれども心は、どこかほかに飛んでいるようだ。わたしは彼の目のなかに、奇妙な悲しみの表情を見てとった。

「少なくとも、これだけは言えるだろう」とオーウェンはつぶやいた。「この悲劇的な物語は初めから終わりまで、偶然の星のもとにあったと」

「さっきは、芸術の星のもとだって言ってたぞ」

「それもある。きみが思っている以上にね」

わたしは眉をひそめ、指摘した。

「偶然っていうのは、たまたまその《事故》と、エドガー・フォーブスの殺人計画が結びついた偶然のことかい?」

「ピゴット殺しとさ」

「ピ、ピゴット殺しだって?」

「そうとも。まさかきみは、最後の交霊会でテーブルが激しく揺れ、ピゴットに湖に来るよう指示したのが、本物の霊だと思ってるのか?」

エピローグ

オーウェンは肘掛け椅子にすわりこみ、もう一本煙草に火をつけた。わたしは彼の口もとをじっと見つめ、話の続きを待った。

「ああ、第三の殺人者がいたんだ」と彼は言った。「信じられない話だが、間違いない。現実だけが、こんな偶然をもたらすのさ。動機は何かって？　ピゴットを殺すのに、どんな動機があると思う？　アキレス、きみは彼に対して、どんな感情を抱いていたかね？　いや、こうたずねたほうがいいかもしれない。彼のいちばん腹立たしいところはどこだったかと。あいつがマンスフィールド家を思いのままに支配し、脅迫まがいの要求をしたことじゃないか？　《売られた花嫁》みたいな要求を。彼とシビルとの結婚は不正の極みだと、きみは思っていただろ？」

「よく知ってるじゃないか」

「そんな感情を抱いていたのは、きみひとりじゃなかった。あの屋敷にはほかにも、笑顔の陰でピゴットに対する恨みを募らせている者がいたんだ。年月を経るにしたがい、恨みはやがて憎悪に変わった。その人物は、とうとう行動に出ることにした。そして想像を絶する大胆な殺人をやってのけた。純粋に芸術的な面から見て、まさに賞賛に値する真の傑作だ。その殺人がどのように行われたのはわかっている。犯人が誰かもほとんど確信がある。証拠はまったくないけれどね……

その人物はきっと、フォーブスの殺人計画を見抜いていたのだろう。そしてじっと好機をうかがい、彼に先んじて自らピゴットとの待ち合わせを定めたんだ。もちろんフォーブスとしても、別の誰かがインチキをしているとと主張するわけにはいかなかった」

「でもどうやって、あんなに激しくテーブルを揺らすことができたんだ？」

「簡単なことさ。きみはあのテーブルの表面に、わずかな凹凸《おうとつ》があったのを覚えているだろ？そのあいだに、直径一ミリほどの小さな穴がひとつあいていた。ざっと調べただけでは気づかないが、ぼくのルーペは見逃さなかった。そこで小さなねじを直角に曲げ、テーブルの穴に差しこむとしよう。ねじの水平部分は、テーブルの表面から一、二ミリしか離れていない。ほんの数秒ですむ作業だ。部屋は薄暗いから、目立たないようにすれば、ほかの参加者に気づかれないだろう。あとは《霊を呼び出すため》に両手をテーブルに広げたとき、この小さな金属の鉤に指輪を引っかけるだけでいい……これでかなりの力をテーブルに及ぼすことができる。あまり重いテーブルではなかったからね、ヘラクレス並みの怪力でなくたって、揺らすことができるだろうよ。瞬発力を最大限に発揮できるよう、精神を集中させるだけでね。そういやテーブルは、きみにむかって跳ねあがってきたんだったな。つまり、きみのすぐ近くにいた誰かの仕業ってことだ。きみの近くにいて、指輪をはめていた人物……」

わたしは声をなくしていた。押し寄せる恐ろしい疑念は、考えれば考えるほど確信に変わった。

オーウェンはわざとらしい笑みを浮かべ、言葉を続けた。

「驚くべきことじゃないか？　ぼくも真っ先にそう思った。でも、話はそれだけではない。きみが屋敷に到着した晩、姉妹が白い仮面を目撃したのを覚えているだろ？　翌日、外を調べたとき、雪のうえにはハリー・ニコルズの足跡しか残っていなかった。前の晩、彼があたりをうろついているのを、きみは見かけたんだよな……ぼくの推理法は、もうわかっているだろう。ほかに足跡がなかったのなら、ほかには誰もいなかったということだ。誰もそこを通らなかった。だとすれば何者かが、近くの窓から仮面を揺らしたのだろう。その気になれば、きみにだってできることだ。きみの部屋はちょうど姉妹の部屋のうえにあるんだからね。糸の先にボール紙の仮面を縛りつけ、窓からたらして揺らすだけでいい。あるいはシビル自身が棒の先に仮面をつけ、妹の窓の前に突き出したのかも……いや、でも、彼女のことは、よくわかってる。シビルが《混沌の王》を演じるなら、もっと別のやり方をするはずだ……」

オーウェンはもの思わしげに、ゆっくりと首をふった。

「そもそもこの悪戯には、どんな意味があったのだろう？　幕開け《プレリュード》のつもりだったのか、フォーブスを不安にさせる警告だったのか？　それはぼくにもわからない。いずれにせよ重要なのは、誰がやったのかはっきりしているという点だ」

「よくわかった。しかし、彼女はどうやってピゴットを殺したんだ？」

「前もって盗み出しておいた短剣で、心臓を刺したのさ」

「だから、どうやって彼のところまで行ったのかと訊いてるんだ」

「今、説明するさ、アキレス。でもその前に、知っておいて欲しい。この物語で心を痛めているのは、きみだけじゃないってことを。ぼくにだって、人並みの感情はある。きみはそう思っていないかもしれないがね。あのあとぼくが彼女と頻繁に会っていたのは、疑念を確かめるためだった……と言いたいところだが、それでは嘘になるだろう。だってぼくは初めから、真相を見抜いていたのだから。彼女は実に驚くべき、個性的な犯罪者だ。ぼくはその道の通《つう》として、彼女を賞賛の目でじっくり観察したかった。彼女の《芸術的》才能がいかほどのものか、検分したかったんだ。そうやって何度も会ううちに、ぼくは彼女の忌まわしい行為を忘れていった。彼女が先手を打ったおかげで、フォーブスは絞首台を免れたのだし。彼女のなかには光が、稀有な美しさがあった……」

「あった？」とわたしは、わが友の潤んだ目を前にして、うろたえたようにたずね返した。

「そう、あったのさ。だって彼女は、もうこの世にいないのだから。先週、新聞で知ったんだ。パリで起きた大火事の犠牲者名簿に、彼女の名前が載っているのを。彼女がフランスに渡ったことは、前にも話したと思うが。彼女は……」

オーウェンはそこでためらい、疲れきったように肩をすくめた。そこには苦悩と困惑がありありと感じられた。

「彼女は自ら離れていった……ぼくに飽きてしまったんだ。ぼくのことを、案外凡庸な男だと思ったのだろう。いささか……独創性に欠けているって」

それはひどい。けれどもわたしは、なにも言わないでおいた。

「芸術家さ。とても偉大な芸術家だった。彼女の腕前を、きみは見たことがあるかい？」

「腕前って、なんの腕前だ？　わからないな、オーウェン……それより、どうやって彼女が……」

「どうやって彼女が足跡を残さず、しかも一瞬のうちにピゴットを殺すことができたかって？」

オーウェンは苦笑いをして言った。「そんなもの、ちょっと考えればすぐにわかるじゃないか、アキレス。氷のうえを素早く移動するための方法は、たったひとつしかない。とても特徴的な音が、かすかに立つ方法だ。きみはそれを口笛だと思ったようだがね。かなり離れていたから、いたしかたないだろうが。フォーブスは人影がものすごい勢いでむかってくるのを見て恐れおののくあまり、その正体がわからなかった。いいかい、アキレス、犯人は家から湖まで続く小川をたどって、ピゴットのところまで行ったんだ。小川はちょうど厩舎の脇を通っているだろ」

「でも、警察の捜査で明らかなように、氷は……」

「……一歩一歩慎重に歩かないと、すぐに割れてしまうだろうって？　そのとおりだとも。普通の体重の人間ならね。でも彼女は、羽のように軽かった。しかも全速力で動いていれば、そのぶん氷にかかる圧力も減じられる。彼女は湖畔に達すると、ピゴットに襲いかかった。ピゴットは彼女が突然あらわれたものだから、恐怖で身をすくませた。湖の端は氷が厚く張っているので、ピゴットに致命傷を加えるためにスピードを落としても大丈夫だ。そして彼女はまた猛スピードで、来た道を引き返したというわけだ。きみたちが湖から目を離していたのは、一分間くらいだったな？　小川を包む葦の茂みから小舟まで往復するのに、一分もかからないだろう。いったん茂みに戻ってしまえば、もうきみたちから見えない。たしかに彼女は運に恵まれていた。でもきっと、前もって練習も重ねていたに違いない。被害者のまわりに積もっていた雪に、跡が残っていなかったことについては、こう指摘しておこう。あの晩、細かな粉雪のうえを、絶えず風が吹いていたし、そもそも氷のうえには雪があまり積もらず、霧氷が少し残るだけだ。だから人が《歩いた》足跡なら、月明りで見てとることもできただろうが、絶えず吹き抜ける突風ですぐに消えかけてしまう細い筋までは、気づかなかったのさ。さあ、これでもうわかっただろう？　彼女の腕前は、玄人はだしだったからね。ぼくも見せてもらう機会があったが、優雅に舞う妖精のようだった……まるで氷のうえを、かすめ飛んでいるみたいで……まさに偉大な芸術家だ」

わたしはそこで思い出した。ダフネがとりわけアイススケートを愛好していたことを。

訳者紹介

平岡敦　フランス文学翻訳家。1955年千葉市生まれ。早稲田大学第一文学部仏文科卒、中央大学大学院仏文学専攻修了。大学在学中はワセダミステリクラブに所属。現在は中央大学、青山学院大学、法政大学等で仏語、仏文学を講じるかたわら、フランス・ミステリを中心に純文学、怪奇小説、ファンタジー、SF、児童文学、絵本など幅広い分野で翻訳活動を続けている。『この世でいちばんすばらしい馬』および『水曜日の本屋さん』で産経児童出版文化賞を、『オペラ座の怪人』で日仏翻訳文学賞を、『天国でまた会おう』で日本翻訳家協会翻訳特別賞を受賞する。そのほか主な訳書にグランジェ『クリムゾン・リバー』、アルテ『第四の扉』、ルブラン『怪盗紳士ルパン』がある。

混沌の王
2021 年 9 月 27 日初版第一刷発行

著者・装画　ポール・アルテ
訳者　平岡敦（ひらおかあつし）
企画・編集　張舟、秋好亮平

発行所　(株) 行舟文化
発行者　シュウ　ヨウ
福岡県福岡市東区土井 2-7-5
HP： http://www.gyoshu.co.jp
E-mail： info@gyoshu.co.jp
TEL： 092-982-8463　FAX： 092-982-3372

印刷・製本　株式会社シナノ印刷
落丁乱丁のある場合は送料小社負担でお取替え致します。

ISBN 978-4-909735-07-2　C0093
Printed and bound in Japan

行舟文化単行本　目録（二〇二一年九月現在）

怪狼フェンリル

ポール・アルテ（著）
平岡敦（訳）

その日、一九一二年の寒い冬の晩、ロンドンは雪に震えていた。わたしはセント・ジェイムズ・スクエアにあるオーウェン・バーンズのアパートで、ぬくぬくとして快適な暖炉の脇に陣取り、彼が手がけた主な事件に関する覚書を読み返していた。オーウェンは暖炉のうえに並んでいる雪花石膏《アラバスター》の優美な小像を、一心に見つめている。わたしは彼に声をかけた。

「きみの名推理がどれほど大評判になっているか、知っているかい？」

彼の悲しげな瞼の下で、瞳が皮肉っぽく輝いた。

「なにしろ偏狭で主観に満ちた報告書だからな。ぼくは数学的推論に没頭するだけの、思考機械にされちまっているんだろう。今日の天気みたいに冷たい男ってことに。わかるだろ。ぼくのようにすぐれた美術評論家にとっては、いい迷惑さ」

「これまた、ずいぶんと見くびられたものだ。ぼくはきみの芸術的感性を、少しも軽視しちゃいないぞ。それどころか、いつだって……でも、問題はそこじゃない。ぼくが強調したかったのは、きみがまさしく《不可能犯罪》のスペシャリストだってことさ。その点では、きみが手がけた事件はどれもこれも、驚くべきものばかりだ。いやはや、いずれ劣らず信じがたい、摩訶不思議な事件ときている」

「そうだろうな」とオーウェンは肩をすくめて答えた。「ぼくが厳選した事件ばかりなんだから、当然と言えば当然さ。でもなかにひとつ、とりわけ抜きんでていると愚考するものがある」

「どの事件かな？　《混沌の王》事件？　それとも《ホルスの部屋》事件？」

「いや、四年前にぼくが解決したこの一件のことは、きみもまったく知らないはずだ。きみが数日間、リヴィエラ海岸でくつろいでいるあいだにあった出来事だからね。そういやあのときききみは、生涯をともにするつもりの若いご婦人といっしょだったっけ。ところがすっかり当てが外れたと思い知らされ、すごすごと帰ってきた。きみがあんまり落ちこんでいるものだから、こんな陰鬱な話を聞かせて追い打ちをかけまいと思ったんだ。ぼくに言えるのは、それがとてつもなく風変わりな事件だったってことさ。そこに登場するのは、ぼくらがいつも扱っているような、単なる《幽霊のような》殺人者じゃないんだ」

「単なる幽霊のような殺人者？」とわたしはびっくりして訊き返した。「妙なことを言うじゃないか……それじゃあ、もっと恐るべき敵が存在すると？」

「ああ、たしかに」

沈黙が続いた。聞こえるのは、暖炉のなかで薪がはぜる音ばかりだった。やがてわたしは、ため息まじりに言った。

「話がよくわからないな……」

「いいかい、アキレス、幽霊はどんなに執念深かろうが、所詮、もとをたどればただの人間だ。ところが、その事件でぼくが対峙した敵は、一見して人間らしさのかけらもない。それどころか、人類のもっとも恐るべき捕食動物と言ってもいい。ギリシャ＝キリスト教文化の黎明期からずっと存在し続ける捕食動物さ。ヒントを出そうか。黒い尖った耳をして、白い大きな牙をしているもの……」

「狼か？」

「そう、狼だ。しかし並の狼とはわけが違う」

「わかった、人狼だな」

「いや、そんなもんじゃない。この世でもっとも恐ろしい狼。氷の国《ニヴルヘイム》に取り憑き、勇猛なヴァイキングの戦士たちを震えあがらせたフェンリルだ」

呆気に取られたわたしの脳裏に、北欧神話に登場する怪物の不吉な姿がまざまざと浮かんだ。オーウェンは悠然と煙草に火をつけて窓辺に立つと、町をじっと眺めた。そして穏やかな口調で続けた。

「お望みなら、その事件について話してあげようか。ちょうど今夜のような、凍てつく冬の晩、それがぼくの目の前で起きたとおりにね。うわべはまったく説明のつかない出来事だった……でも、まずはこっちへ来て、氷の宮殿と化した美しい首都を眺めてみたまえ。まるで雪の女王の宮殿そのものだ。これできみにも雰囲気を、たっぷり味わってもらえることだろう……」

当時、ぼくもフランスの地にいたんだ。きみよりずっと北のほうだけど。ベルギーとの国境に近いアルデンヌ地方に住んでいる友人を訪ねるつもりだった。厳しい冬で知られているあたりさ。けれどもその晩、ぼくは雪で足止めを喰らい、小さな村の宿屋に泊るはめになった。ところが驚いたことに、そこでバーに陣取りくつろいでいる旧知の男と再会した。マルセリュス・ブランシャールの名前は、きみも聞いたことがあるのでは？　知らない？　金持ちで、変わり者で、すばらしいサラブレッドの持ち主で、競馬界では有名人だ。ロンシャン競馬場の常連客だが、エプサム競馬場にもちょくちょく顔を出していた。ぼくが彼と知り合ったのも、そこだった。フランス対イギリスのビール飲み合戦をしたんだが、その愉快な一部始終については、また今度話してやろう。この気のいい陽気な楽天家と久しぶりに会って、ぼくも気持ちがぱっと明るくなった。彼は五十代前半、白髪まじりの髪をいつものようにきれいに撫でつけ、まるで日常生活の些事などまったく気にかけていないみたいに、楽しげな目をしている。彼にとってもこの再会は、嬉しい驚きだったらしい。ぼくの話を聞き終えると、目を輝かせてこう言った。

「これぞ運命の導きだ、オーウェン。きみの友人には悪いが二、三日待ってもらうことにして、わたしの別荘に泊ってくれないか。ここからさほど遠くない。たしかに少しばかり辺鄙な場所だが、なにひとつ不自由はないはずだ」

「ご親切な申し出はありがたいがね、マルセリュス、今日は一日旅をして、もうへとへとだから……」

「わかった。それなら、今夜はここでゆっくり休み、明日の午後、きみたちの国で言うお茶の時間《ティータイム》までに、わが家に来てくれたまえ。ほかにも何人か、友人を招いてある。王国でもっとも偉大な探偵と知り合うことができれば、みんな大喜びするだろう（そこで悪戯っぽい光が、彼の目に宿った）……そうだ、もっといい考えがある。きみにはサプライズ・ゲストになってもらおう。きみの職業をあてられるか、友人たちに挑戦だ。きっといつもとは、ひと味違う晩になるぞ。知ってのとおり、わたしは人を驚かせるのがなによりの楽しみでね」

「その評判なら聞いているとも」

「きみ自身、いつか言ってたじゃないか。驚きをもたらさなくなった友人は、もう友人ではないって」

「こいつは手厳しいな。逃げ道なしってわけか」

マルセリュスはますます愉快そうに笑った。

「たしかに、もう逃げられんよ。それにきみにはひとつだけ、どうしても勝てない誘惑があるはずだ。実は美しいご婦人も、何人かいるんだが」

ぼくはなるほどとばかりにうなずいて、降参した。

「きみのようなその道の通《つう》が言うんだから、さぞかし見事なスタイルの……」

「じゃあ、来てくれるんだね?」

「もちろんだとも。美女がいるとあらば、ご用のむきはなんなりと」

翌日の午後、宿屋の主人が馬車で送っていってくれた。人っ子ひとりいない道をたっぷり十五分ほど揺られると——午前中いっぱい、ずっと雪が降り続けていた——左手に別荘の赤みをおびた建物が見えた。辺鄙な場所だという友人の言葉は、決して大袈裟ではなかった。別荘は野趣あふれる森のはずれにあった。樅の木が歩哨よろしく、真っ白な雪のなかにくっきりと浮かびあがっている。一階はすべて、イチイの立派な生垣に覆われ、その真ん中をドーム状に刈りこんだ道が入口に続いていた。それはレンガと木骨造りの建物だった。窓の花綱装飾が重厚感を醸すバロック様式は、いかにも持ち主にふさわしい。前には空地が広がっていて、別荘から百メートルほどのところに離れが一軒たっている。周囲を包む雪景色のしんとした静けさのなかで、ひとりぼっちの寂しさにじっと耐えているかのように。凍りついた宙を舞う白い雪片は、灰色の空と対照的だった。ぼくは宿屋の主人にたっぷり心づけをはずむと、荷物を持って緑のトンネルを抜けた。葉の落ちたフジがはびこるつる棚の脇を通って玄関の前まで行き、呼び鈴を鳴らす。その不吉な音は、きっと危険を告げていたことだろう。けれども正直、ぼくはそのとき、そんな前兆に耳を傾けるより、わが友の魅力的な招待客を早くこの目で確かめたい一心だった。

その点についても、彼は少しも誇張していなかった。ほどなくぼくは田舎風の居間で、肘掛け椅子にゆったりと腰かけ、スーズのグラスを片手に、三人の女性をひとりひとりうっとりと眺めていた。友人は、彼女たちを含む六人の招待客を紹介してくれたところだった。あえて言うならいちばん見てくれが劣るのは――それでも十人並み以上なのだが――燃えあがるような髪をした小柄な女性だった。リスのような生き生きとした目をして、名前はエレーヌ。二児の母親だというが、あのほっそりしたスタイルからはとても信じられないだろう。夫のフィリップ・ウドヴィルは堂々とした体格の壮年男性で、身だしなみもよかった。優秀な会計士だとかで、いささか堅苦しいところはほかのメンバーから少し浮いているような気もするが、マルセリュスがコニャックを一、二杯飲ませただけで充分陽気になった。

彼が話している相手はルイ・プランスという、競馬の騎手として名を馳せた男だった。長年フランスでは、彼の右に出る者はいなかった。マルセリュスが所有する馬に乗って優勝したことも数知れない。そんな利害の一致もあり、二人は確かな友情で結ばれていた。はっきり言って彼の外見は、決して恵まれたものではなかった。子供みたいに小さな体のうえに、大きな頭がのっている。眉はもじゃもじゃと茂り、目つきは尊大そうだ。それとは対照的に妻のフリーダは陽気なブロンド美人だった。プロポーションも抜群で、むんむんするような色気を発散させている。動物が大好きで、子供代わりに育てている三匹のビーグル犬を――《しばらく離れ離れになるのが、彼女は悲しくてたまらないようだな》――とてもかわいがっているそうだ。いやはや、できればその犬になりたいと思ったね。彼女は三十歳くらいだったが、バルバラ・リヴィエールはそれより十歳ほど若かった。褐色の長い髪をなびかせた、とびきりの美人さ。連れのイアン・ドニゾンはがっちりとした体つきの四十代の男で、髪は金髪、穏やかな笑みを絶やさない。スウェーデンの大きな製鉄所で代表を務めており、名うてのプレイボーイだという。マルセリュスが言うには、このメンバーで年に五、六回集まっているが、ドニゾンはほとんど毎回違う女性を伴ってくるのだそうだ。ビーグル犬もさることながら、イアン・ドニゾンの立場にもぜひなりたいものさ。バルバラには、フリーダのような成熟した女の風格や魅力はまだないものの、みずみずしい若さや情熱にあふれ、エメラルド色の目に宿る荒々しい表情は、男の欲望を激しくそそるものだった。彼女が画家として身を立てようとしているのも、ぼくには好ましく思われた。最後にもうひとり、マルセリュスの執事ロジェもつけ加えておこう。立派なひげをたくわえた、どちらかというと寡黙な、たくましい男だ。その日は料理人の役目も引きうけ、ぼくたちはほどなくその腕前のほどを知ることになった。

陽気な雰囲気のうちに夕食が終わるころになると、ぼくは客たちの人となりがさらによくわかってきた。彼らは毎度のことらしい、親しげな舌戦を始めた。ぼくとバルバラは《新参者》だったから、彼らに話を合わせようとした。エレーヌが夫を非難するように、こう言った。

「なんだか、数学の教科書といっしょに暮らしているような感じだわ。フィリップは数字を操作するみたいに、生活を組み立てているのよ……」

「じゃあ、あなたも数字のひとつってこと?」とバルバラは皮肉った。

「ええ、ある意味で。そう言われて喜ぶ人はあんまりいないだろうけど、フィリップにはそれが愛の証なの……ねえ、あなた」

「もちろんさ、愛しのナンバー・ツーさん……」

「あらまあ、ナンバー・ツ、ツ、ツ、ツーだなんて」とエレーヌは不満そうに言った。「じゃあ、ナンバー・ワンはどなた？」

「わたしに決まってるわ」とフリーダが甘くささやき、官能的なしぐさで会計士の肩に手をあてると、頭をうしろにのけぞらせてころころと笑い声をあげた。

バルバラは非難するような表情でフリーダを見つめ、こう言った。

「あなたの顔、とっても面白いわ、フレイヤ。肖像画を描かせてもらえないかしら」

「フリーダよ」と相手は訂正した。「でも、悪くない言い間違えね。フレイヤは北欧神話で、愛と美の女神だったのでは？」

フリーダが体をくねらせると、ぴったりした絹のドレスがきらめいた。金色に近い、くすんだ黄色いドレスだった。彼女は暖炉の前へ行き、マントルピースのうえにかけてある鏡に自分の姿を映した。そして自画自賛するみたいにポーズを取り、ぼくにたずねた。

「どうお思いになるかしら、バーンズさん？　あなたは斯界の権威でいらっしゃるんでしょ？」

「斯界といいますと？」ぼくは少しまごつき、口ごもるように聞き返した。

「美術界ですよ」と彼女は、悪戯っぽい笑みを浮かべて答えた。「今日まで、あなたと個人的に知り合う機会はありませんでした。イギリスに行くこともあまりないし。けれどもロンドンで、画廊を経営しているお友達がいるんです。そこでひらいた展覧会を絶賛してくれた批評家のことを、彼女から聞いたことがあるけれど……たしかあなたと同じ名前だったので」

「ブラヴォ、フリーダ」とマルセリュスが満足げに叫んだ。「きみは見事、秘密の一部を見抜いたようだ。だが、わが友オーウェン・バーンズは多才な男でね。そちらの名声も、英仏海峡を越えてフランスまで及んでいるのだが……」

皆の視線を一身に浴びながら、ぼくは謎めいた表情で沈黙を守った。やがてフリーダが挑戦的な目で、陽気に言葉を続けた。

「いずれそっちも突きとめるわ、バーンズさん。賭けてもいいけれど、週末いっぱいわたしたちをだまし続けるなんて、無理ですからね。殿方はいつだって最後には、尻尾を出してしまうものだわ。バルバラ、さっきの話に戻るけど、いいわよ。いつでもモデルになってあげるわ。でも、雪のなかでヌードになれなんて言わないでね」

大笑いとわざとらしい顰蹙《ひんしゅく》の声が収まると、フリーダは機知と美の勝利者然として続けた。

「ところで、バルバラ、あなたはどうやって絵の世界に入ったの？　画家として有名になった女性はほとんどいないでしょ。おまけに、あなたはそんなに若いのに」

若い女の目に、緑がかった光が宿った。

「肖像画では、ずっと第一線でやってきたわ。でもデビューできたのは、父の友人だった高名な画家のあと押しがあったからよ。彼はわたしの水彩画を見て、感動で涙を流していた。とっても馬鹿っぽい顔をした女の肖像画だけど……」

　一瞬、外の凍てつくような冷気が、居間に入りこんだような気がした。マルセリュスはあわててその場を取り繕った。そして客のグラスを満たすと、女神フレイヤの話を持ち出して北欧神話に話題をむけた。北欧神話とギリシャ神話とは密接な関連があるが、どちらがどちらに影響を与えたのか、そこが大論争になっているのだと、議論を巧みに誘導して。雷神トールがゼウスとよく似ているのは疑問の余地がない、それに運命を司る三人の女神ノルンはギリシャ神話の三人のモイラと比較しうる、と彼は説明した。この作戦は図にあたり、客たちはすぐさま二つの陣営に分かれた。片やフィリップ・ウドヴィル率いるギリシャ派は、古代の人々を開花させたのは地中海の温暖な気候で、ヨーロッパ文化の源流はそこにあると主張した。片やイアン・ドニゾンは、北欧派の弁護士役を買って出た。彼いわく、北ヨーロッパの厳しい気候が作りあげた大胆不敵な冒険者たちだからこそ、真っ先にその文化を広めることができたのだという。

　議論が白熱し始めたころ、フリーダが突然立ちあがり、重々しい表情で言った。

「聞こえた？　あのうなり声……彼だわ！　戻ってきた。わたしがいるのに気づいたのよ」

「いったい誰の話をしているんですか？」ぼくはびっくりしてたずねた。「なにも聞こえませんでしたが」

「驚くにはあたりませんよ」マルセリュスはアルコールで顔を紅潮させ、笑いながら説明した。

「あの声が聞こえるのは、たいていフリーダひとりなんですから。彼女だけなんです、あいつに近づくことができるのは。あいつっていうのは、このあたりに生息している狼なんですが。いや、おそらく大きな野犬でしょう。詳しいことはわかりませんが、みんなフェンリルって呼んでます。北欧神話に出てくる狼の化け物みたいな野獣なんでね。でも、彼女はワン公が大好きだから……」

「ええ、バーンズさん」とフリーダは、挑みかかるような目をして言った。「自慢じゃないけれど、このあたりであの獣を手なづけることができたのは、わたしだけでしょうね。この手から餌を食べることもあるくらいなのよ」

「本当に？　でも、あなたの名字は帝王《ブランス》ですからね、気をつけるに越したことはない。ぼくの記憶が正しければ、北欧神話のフェンリルは鎖にしっかりつながれていたのに、軍神テュールの手を食いちぎってしまったんですから」

フリーダはくすくす笑って答えた。

「わたしはなにも怖がっていないわ。あの狼とわたしは友達なんですから。わたしがここに来たときは、何度も会っているのよ」

ぼくがびっくり仰天しているのを見て、マルセリュスが説明した。フリーダは庭の離れ（別荘に到着したときに見えた離れだ）にひとりで泊るのが習慣になっている。近隣の人々を震えあがらせている狼のフェンリルが、おとなしい犬みたいにそこへやって来るのだという。

「動物と触れ合うのが大好きなんですよ、バーンズさん」とフリーダは目を輝かせて言った。

「美女と野獣ってところですかね」

「まあ、お好きなように。わたしには動物に対する、独特の感性があるんです。むこうもそれを感じ取るんでしょう。めったに人に馴れない動物たちでも。今夜も例外じゃないわ」フリーダはそう言ってロジェをふり返り、たずねた。「離れの支度はできているかしら？」

「はい、マダム」とロジェは答えた。「支度は整っております。乾いた薪は暖炉の脇に、朝食の支度はバスケットのなかに」

フリーダは柱時計にちらりと目をやると（針は午後十時半を指していた）、窓に近寄りこう言った。

「それじゃあ、そろそろ行こうかしら。まだ雪が降っているけれど、そのうち止むでしょう。皆さん、それではお休みなさい」彼女は飾り棚に置いてある額絵を見つめ、それから若い女流画家にむきなおった。

「この水彩画をどう思う、バルバラ？　あなたなら作者が誰か、ひと目で当てられるのでは？　マルセリュスはこの絵を手に入れるのに、ひと財産はたいたのよ」

「さあ、はっきりとは」とバルバラは言いよどんだ。

「ターナーよ。紙の白さを生かした独特の輝きが特徴的ですもの。美術学校の学生だって、それくらいわかるわ」

「ざっとまあ、こんな状況だった」とオーウェンは言った。「ずいぶんまわりくどい話しぶりだと思ったかもしれないが、あのときの独特の雰囲気を、きみにもわかってもらいたくてね。寒い冬の晩。雪と樅の木に閉ざされた別荘。そこに集まったぼくたち数人の男女……でもこのあとは、もっと簡潔に話を進め、惨劇の経緯をできるだけ正確に語るとしよう。ぼく自身が、この目で見たことではないけれどね」

その晩、最後まで残ったのは男たちだけだった。フリーダが離れにむかうと、エレーヌとバルバラもほどなく部屋に引きあげた。バルバラはフリーダから受けた侮辱で、頭に来ているようだった。われわれ男性陣が酩酊状態で部屋に戻ったのは、午前一時くらいだった。とりわけぼくはふらふらだったと、正直に告白しておこう。

翌朝、六時ごろ、ひとり部屋で寝ていた元騎手のルイ・プランスは——寝室はすべて二階にあった——奇妙な咆哮で目を覚ました。廊下に出てみると、パジャマ姿のフィリップ・ウドヴィルも驚いたようすで、ばたばたと足音を響かせやって来た。

「あの野獣に違いない」と会計士は言った。「エレーヌははっきり耳にしたそうだ。それで恐ろしくなり、わたしを起こしたんだ……わたしは遠くの唸り声を聞いただけだが、離れの方角なのは間違いない」

「フ、フ、フ、フリーダが、ひ、ひ、ひとりであ、あ、あ、あそこにい、い、いる……ああ、どうしよう」とプランスは口ごもるように言った。「いつか大変なことになると思っていたんだ……妻になにかあったのかもしれない。どう思う?」

「きみの言うとおりだ、ルイ。今すぐ、ようすを見に行ったほうがいいだろう」

五分後、二人は別荘を出て、離れにむかった。ちょうど朝日が、樅の木の梢から顔を出し始めたところだった。彼らは真っ白な雪のうえを進んだ。昨晩、フリーダが歩いた足跡が、うっすら残っているだけだ。消えかけた三日月が、ちぐはぐな二人組のうえに冷ややかな視線を投げかけている。元騎手はぶ厚いコートにくるまり、ランタンを片手に前をせっせと歩いていた。そのうしろを、ゆったりとした黒いケープをまとった巨漢がついていく。二人の表情は、最悪の事態を覚悟しているかのようだった……それは杞憂に終わらなかった。フィリップ・ウドヴィルが離れに近づいたとき、先を行くプランスの叫び声が響いた。ウドヴィルがあわてて駆けつけると、ひらいたままのドアの前にフリーダの死体が横たわっていた。フリーダはネグリジェにニットウェア姿だった。片手を胸にあて、もう片方の手を前に伸ばしている。その手にひらいた恐ろしい傷口から流れ出た血は、あたりの雪を赤く染めていた。

ルイはさっと妻の死体を調べると、真っ青な顔で立ちあがった。

「もう、手の施しようはない。ほら、恐ろしい怪物の足跡が、はっきり残っている。あいつがフリーダを殺したんだ……」

ウドヴィルは唖然としたように、巨犬が残した往復の足跡をじっと見つめた。それは森のなかへと消えている。獣が森からやって来て、また森へ帰っていったのは間違いない。しかし本当に、あの獣がフリーダを殺したのだろうか？　忌まわしい先祖たるフェンリルが軍神テュールの手を食いちぎったのに倣い、彼女の手首に齧りついたのか？　一瞬、彼は頭がくらくらしたけれど、すぐに気を取り直した。

ウドヴィルもいちおう、フリーダが死んでいるのを確かめると、離れのなかに入った。それはひと間の建物だった。テーブルがひとつ、ベンチが一脚、椅子が二脚。食器棚、ベッド、まだ赤々と熾火が残っている暖炉。入口の脇には、大きな柱時計。彼はその扉をあけ、肩をすくめてまた閉めた。

「なにか捜しているのか？」と、あとから入ってきたプランスがたずねた。

「もしかしてってこともあるからな。いちおう、ベッドの下もたしかめてくれ」

プランスは言われたとおり、ベッドの下をのぞきこみ、首を横にふりながら戻ってきた。

「誰もいないさ。あたりまえじゃないか」

ウドヴィルはプランスのあとから、黙って外に出た。二人は離れの東側に隣接する物置き小屋も覗いたけれど、薪のストックがあるだけだった。

「森から続く足跡が、雪のうえに残っていたのを見ただろ？」とプランスは苛立たしげに言った。

「こんなことをしていても、時間の無駄だ。ほかのみんなに知らせなくては。ああ、かわいそうなフリーダ。なんて恐ろしい。信じられない……」

ウドヴィルは、プランスの声がすすり泣きに変わるのを聞いていた。やがてプランスは、別荘にむかって歩き始めた。ウドヴィルは少ししてから、そのあとを追った。

五分後、二人は別荘に戻った。プランスは玄関に入る前、寝室の窓にマルセリュスの姿を認めた。居間に行くと、ロジェが問いかけるような暗い表情で彼をじっと見つめた。あとからやって来たウドヴィルにも、ロジェは同じ視線をむけた。階段がきしむ音がして、マルセリュスも姿をあらわした。顔は不安で蒼ざめている。いったい何があったのか、早くたずねたいのに、なかなか言い出しかねているようだ。

「食堂へ行こう」とフィリップ・ウドヴィルが言った。「ロジェ、強い酒を用意してくれ。一杯ひっかけないと。ほかのみんなはどこだ？　エレーヌは？　ちょっと待って。捜しに行ってくるから」

ウドヴィルが妻のエレーヌといっしょに戻ってきたとき、プランスは事の次第をみんなに説明し終え、涙をこらえかねているところだった。

「フィリップ、バーンズを起こしに行ってくれ。どうやら彼の手を借りねばならなそうだ……」

こうしてぼくも、ほどなく皆の仲間入りをした。すぐあとから、ドニゾンと恋人のバルバラもやって来た。ぼくはひどい二日酔いだったけれど、恐ろしい知らせに酔いもいっぺんに醒めた。悲劇が起きた状況に、疑問の余地はなさそうだった。フリーダは野獣をからかうかなにかして、怒らせてしまったのだろう。けれども北欧神話の話にそっくりなのが、どうも気にかかった。マルセリュスもぼくと同じ気持ちらしく、《きみにはこうした奇怪な事件を引き寄せる、特殊な才能があるようだな》と余計な指摘をした。だからこっちも、《ぼくを招待しようなんて妙な気を起こさなければ、なにも起きなかっただろうにね》と、そっけなく切り返した。ロジェが警察に知らせに行っているあいだ、ここで動かず待っているようにと、ぼくはみんなに言った。

そのあと行われた捜査の細かな経緯について、ここで話すには及ばないだろう。マルタン警視の結論を言っておくだけでいい。警視はぼくの評判を知っていたので、話は早かったよ。まずは雪のことを言っておこう。雪はこの事件で、大きな役割を演じているからね。そのおかげで、仮説がぐっと絞りこめるんだ。離れの半径百メートル内には、すでに触れたもの以外、足跡はまったく残っていなかった。別荘から離れまで続くフリーダの足跡は判別できたけれど、だいぶ薄れていた。彼女が午後十時三十分に別荘を出たあとも、雪はまだ少し降っていたからだ。おそらく二十分くらいだろう。そのあと、雪はすっかり降り止んでいる。《野獣》の足跡は、森からフリーダの死体が横たわっていたところまで往復している。森のなかは低木や樅の木が生い茂っているので、足跡を遠くまで追うことはできなかった。大型犬の足跡で、細工をした形跡はまったくない。死体を発見した二人の足跡についても、怪しいところはなかった。別荘の垣根から離れまで、くっきりと往復している。離れには、二人の証人が念入りに調べた二、三か所を除き、人が隠れるような場所はまったくない。言うまでもないことだが、警察の捜査でも悲劇の現場から人っ子ひとり見つからなかった。フリーダの死亡時刻だが、これは周囲の寒さから確定が難しいが、死体発見時刻の二、三時間前というところだろう。午前三時くらいと見ておくのがよさそうだ。死因は手首に負った傷による出血多量。大型犬、あるいは狼の牙の跡が、専門家によって確認されている。肉も異様なほどずたずたに引き裂かれているが、野獣が興奮して嚙みついたせいだろう。被害者の左頭頂骨にはこぶがあることから、倒れたときに気絶したものと思われる。そのおかげで、苦痛は軽減されたはずだ。これらのことから、フリーダは野獣に襲われたのだと結論づけられた。どういう野獣かも、突きとめることができた。この近辺に住み着いている、なかば野生化したシェパードのような大型犬だ。誰も近づけないが、森番だけはときどき餌を与えていたという。ニワトリが数羽いなくなったほかは、それまで被害の報告もなかった。けれどもこそこそとあたりを歩きまわる姿が、見る者を怯えさせた。そんなこんなで、いつしか北欧神話の怪物に例えられるようになったのだった。その獣を捕獲することはできなかったが、森で足跡が見つかった。それは、被害者のそばにあった足跡と同じだった。つまり犯人は、その野犬ということだ。すべての手がかりがそれを指し示しているし、ほかに考えようがない。雪に残された足跡からして、誰か人間が関与した可能性はなかった。それが警察の捜査による結論だった。

「だったら、どこに謎があるんだときみは言うだろうね？」とオーウェンは続けた。

しばらく考えたあと、わたしは皮肉っぽく答えた。

「つまり、きみが大袈裟に言っただけってことかい、オーウェン？」

「この話を聞いて、そんなことしか思い浮かばないのか、アキレス？　南アフリカの農園主か、ホメロスが描く乱暴者が考えそうなことだ」

　わたしの出身と名前に対するあてこすりは無視して、肘掛け椅子から言い返した。

「もちろん、そうじゃないさ。どうも胡散臭い事件だ。口には出せない、愛憎絡みのいざこざの臭いがふんぷんとする。でも、殺人の可能性はないと、きみがきっぱり証明してみせたから……」

「それじゃあ、続きを語って聞かせよう。まずは登場人物たちの訊問結果について、いくつか触れておく。もっとも役に立ったのは、フィリップ・ウドヴィルの話だ。死体を見つけたあと、彼が取った奇妙な行動についてぼくとマルタン警視がたずねると、ウドヴィルは見るからに困惑したようすだった。野獣が物置小屋に隠れていないか確かめたというなら、それは理解できる。しかし、ベッドの下や柱時計のなかというのは？　彼はほどなく白状した。それを聞いても、正直ぼくはあまり驚かなかった。そんなことだろうと、思っていたからね。昔からよくある話さ。だまされた亭主、妻、その愛人っていうお馴染みの三人組だ。ただ、われらが《愛の女神》フリーダの愛人はひとりではなかった。彼女は《友人たち》がこうして集まったおり、離れで愛人たちと密会していたのさ。変わり者のマルセリュスがひらくこの会は、そもそもそれが目的だったんだ。グループの男たちはみんな、フリーダの寵愛にあずかっていた。彼女はひとりを選び出す前に、男どもをさんざん焦らして弄んだ。要するに付近に生息する《狼》が夜中に訪れるという話は——彼女は実際、餌づけもしていたようだから、まったくの嘘というわけではないにせよ——二本足の雄と会うための口実にすぎなかったんだ。そんな場合の常として、知らぬは亭主ばかりなりさ。ウドヴィルの証言に戻ると、彼はあの晩選ばれた果報者が誰か知らなかった。新顔だから、ぼくじゃないかと思っていたらしいが……残念ながら、それは間違いだった」

「高貴な騎士たるきみがそばに控えていさえすれば、フリーダの命を救えただろうにな。もちろん、彼女も貞節をしっかり守って……」

オーウェンはわたしの皮肉を無視した。

「つまりウドヴィルは、怯えた愛人がどこかに隠れていると思ったんだ。けれどもその晩、離れに愛人が訪れた形跡はなかった。フリーダが死んだ時刻、フィリップ・ウドヴィルはベッドで妻のエレーヌの脇に寝そべり、酔いを醒ましていた。われわれは言葉を選んでエレーヌに訊問しなければならなかった。妻には本当のことを言わないでくれと、ウドヴィルに懇願されたんでね。バルバラやルイ・プランス同様、エレーヌもフリーダの浮気のことは知らないからと。それにエレーヌとフリーダは、幼馴染の仲だった。朝、六時ごろ、遠くで獣が吠えるような声を聞いたのは間違いない、と彼女は証言したけれど、それ以外はこの件についてはっきりしたことはわからなかった。ただ前の晩、あんな舌戦が交わされたあとだったので、フリーダのことが心配になったのだという。部屋の窓から、夫とプランスが離れにむかうのが見えた。だから不安に苛まれながら、二人の帰りを待っていた。彼らのようすを見ただけで、大変なことが起きたのだとわかった。

マルセリュス・ブランシャールは独り身なので、被害者の死亡時刻のアリバイを証明してくれる者はいなかった。遠くで叫び声が聞こえたような気がしたものの、半睡状態で悪夢にうなされているなかでのことだった。彼も、その晩フリーダが選んだのはぼくだと思っていた。ぼくはあんなに遅くまで、みんなと飲んでいたっていうのに。彼もロジェと同じく、ウドヴィルとプランスが出かける物音で目を覚ました。そして執事と廊下で言葉を交わし、窓辺に立って二人の帰りを待っていた。エレーヌと同様、戻ってくる彼らのようすを見ただけで、悲劇の予感がしたという。ウドヴィルの足どりは重く、あきらめきっているかのようだった。プランスは妙に苛ついていた。言うまでもなかろうが、マルセリュスは困った立場に立たされた。それにとても動揺していた。彼が言うには、フリーダは単なる愛人ではなく、大事な友人だったそうだ。ルイ・プランスにはもったいない女性だ、というのがマルセリュスの言だった。

ルイ・プランスは裏切られた夫で、しかも寡夫ときている。同情してしかるべきなんだろうが、彼にはほとんど共感がわかなかった。小さな体で、いつもしかめっ面をしているせいだろうか？彼はその才能ひとつで成功したが、さもなければどうなっていたことやら。妻を亡くした悲しみに浸っているときでも、芝居がかった態度や、成りあがりもの特有のうぬぼれが鼻についた。彼と少し話していれば、すぐにわかるさ。フリーダが彼と結婚したのは、愛していたからではないってね。彼女が夫を裏切っていたのもしかたない。目をつむってあげなくては、という気にぼくはなった。マルセリュスと同じくプランスも、ベッドにひとりで寝ていたので、確たるアリバイはなかった。

　執事のロジェは控えめで有能で、そのうえとても観察眼の鋭い男だった。彼がほんのわずかな異状も見逃さなかったのに、ぼくは大いに注目した。悲劇の前日、朝早く、まだ大雪が降る前、彼は離れの片づけをした。この準備の恩恵に預かれるのは、もしかしたら自分かもしれないと期待しながら。そのとき彼は、柱時計のねじを巻いた。スイス製の名にふさわしい正確な時計なのは、経験的に知っていた。ところが翌朝、警官たちといっしょに来てみると、時計は動いていたものの、十分ほど遅れていたんだ」

「寒さのせいでは？」とわたしは言ってみた。

「かもしれない。でも、その後はずっと正確に動いているのに？　それはぼくが確かめた」

「ああ、わかった」わたしは指をぱちんと鳴らして言った。「鎖の先についていた重りを使ったんだな……被害者を殺すのに」

「ブラヴォ、アキレス。ぼくもまったく同じことを思ったよ」

「じゃあ、何者かがそれでフリーダを叩き殺し、それから適当な道具で野獣に襲われたように見せかけた……でも問題は、足跡だな。獣はたしかにいたはずだ」

「ああ、残念ながらね。けれども、ひとつ気になるところがあると、まだものたりないかのように次々疑問が湧いてくる。ロジェの話に戻ろう。彼もほかの独身者と同じく、アリバイはなかった。獣の声は聞かなかったけれど、やはりウドヴィルとプランスが出かける物音で目が覚めた。廊下で主人のマルセリュスに呼びとめられ、いったい何の騒ぎかと訊かれたが、答えようがなかった。そのあと彼はコーヒーを淹れにキッチンへ行った。高貴なヴァイキングなるイアン・ドニゾンは、ノックの音がして悲劇を知らされるまで、部屋でぐっすり眠っていた。だから参考になる話はなにひとつ聞けず、証人としてはいちばん役に立たなかった。最後はバルバラ・リヴィエールだ。彼女はドニゾンの傍らで夜をすごしたが、睡眠薬を飲んでさっさと眠ってしまった。ターナーの水彩画に関するフリーダの挑発が、よほど頭に来てたんだろう。けれども彼女は真の芸術家だったから、きみみたいな合理性一本やりでものを考える人間より、よほど鋭い感性でものごとをとらえることができたんだな、アキレス。バルバラはフリーダのドレスの色を見ただけで、彼女がどういう人間かを見抜いてしまった。イヴのリンゴみたいな、緑がかった黄色。きみは知らないだろうが、それは太古の昔から罪の色なんだ」

「いや……まあ、たしかに。いわゆる女の勘ってやつじゃないか。でもオーウェン、正直、何を言いたいのか、よくわからないんだが。どう見ても事件性はなさそうだ。まっさらな雪が、人為的な犯罪の暗い影を一掃している。きみの話がそのいい証拠だ」

オーウェンは、わざとらしい皮肉交じりの笑みをわたしにむけた。

「なかなか冴えた暗喩《メタファー》を駆使するじゃないか、アキレス。そこは褒めてやろう。でも機智の光は、謎解きに使わなくては。というのもこれは、入念に計画された殺人事件で……」

「何だって？」

「そうとも、並はずれた殺人事件さ。二人目の騎手によって行われた……」

「二人目の？　でも騎手はひとりしか出てこなかったぞ。裏切られた夫の……」

「まあ、聞け。この犯罪は、罰せられないままに終わった。ぼくがそのトリックを見破ったのはずっとあとになってから、主役のひとりの告白を聞いたあとだったからね。その人物は犯行そのものを明かしたわけではないが、動機について語ってくれた。それは彼の妻エレーヌ・ウドヴィルの葬儀のときだった。彼女はその少し前、突発性の肺塞栓症でこの世を去ったのだ。フィリップは悲しみに打ちひしがれ、亡き妻の罪の許しを請うかのように、フリーダの隠れた顔をさらに明かした。彼女がファム・ファタルだったのはすでにわかっていたが、フィリップによれば、もっととんでもない悪女だったというんだ。なんの抑制もなく、衝動のままにふるまうエゴイストで、自分が引き起こした悲劇を嘲笑っている。自らの犠牲者たちが悩み苦しむさまを見て、かえって興奮しているかとおもうほどだった。エレーヌも、そんな犠牲者たちのひとりだった。彼女は激しい嫉妬に苦しんだ。夫に道を踏みはずさせた罪深き女（しかも彼女は幼馴染なのに）を亡き者にしなければ、決して苦しみは癒されないだろう。彼女は夫に、忌まわしい計画の手助けを請うことすら辞さなかった。夫婦生活の維持、彼女がなにより大事にしている子供たちの幸せが、そこにかかっているのだ。フィリップは、男性特有のジレンマに陥った。フリーダの魅力に抗えないと自覚しているだけに、彼女を憎み始めた。そして二度と誘惑に屈しず、《悪》からきっぱりと手を切るため、ついに妻の頼みを受け入れることにした。夫婦のしあわせのため、《魔女》を生贄に捧げる手伝いをしようと心に決めたのだ。もちろんフィリップは、こうしたことをはっきり話したわけじゃないが、遠まわしな表現でもぼくにはぴんときた。そうとわかれば、謎解きは児戯に等しいさ。とりわけ、柱時計が遅れていた点を考慮に入れればね……」

オーウェンの居間の柱時計も、チクタクと規則的に時を刻んでいる。あとに続いた沈黙のなかで、わたしにはその音が耐えがたいほど大きく響いて聞こえた。

「二人による共犯ってわけか。なるほど、それならことはたやすくなるな」とわたしは言った。「でもそれだけじゃ、この異常な犯罪の説明には不充分だ。柱時計はどう関係しているんだ？さっきぼくが言ったことじゃないとしたら」

「さあさあ、アキレス、よく考えてみろよ。柱時計が十分遅れていたのは、その時間だけ動いていなかった、つまりブロックされていたってことだ。重りのひとつを凶器に使ったという説も捨てがたいが、フィリップ・ウドヴィルが柱時計のなかに誰も隠れていないか確かめたってことは、誰かがなかにいたからじゃないか」

「柱時計のなかに、人が隠れられるものかな？　ちょっと無理があるような気がするが」

「もちろん、きみやぼくみたいな者じゃ無理だろう。しかしエレーヌのように、ほっそりしてしなやかな体つきの女性だったら……」

「プランスはなにも気づかなかったのか？」

「扉の下側には、ガラスが入っていないからね。フィリップがあのときどうしたか、思い出してみろよ。彼は柱時計をあけ、誰もいないように見せかけると、すぐさまプランスにベッドの下を確かめるよう言った。相手の注意をそらす、うまいやり方じゃないか」

「なるほど。でも、エレーヌは雪のうえに足跡を残さず、どうやって離れまでやって来たんだ？それに、帰りはどうした？」

「なに、簡単なことさ。ぼくは手がかりになることは、ちゃんと強調しておいたぞ。ひとたび正しい方向がわかれば、必然的にすべてがそちらにむかっていくんだ。もともとウドヴィル夫妻は、プランスを陥れる計画だったろう。寝とられ亭主が妻を殺してしまうというのは、よくある話だからね。フリーダの奔放な男性関係は、警察の捜査ですぐにわかるだろう。ウドヴィル自身も、われわれをさりげなくそちらの方向へ導くつもりだった。個人的な反感か、ほかにもぼくの知らない理由があったのか、ともかくウドヴィル夫妻は自分たちに疑いの目がむかわないよう、プランスを犠牲にするつもりだった。彼らの計画でひとつだけ不確定な要素が天候だった。けれどもそれが予想どおりになりそうだとわかり、計画を実行に移すことにした。まずはフィリップ・ウドヴィルが、夜遅くに離れへ行くとフリーダにそっと知らせる。フリーダは《狼の呼び声》が聞こえたふりをして、午後十時三十分に離れへむかう。そのとき、雪はまだ少し降っていた。ほどなくエレーヌも引きあげる。けれども彼女は自分の寝室にあがるのではなく、フリーダの足跡をたどって離れに行ったんだ。つまり、フリーダが残した足跡のうえにぴったり足を重ねて。そのあとさらに少し雪が降ったので、策略は見破られずにすんだのさ」

「そこまでは思いつかなかったな」

「なに、子供だましの手口だ。そうだろ？　こうしてエレーヌは離れへ行き、適当な口実をもうけて、今夜はいっしょにすごそうとフリーダに持ちかけた……彼女の性格をよく知っていれば、それもたやすいことだ。思うに彼女は明け方近く、ナイフでいきなりフリーダを刺し殺す計画だったのだろう。その場へ最初にやって来た人間が――つまりプランスさ。だってほら、フィリップ・ウドヴィルは少し離れてあとについていたから――犯人だと疑われるように。まわりの雪には足跡が残っていないし、エレーヌは柱時計のなかに隠れていれば、ほかに容疑者が浮かばないだろ。これが彼らの当初の計画だった。ところがそこに、千慮の一失があった。フェンリルがやって来たんだ」

「でもフリーダは、フェンリルをかわいがっていたんだろ。それなのに、いきなり嚙みついたりするだろうか？」

「ああ、アキレス、それはぼくのせいなんだ。フェンリルが雷神ティールの手を食いちぎった話なんか、ぼくが持ち出したものだから。午前三時ごろ、犬は離れにやって来て、ドアを引っ掻いた。フリーダはドアをあけようとしてそれを思い出し、いっしょにいたエレーヌを驚かせたくなった。自分はなにも恐れていない、犬は嚙みついたりしないと、彼女に証明しようとしたんだ。

ロジェが用意したバスケットのなかのベーコンを、フリーダは犬の前でちらちらふりまわしたのだろう。けれども、野獣に挑めばただではすまない。犬は彼女の手にがぶりと嚙みついた。フリーダはもがいたが、犬はなかなか離れず、手にひどい嚙み傷を負った。ようやく犬は森に引き返した。フリーダは怪我の手当てをしに、急いで別荘に戻ろうとした。そうなったら、ウドヴィル夫妻の計画は水の泡だ。しかしエレーヌは、転んでもただでは起きない女だった。プランスの代わりに、フェンリルに犯人役を押しつけよう、と彼女は思いついた。

ことは素早く運んだ。エレーヌはなにか重いもの、薪か柱時計の重りでフリーダを殴り倒し、さらにナイフで手の傷を広げ、出血多量で死に至らしめた。そしてそのまま六時まで待ち、狼の咆哮をまねて叫んだ。おそらくそれが、共犯者との合図だったのだろう。フィリップ・ウドヴィルは知ってのとおりひと芝居を打ち、部屋に妻がいるようなふりをして、プランスといっしょに離れへむかった。エレーヌは地獄の神に祈ったことだろう。夫は予想外の事態に慌てているはずだが、なんとか状況に合わせてくれるようにと。すべてはうまくいった。フィリップはエレーヌが柱時計に隠れているのを確かめて、予定どおりに行動した。そのあとのことは、もうわかるだろ、アキレス？」

「いや、説明してくれ」わたしはオーウェンの謎かけに苛ついて、そっけなく答えた。

「またしても子供だましさ……きみは女の子を背中に乗せて、お馬さんごっこをしたことがないかい？　つまり、そういうことさ。わざとフィリップは、ゆったりした黒いケープを着てきたんだ。プランスが先に別荘に戻り始めた。そのあと数秒もあれば、エレーヌが柱時計から出て――ついでに振り子を動かし――夫の背中におぶさって大きな黒いケープの下に隠れることができるだろう。別荘の窓からでは、こんなトリックも簡単には見破れない。まだ、あたりは暗いことだしね。もちろんエレーヌは、はやる《馬》を抑えた。彼らの成功は、《競争相手》を勝たせることにかかっているのだから。本物の大騎手ルイ・プランス、ロンシャンの元スターをね。彼にはぜひとも、先を行ってもらわねばならない。二人の共犯者が、最後の障害物をうまく乗り越えるためにも。エレーヌは夫がイチイのトンネルに入ったところで地面に降りた。そこなら、玄関から誰かに見られる心配もない。続きは言わなくとも、容易に想像がつくだろう。フィリップは居間を出て、寝室へ妻をむかえに行くふりをした。最後にひと言つけ加えるなら、プランスは大間抜けだってことかな。ダメ男の代表さ。だって気づかないうちに、女性騎手に出し抜かれていたんだから……」

企画・編集　張舟、秋好亮平